# 대마종 大魔宗

임영기 新무협 판타지 소설
FANTASTIC ORIENTAL HEROES

## 대마종 11

임영기 新무협 판타지 소설

초판 1쇄 찍은 날 § 2009년 5월 15일
초판 1쇄 펴낸 날 § 2009년 5월 25일

지은이 § 임영기
펴낸이 § 서경석

편집장 § 문혜영

펴낸곳 § 도서출판 청어람
등록번호 § 제1081-1-89호
등록일자 § 1999. 5. 31
어람번호 § 제2-1742호

주소 § 경기도 부천시 원미구 심곡2동 163-2 서경B/D 3F (우) 420-822
전화 § 032-656-4452  팩스 § 032-656-4453
http://www.chungeoram.com
E-mail § eoram99@chollian.net

ⓒ 임영기, 2008

ISBN 978-89-251-1809-3 04810
ISBN 978-89-251-1307-4 (세트)

※ 파본은 구입하신 서점에서 교환하여 드립니다.
※ 저자와 협의하여 인지를 붙이지 않습니다.
※ 이 책은 도서출판 청어람과 저작자의 계약에 의해 출판된 것이므로,
  무단 전재 및 유포 · 공유를 금합니다.

大魔宗

대마종

대도(大道)

[완결]

임영기 新무협 판타지 소설
FANTASTIC ORIENTAL HEROES

# 目次

| | |
|---|---|
| 제109장 이이제이(以夷制夷) | 7 |
| 제110장 이 한 몸 죽어서… | 33 |
| 제111장 남자의 눈물 | 55 |
| 제112장 마녀(魔女) | 75 |
| 제113장 전우(戰友) | 113 |
| 제114장 하늘이 외면하고 땅도 숨죽이고 | 135 |
| 제115장 생사결우(生死結友) | 163 |
| 제116장 천신황(天神皇) | 185 |
| 제117장 궁지(窮地) | 211 |
| 제118장 삼천 대 이십일만 | 235 |
| 제119장 불의 바다[火海] | 257 |
| 제120장 지옥대전(地獄大戰) | 285 |

# 第百九章
이이제이(以夷制夷)

축군에서 제일 먼저 계류에 도착한 것은 열 명의 고수다.

먹처럼 검은 묵의를 입고 특이한 모양의 삼절도(三折刀)를 지닌 모습으로 미루어 대천십등의 사악염사가 분명했다.

그들은 본대(本隊)인 축군보다 십여 리 앞서 전방을 살피는 척후(斥候)의 임무를 띠고 있었다.

열 명의 사악염사는 계곡 입구에서 꼭대기 끝까지, 그리고 계류 주변과 물의 상태 따위를 지나칠 정도로 세밀하게 살피고 검사했다.

이윽고 아무 이상이 없다고 판단한 후 열 명이 계곡 곳곳에 나누어 경계를 섰다.

그로부터 이각 후에 축군 본대 일만 명이 차례차례 계곡에 도착했다.

한 명씩 일렬로 줄줄이 계곡으로 들어오는 듯했으나, 자세히 보면 이십오 명째에서 약간의 거리를 두고 있는 것을 알 수 있었다. 그것은 이십오 명의 일 개 조(組)라는 뜻이다.

그들은 조금도 우왕좌왕하거나 어수선함없이 도착하는 순서대로 계곡 아래쪽 입구에서부터 질서정연하게 자리를 잡고 곧바로 식사와 휴식에 들어갔다.

많은 인원이 움직이는데도 말소리는커녕 부스럭거리는 소리조차 들리지 않았다.

그 광경은 그들이 매우 잘 훈련되어 있다는 사실을 단적으로 보여주는 것이었다.

축군 일만 명이 계곡에 모두 도착하는 데 무려 한 시진이나 소요됐다.

무슨 사고가 벌어졌다거나 이동하는 속도가 느려서가 아니라 인원이 워낙 많은데다 한 줄로 이동을 하기 때문이었다.

축군 전체 일만 명은 계곡 안에 발 디딜 틈조차 없이 빼곡하게 들어앉아 휴식을 취했다.

그들은 식사를 만들지 않고 등에 메고 있는 발낭(鉢囊)에서 꺼낸 건육을 씹고 곡분(穀粉:곡식 가루)을 물에 타서 불려서 먹었다.

식사를 하지 않은 자는 한 명도 없다. 그것은 계류의 물을 먹지 않은 사람이 아무도 없다는 것을 의미한다.

때는 미시(未時:오후 2시) 무렵. 대낮이기 때문에 축군은 다시 길을 떠날 것이다.

일만 명이 모두 도착하는 데 한 시진이나 걸렸으므로 아마도 가장 먼저 도착한 순서대로 출발할 듯했다.

계곡 중간쯤에 간이 나무 탁자와 둘레에 다섯 개의 간이 나무 의자가 놓였고, 그곳에 흑색 장포를 입은 다섯 명이 빙 둘러앉아서 식사를 하고 있었다.

오십대 중반에서 육십대 중반까지의 나이이고, 다른 고수들하고는 한눈에 구별이 갈 정도로 중후하고 묵직했으며, 일체의 기도 같은 것도 흐르지 않았다.

그들이 축군을 이끌고 있는 다섯 명의 일절신제다.

네 명의 일절신제가 육십대 초반의 한 명에게 몹시 공손한 태도를 취하고 있는 것으로 미루어 그가 일절신제 중에서도 우두머리인 축군주(丑軍主)가 분명했다.

이십 명의 이황무존과 사십 명의 삼철혈왕은 계곡 곳곳에 흩어져 있었다.


독고풍은 자미룡과 함께 계곡 중간쯤의 꼭대기 어느 바위 뒤에 납작하게 엎드린 자세로 계곡 아래를 굽어보며 자세히 살피고 있는 중이다.

현재 독고풍의 측근과 무적군, 무적대마군은 계곡 양쪽 꼭

대기의 끝에서 끝까지 고르게 매복하고 있으면서 그의 공격 명령이 떨어지기만을 기다리고 있다.

적멸가인과 설란요백, 무적사마영, 양신웅, 오도겸과 백 명의 독인, 무적군, 무적대마군은 각자 맡은바 임무가 있다.

그런데 엎드려 있는 독고풍과 자미룡 뒤쪽에 두 인물이 나란히 무릎을 꿇고 앉아 있었다.

그들은 십팔광세의 십광세와 십일광세다. 십광세는 원래 독고풍에게 심지가 제압된 상태였고, 북궁연이 보낸 십일광세는 나중에 제령수어법에 심지가 제압되었다.

독고풍은 그들을 이 싸움에 써먹을 생각으로 데리고 왔다.

십광세는 독고풍이 출신입화지경에 이르기 전에 그보다 반 수 정도 우위에 있었다. 그러므로 아마 십일광세도 비슷한 수준일 터이다.

예전에 독고풍은 팔혼낭차 우두머리인 팔등주 일절신제와 싸웠을 때 미미하게 우위를 점했었다.

그러니까 십광세와 십일광세는 일절신제 정도는 어렵지 않게 이길 수 있을 것이다.

독고풍은 계곡 입구에서부터 끝까지 찬찬히 세 번이나 훑어보고서야 대충 상황 판단을 끝냈다.

그는 계곡 중간쯤에 앉아 있는 다섯 명의 흑포인들이 일절신제라고 판단했다.

또한 시뻘건 혈포를 입은 이십 명이 이황무존, 남포(藍袍)

를 입은 사십 명이 삼철혈왕일 것이라고 확인했다.

독고풍은 계곡 전체를 세 차례 훑어보는 것으로 축군이 어떻게 세분화되어 있는지 간파했다.

평소에는 두루뭉술한 성격인 듯하지만 이럴 때는 그의 예리함이 빛을 발한다.

원래의 계획대로 진행됐다면 정협맹의 칠천오백 명과 녹천대련의 이천 명이 한나절 전에 도착해서 무적방과 합류를 했어야 한다.

그런데 어찌 된 일인지 그들은 코빼기도 보이지 않고 아무런 연락도 없다.

그러나 축군은 지금 급습하기 좋은 마지막 장소에서 휴식을 취하고 있다.

그들은 급습을 당할 것이라고는 꿈에도 예상하지 못하고 있는 듯하다. 그러므로 지금 이 기회를 놓치면 계획에 큰 차질이 생긴다.

다음의 몇 군데 '급습하기 좋은 장소'에서는 다음 목표인 계군(癸軍)을 급습해야 한다.

원래 축군 앞쪽은 간군(艮軍)이었는데, 간군부터 오군(午軍)까지 십 개 군이 갑자기 방향을 바꿔 남쪽으로 가는 바람에 축군 앞이 계군이 된 것이다.

이곳까지 오면서 미리 봐둔 '급습하기 좋은 장소'는 그다지 많지 않다.

그러므로 기회를 놓치면 계군을 급습해야 하는 장소에서 축군을 급습할 수밖에 없고, 그렇게 밀리다 보면 엉망진창이 돼버리고 만다.

그래서 결국 독고풍은 무적대마군과 대동협맹 육천 명만으로 축군을 급습하기로 결정을 내린 것이다.

이십 명의 이황무존은 계곡 곳곳 이십 군데에 나누어 흩어져 있었다.

또한 사십 명의 삼철혈왕은 그 이십 군데 속에 두 명씩 끼어 있었다.

그것은 이황무존이 이끄는 이십 개의 무리를 삼철혈왕이 사십 개로 나누어서 지휘하고 있다는 뜻이다.

그렇다고 축군 전체가 사십 개 단위로 나누어졌다고 속단하는 것은 이르다.

묵의를 입은 자들, 즉 사악염사 이백여 명이 사십 개의 무리 속에 다섯 명씩 섞여 있었다. 사악염사 한 명은 오십 명의 수하를 거느리고 있는 것이다.

하지만 그것이 끝이 아니다. 사악염사가 거느리는 이백 개의 무리 속에 황의 단삼을 입은 자들이 속해 있었다.

그들은 오마추명으로 모두 사백 명이며 각자 이십오 명의 수하를 이끌고 있다.

그것이 최소 단위로써 일 개 조(組)라고 할 수 있으며, 이십오 명 안에는 육등 육강잔도, 칠등 칠비혈귀, 팔등 팔혼낭차,

구등 구탈사수, 십등 십살흑풍이 고르게 분포되었다.

독고풍은 세 차례 계곡을 훑어보면서 그런 사실들을 간파하고 머릿속에 차곡차곡 기억시키는 한편, 어떻게 급습을 가해야 할지를 빠르게 구상했다.

그가 이처럼 치밀하고도 복잡한 생각을 하는 것은 지금이 처음이다.

하지만 조금도 힘들다거나 골치 아프다는 생각은 들지 않았다. 오히려 그는 자신이 이처럼 복잡한 생각을 막힘없이 하고 있다는 사실에 흥미를 느끼고 있었다.

적멸가인과 무적사마영, 설란요백 등은 시간이 지나도 독고풍의 공격 명령이 떨어지지 않자 초조함이 극에 달했다.

오래지 않아서 축군은 계곡에 들어올 때처럼 줄줄이 빠져나가게 될 것이다.

그들이 일단 계곡을 빠져나가기 시작하면 급습을 가하기가 어렵게 된다.

움직이고 있는 적보다는 정지해 있는 적을 급습하는 것, 그리고 사방이 막힌 장소에 몰아넣고 공격하는 것이 훨씬 유리하다는 사실은 병법의 기초 중에서도 기초다.

하지만 독고풍은 적이 모여 있는 상태보다 더 분명한 급습 조건을 기다리고 있는 중이었다. 기회는 한 번뿐이므로 신중을 기하자는 생각인 것이다.

그때 독고풍의 눈이 흐릿한 빛을 발했다. 계곡 입구에서 가장 가까운 곳에 앉아 있는 고수들이 자세를 잡더니 운공조식을 하기 시작하는 것을 발견했다.

운공조식은 이제 곧 출발한다는 것을 의미했다. 또한 그들은 최초에 계곡에 들어왔던 일 개 조 이십오 명이었다.

'과연 운공조식을 얼마나 오래할 것인가?'

독고풍은 빠르게 머리를 굴렸다.

그사이에 두 번째, 세 번째 조가 연이어 운공조식에 들어갔다. 모두 계곡 입구에 있는 조들이다.

독고풍이 잠시 생각을 하고 있는 중에 다섯 개 조 백이십오 명이 운공조식에 들어갔다.

'운공조식은 아무리 빨라도 일각은 해야 한다.'

속으로 중얼거린 독고풍은 일각이 다 되어갈 때까지 기다리기로 했다.

그때까지 될 수 있는 대로 많은 적이 운공조식에 들어가기를 기대하는 것이다.

쇄심오분에 중독되면 공력이 약한 자들은 즉시 무공을 사용하지 못하지만, 공력이 높아질수록 중독되지 않을 가능성이 커진다.

하지만 일단 운공조식을 하면 쇄심오분이 몸속 혈맥 골고루 빠른 시간 내에 퍼지므로 웬만한 공력을 지녔어도 중독될 수밖에 없다.

말하자면, 쇄심오분을 살포하고 곧바로 급습을 가하면 대천십등의 최하위인 십살흑풍 정도만 중독되겠지만, 운공조식을 기다리면 최소한 구탈사수나 팔혼낭차, 운이 좋으면 칠비혈귀까지도 중독시킬 수 있는 것이다.

일군 내에는 십살흑풍이 사천 명이고, 구탈사수가 이천 명, 팔혼낭차가 천육백 명, 칠비혈귀가 천이백 명이므로 도합 팔천팔백 명이 중독되는 것이다.

물론 그것은 독고풍이 기대하고 있는 것이 완전히 충족되었을 경우이다.

그렇게 되면 나머지 천이백 명만을 상대하면 된다. 그들 천이백 명의 전력은 중독된 팔천팔백 명과 맞먹을 것으로 추측된다.

조금만 더 기다려서 축군 전체 전력의 절반만 상대하자는 것이 독고풍의 작전이었다.

일 개 조가 이십오 명이니까 일군은 도합 사백 개의 조로 편성되어 있다.

시간은 어느덧 일각이 거의 다 되어가고 있었고, 삼백여 개 조가 운공조식에 들어간 상태다.

독고풍은 더 이상 기다리다가는 위험하다고 판단했다.

"조약돌로 일제히 오마추명과 육강잔도를 공격해라."

순간 그는 빠른 어조로 모두에게 전음을 보냈다.

쐐애액! 쐐액!

갑자기 고막을 찢을 듯한 파공음이 허공을 가득 메우는 것과 동시에 계곡 양쪽 꼭대기에서 천여 개의 반짝이는 물체가 소나기처럼 쏟아져 내렸다.

비록 조약돌이지만 하나같이 알밤 크기로 작고 단단한데다 무적대마군이 공력을 주입하여 힘껏 던졌기 때문에 맞으면 즉사하거나 중상을 면하기 어려울 정도의 위력이다.

게다가 무적대마군은 한 번으로 그치지 않고 연이어 조약돌을 쏘아냈다.

황색 단삼의 오마추명은 사백 명, 청색 옷을 입은 육강잔도의 수는 팔백 명이다.

그들의 칠 할 이상은 운공조식을 하고 있는 중이고, 나머지가 막 운공조식을 준비하고 있을 때 느닷없이 날카로운 파공성이 머리 위 허공을 가득 뒤덮었다.

운공조식을 하고 있던 오마추명과 육강잔도는 대단한 고수들이지만 어떻게 손을 써볼 겨를도 없이 한 개 이상의 조약돌을 고스란히 머리에 강하게 적중당하고 무더기로 픽픽 쓰러져 갔다.

조약돌은 그들의 머릿속으로 쑤셔 박히거나 머리를 잘 익은 수박이 터지듯 박살을 내버렸다.

순식간에 오마추명과 육강잔도 육백오륙십 명이 죽거나 중상을 입어 전투 불능의 상태에 빠졌다.

그러나 운공조식을 하고 있지 않은 오마추명과 육강잔도 중에서 조약돌에 적중된 자는 이십여 명에 불과했다.

오히려 그들은 일제히 무기를 뽑아 들고 공격 자세를 취하면서 날카롭게 계곡 양쪽 꼭대기를 살펴보았다.

그러나 오마추명과 육강잔도 위의 등급 고수들 반응이 더 빨랐다.

일절신제와 이황무존, 삼철혈왕 등 네 등급의 고수들은 일제히 허공으로 솟구쳐 오르며 무기를 뽑았다.

그것은 예상했던 것보다 훨씬 더 기민한 반응이었다.

그중에서도 다섯 명의 일절신제는 최초의 조약돌이 파공음을 내고 나서 채 한 호흡도 지나지 않았을 때 이미 신형을 솟구쳐 계곡 양쪽 꼭대기보다 일, 이 장 더 높이 솟아올라 있었다.

"공격하라!"

그 순간 독고풍이 우렁차게 외치면서 곧장 한 명의 일절신제를 향해 빛처럼 쏘아갔다.

슈욱! 슉! 슉!

그와 함께 십광세와 십일광세, 적멸가인, 원진 다섯 명이 각각 다섯 명의 일절신제를 향해 무기를 뽑으면서 일직선으로 쏘아갔다.

다섯 명의 일절신제는 추호도 동요하지 않고 오히려 자신들을 향해 쏘아오는 독고풍 등을 향해 마주 반격해 갔다.

일절신제보다 조금 늦게 이십 명의 이황무존이 불꽃놀이 폭죽처럼 솟구쳤다.

그러나 그들은 계곡 꼭대기에 미처 도달하지 못했다.

공격 명령만 목 빠지게 기다리고 있던 자미룡과 설란요백, 무적삼마영, 그리고 무적군 삼십이 명이 이황무존을 향해 무서운 기세로 내리꽂히고 있었기 때문이다.

자미룡과 설란요백, 무적삼마영의 혈오, 조재, 궁의, 무적군의 강조와 기개세 일곱 명이 각자 이황무존 한 명씩 일곱 명을 맡았다.

그리고 냉운월과 마랑도가 이끄는 무적군 삼십 명이 나머지 열세 명의 이황무존에게 두 명, 혹은 세 명씩 쏘아가며 합공을 펼쳤다.

이어서 그 뒤를 오도겸의 지휘 아래 백 명의 독인이 계곡 입구에서 끝까지 넓게 포진한 상태에서 아래를 향해 쏟아져 내렸다.

오도겸과 백독고수(百毒高手)의 임무는 계류의 물을 마시고도 중독되지 않은 자들을 중독시키는 것이다.

그리고 그 뒤를 양신웅이 이끄는 구백여 명의 무적대마군이 하늘을 새카맣게 뒤덮은 상태에서 굶주린 맹수처럼 쏜살같이 하강해 갔다.

무적방 고수들은 모두 사전에 해약을 복용했기 때문에 독에 중독되지 않는다.

독고풍은 마음이 급했다. 일절신제나 이황무존, 삼철혈왕 등의 절정고수들을 한시바삐 제거하지 않으면 무적대마군 수하들이 그만큼 위험해지기 때문이다.

독고풍은 두 명의 광세와 적멸가인, 원진과 거의 동시에 출발했으나 그들이 일절신제의 채 절반에도 이르지 못했을 때 그는 이미 자신이 목표로 삼은 축군주의 이 장까지 쇄도하고 있었다.

그는 조금 전에 네 명의 일절신제가 한 명의 일절신제에게 공손히 대하는 광경을 보고 그가 축군주일 것이라고 짐작하여 자신의 목표로 삼았다.

독고풍이 눈 한 번 깜빡할 사이에 십여 장 거리를 좁혀 이 장 전면까지 쇄도하자 축군주의 눈빛이 가볍게 흔들렸다.

경공 하나만 보고도 독고풍의 무위가 어느 정도인지, 그가 누군지 간파한 것이다.

키이.

그렇다고 해서 추호라도 위축될 축군주가 아니다. 원래 절정, 혹은 초절정을 넘나드는 고수들은 겁이라곤 없는 편이며 자신이 상대보다 약하다는 사실을 죽어도 인정하려 들지 않는 습성이 있다.

키우웅.

빛이라고밖에 표현할 수 없는 빠르기로 축군수의 검이 녹고풍의 목을 노리고 찔러왔다.

검이 투명한 푸른빛으로 물들고 은은하게 진동하는 것으로 미루어 대천신력의 절학인 대미신력이 실려 있음이 분명했다. 또한 검이 발하는 빛이 흐릿하다는 것은 극강의 강기라는 뜻이다.

강기는 무기를 통해서 발출했을 때 먼 거리의 적을 쉽게 상대할 수 있지만, 무기에 실려 있을 때보다 위력이 크게 떨어지는 단점이 있다.

축군주는 독고풍이 강적이라고 판단하여 처음부터 검강을 발출하지 않았다.

이 장이라는 가까운 거리인데다, 독고풍과 축군주 둘 다 서로를 향해 쏘아가고 있는 상황이므로 검은 순식간에 독고풍의 목전에 이르렀다.

축군주는 자신의 검이 독고풍의 목을 찌르지 못할 것이라고는 추호도 생각하지 않았다.

만약 얼마 전의 독고풍이었다면 이런 상황에서 절대 피하지 못한다. 아니, 그랬다면 이렇게 가까이 접근하지도 않았을 것이다.

검이 목을 찌르는 순간 피가 튀면서 손으로 묵직한 느낌이 전해져 올 것을 기대하고 있던 축군주는 일순 움찔 가볍게 놀랐다.

눈앞의 독고풍이 흔적도 없이 사라졌기 때문이다. 마치 처음부터 그곳에 없었던 것 같았다.

피하다니, 있을 수 없는 일이다. 설혹 피했다고 해도 자신이 그것을 발견하지 못할 리가 없다고 생각했다.

순간 축군주는 무언가 흐릿한 기척을 감지하고 머리 위를 향해 번개같이 검을 떨쳤다.

츠츠츠—

하늘에서 새파란 섬광이 작렬하듯 다섯 줄기 검강이 부챗살처럼 뿜어졌다.

독고풍은 의자에 걸터앉은 듯한 자세로 축군주의 머리 위 일 장 거리에 떠 있었다.

그는 세 줄기 마영신지를 발출하여 축군주의 마혈을 제압하려다가 다섯 줄기의 검강이 자신의 온몸으로 쇄도하자 다시 그 자리에서 소리없이 사라졌다.

의지로써 무공을 전개하는 천마부동심공을 완성한 독고풍이지만, 마영신지가 극히 미약하게 허공을 가르는 파공음을 축군주가 감지한 것이다.

과연 일절신제는 대천십등의 최상급으로서 손색이 없는 실력을 지녔다.

독고풍에게 축군주를 죽이려는 마음이 있었다면 강공으로 나가 단번에 요절을 낼 수 있겠지만, 그는 달리 계획이 있어서 축군주의 마혈을 제압할 생각인 것이다.

독고풍은 축군주의 뒤로 기척없이 이동하면서 문득 피하기만 하는 자신이 불만스럽다는 생각이 들었다.

'출신입화인 내가 이따위 놈의 공격을 겁낼 필요가 있나? 좋아, 피하지 말고 정면승부다!'

축군주의 뒤로 내려서던 그의 모습이 다시 흐릿하게 사라지더니 다음 순간 축군주의 앞에 나타났다.
 어딘가로 이동하기 위해서 그는 구태여 경공을 사용하여 움직일 필요가 없다.
 의지로 무공을 전개하듯이, 단지 어디로 가겠다고 마음만 먹으면 다음 순간 그곳으로 이동해 있었다.
 독고풍이 자신의 일 장 앞에 마치 처음부터 그곳에 있었던 것처럼 갑자기 나타났으나 축군주는 추호도 놀라지 않았다.
 오히려 기다리고 있었다는 듯 검을 찔러왔다.
 아니, 찔렀다고 여긴 순간 검에서 발출된 두 개의 검강이 독고풍의 얼굴과 목을 향해 폭사되었고, 진검은 곧장 심장을 찔러왔다.
 방금 전에 정면승부를 하겠다고 마음먹은 독고풍이지만 찰나지간에 급소 한 뼘까지 쇄도하고 있는 검강과 검을 보면서 자신도 모르게 움찔했다.
 하지만 원래 겁이 뭔지 모르는 그다. 지금처럼 겁을 먹어야 할 상황에도 겁보다는 항심(抗心)이 뻗친다.
 '이 자식!'
 그는 두 줄기 검강과 한 자루 검을 피하는 것과 세 줄기 마영신지를 발출한다는 의지를 떠올렸다.
 <u>스스으.</u>
 찰나 그의 모습이 신기루처럼 흐릿해지면서 얼굴과 목을

겨냥했던 두 줄기 검강이 마치 그림자를 관통하듯 스쳐 지나갔다.

쩌쩡!

그러나 진검은 미처 피하지 못하고 심장을 살짝 비껴 나가 왼쪽 어깨에 정통으로 찔렸다. 하지만 쇠붙이끼리 부딪치는 음향이 터졌다.

대천신등 최고 절학인 대미신력으로 만들어낸 강기가 가득 실린 검이지만, 독고풍의 금강불괴를 파훼하진 못했다.

그가 출신입화지경에 이르면서 금강불괴도 자연적으로 더욱 강화된 것이다.

축군주는 자신의 검이 독고풍의 몸을 뚫지 못하고 오히려 검을 쥔 오른팔이 찢어질 것 같은 고통을 느꼈다.

파파팍!

그 순간 그는 자신의 양쪽 어깨와 오른쪽 가슴이 한꺼번에 뜨끔한 것을 느꼈다. 동시에 자신의 마혈이 제압됐다는 사실을 깨달았다.

'이럴 수가……!'

어떤 수법으로 어떻게 당했는지도 모르는 상태에서 마혈이 제압된 것이다.

별로 어렵지 않게 축군주를 제압해 버린 독고풍은 자신감이 부쩍 생겼다.

자신의 금강불괴가 가일층 강력해졌으며, 의지로써 무공

을 전개한다는 것이 생각했던 것보다 효과가 크다는 사실을 깨달았다.

그래서 그는 지금부터는 적을 피하지 않고 정면으로 상대하리라 마음먹었다.

그때 축군주 앞에 우뚝 서 있는 그의 몸에서 한줄기 음유한 진기가 발출되었다.

스우우······.

눈에 보이지 않는 진기는 축군주의 머리를 부드럽게 감싸는 듯하면서 뇌 속으로 스며들어 순식간에 그의 심지를 제압해 버렸다.

그러자 축군주의 눈빛이 흐릿하게 변했고, 독고풍의 전음이 그의 뇌를 울렸다.

"지금부터 축군을 닥치는 대로 죽여라."

그 순간 제압됐던 축군주의 마혈이 풀렸다.

흐릿하던 축군주의 눈빛이 정상을 되찾으면서 차갑게 변하는가 싶더니 순간 검을 움켜쥐고 계곡 아래를 향해 쏜살같이 하강했다.

슈욱!

독고풍은 어느새 첫 번째로 삼철혈왕의 목을 베고 있는 축군주를 굽어보면서 입술 끝으로만 냉혹하게 미소 지었다.

"흐흐··· 네놈들 우두머리에게 죽으면 기분이 묘할 것이다."

사실 그는 제령수어법으로 축군주의 심지를 제압하여 자신의 수하들을 죽이게 한 것이다.

그것이 바로 독고풍이 계획한 비장의 방법이다. 즉, 오랑캐로 오랑캐를 죽인다는 이이제이(以夷制夷)인 것이다.

삼철혈왕은 하늘같은 존재인 축군주가 느닷없이 자신들을 무차별 살육하자 크게 당황하고 또 감히 반격을 하지 못하면서 속속 피를 뿌리며 죽어갔다.

독고풍은 허공에 뜬 채 재빨리 주위를 살펴보았다.

각자 한 명의 일절신제와 싸우면서 적멸가인은 약간 우세하고, 원진은 팽팽한 접전을 벌이고 있었다.

독고풍이 그들에게 벌모세수와 환골탈태를 시켜준 것이 효과를 발휘했다.

그러지 않았다면 적멸가인은 팽팽한 접전을, 원진은 약간 열세였을 것이다.

반면에 십광세와 십일광세는 한 수 위의 실력으로 자신들이 맡은 일절신제를 궁지로 몰아넣고 있었다.

아니, 독고풍이 쳐다보고 있는 잠깐 사이에 십광세와 십일광세의 검이 일절신제의 정수리를 쪼개고 목을 관통했다.

일절신제가 광세에 비해서 열세인 것은 맞지만 이처럼 쉽게 당할 정도는 아니다.

조금 전, 두 명의 일절신제는 자신들을 향해 공격해 오는 십광세와 십일광세가 누군지를 한눈에 알아보고 크게 놀랐다.

그들은 눈을 의심했다. 십광세와 십일광세가 이곳에 나타났다는 것과 자신들을 공격해 오고 있다는 사실을 눈으로 보면서도 쉽게 믿을 수가 없었다.

그 때문에 끌어올렸던 공력이 순간적으로 흐트러졌으며, 십광세와 십일광세의 공격을 과연 어떻게 대처해야 할지 판단이 서지 않았다. 그 순간 십광세와 십일광세의 공격이 퍼부어졌다.

각오를 단단히 하고 싸워도 열세인 두 명의 일절신제가 십광세와 십일광세를 당해낸다는 것은 기적이다.

적멸가인과 일절신제는 맞은편 계곡 위에 내려선 채, 원진과 일절신제는 여전히 허공 중에서 치열하게 싸우고 있다.

독고풍은 우선 팽팽한 접전을 벌이는 원진을 도우려고 그쪽으로 쏘아갔다.

원진과 싸우고 있는 일절신제는 독고풍이 몸을 전혀 움직이지 않는 상태에서 마치 구름이 흐르듯 자신에게 쏘아오는 것을 힐끗 곁눈으로 발견하고는 가볍게 표정이 변했다.

순간 그는 갑자기 맹렬한 공격을 퍼부어 원진을 물러나게 한 후에, 두 손으로 검을 잡고 검첨으로 허공의 여덟 방위를 긋는 독특한 동작을 취하는가 싶더니 독고풍을 향해 맹렬하게 검을 떨쳐 냈다.

쿠아앗!

순간 보통 검보다 서너 배 정도 더 큰 커다란 검이 무지하게 빠른 속도로 독고풍을 향해 쏘아갔다.

그 검은 진짜 검이 아니라 푸른빛을 발하는 투명한 검, 즉 무형폭사검(無形輻射劍)이라는 초식이다.

독고풍이 축군주를 제압하는 광경을 목격한 일절신제는 방심하지 않고 대미신력의 최고 절기인 무형폭사검을 전개하여 승부를 보려는 것이다.

대천신등 내에서는 천신황과 대천칠군, 십팔광세, 그리고 백 명의 일절신제만이 무형폭사검을 연마했다.

독고풍은 가공할 기세로 쇄도하는 푸른빛의 무형폭사검을 보며 심상치 않음을 느꼈다.

하지만 특유의 고집스러운 항심이 발동하여 정면으로 부딪쳐 보겠다는 마음이 생겼다.

또한 자신이 얼마나 강해졌는지 시험해 보고 싶다는 생각도 작용했다.

그는 내심으로 초식 이름 하나와 전력으로 발출한다는 생각을 동시에 떠올렸다.

'천지파멸!'

고옴…….

순간 독고풍의 온몸이 혈광으로 투명하게 물들었다. 그것은 한 덩이의 섬광인 양 너무도 눈부셔서 똑바로 쳐다볼 수 없을 정도다.

드오오!

찰나, 그 섬광이 한 아름 굵기의 원통형 빛줄기가 되어 전면으로 폭사되어 뿜어졌다.

고오오…….

빛줄기, 즉 섬경(閃勁)이 집어삼키는 순간 무형폭사검은 흔적도 없이 사라져 버렸다.

일절신제는 자신을 향해 쏘아오는 섬경을 보면서 눈을 부릅뜨며 경악했다.

그는 무형폭사검이 독고풍에게 타격을 줄 것이라고 기대하고 있었는데, 그것이 흔적조차 없이 사라지자 당황하여 일순간 어쩔 줄을 몰라 했다.

파아아—

다음 순간 그는 그 자세, 그 모습 그대로 섬경에 적중되어 수천 조각으로 찢어지는 동시에 녹아버렸다.

"우웃!"

일절신제의 공격에 의해서 잠시 물러났다가 재차 공격을 시도하려던 원진은 갑자기 몰아닥친 섬경의 여파에 허공으로 휘말려 올라갔다.

독고풍은 자신이 전개하고도 천마신위강 최고 절학인 천지파멸의 가공할 위력에 잠시 넋을 잃고 말았다.

'굉…장하다.'

두리번거려 봤으나 방금 죽은 일절신제의 머리카락이나

작은 옷 조각조차 눈에 띄지 않았다.

그는 허공 중에서 겨우 자세를 바로잡고 하강하는 원진을 보면서 내심 중얼거렸다.

'천지파멸은 될 수 있으면 전개하지 말아야겠군. 시체가 없으니 어떻게 죽었는지 알 수가 없어.'

이어서 그는 몸을 뒤집으며 적멸가인 쪽으로 쏘아갔다.

적멸가인은 오행회선강으로, 일절신제는 대미신력으로 전력을 다해서 치열하게 싸우고 있는 중이었다.

적멸가인이 조금 우세하긴 하지만 일절신제가 워낙 결사적이라서 그녀는 좀처럼 죽일 기회를 잡지 못하고 있었다.

그들의 싸움은 그야말로 용쟁호투라고 할 수 있었다. 두 사람 다 생애 처음으로 자신들이 갖고 있는 모든 초식과 전력을 쏟아냈다.

독고풍이 보기에 그대로 놔둔다면 반나절 이상 지나도 승부가 나지 않을 듯했다.

독고풍은 적멸가인이 상대하고 있는 일절신제의 뒤쪽으로 귀신처럼 다가갔다.

하지만 일절신제는 싸움에 온 정신을 집중하고 있어서 독고풍의 접근을 눈치채지 못했다.

독고풍이 다가오는 것을 발견한 적멸가인은 그의 의도를 알아차리고 구태여 그럴 필요가 없는데도 갑자기 맹렬하게 공격을 퍼부었고, 일절신제는 수세에 몰려 방어하느라 여념이 없었다.

 그런 상황에서 독고풍이 일절신제의 마혈을 제압하는 것은 누워서 떡 먹는 것보다 쉬었다.

 파파팍!

 "흑……!"

 독고풍의 마영신지에 마혈이 제압된 일절신제는 몸을 뻣뻣하게 굳히며 불신의 표정으로 눈알을 굴렸다.

 독고풍은 두 명째 일절신제의 심지를 제압하여 축군 고수들을 죽이라고 보냈다.

 방금까지만 해도 적멸가인과 생사혈투를 벌였던 일절신제는 자신의 수하들을 죽이기 위해서 독수리처럼 아래로 내리꽂혔다.

# 第百十章
## 이 한 몸 죽어서…

 독고풍과 적멸가인은 동시에 아래를 내려다보았다. 좁은 계곡에서 수많은 사람들이 한데 뒤섞여 아비규환의 전투를 벌이고 있는 광경이 한눈에 들어왔다.
 독고풍의 시선이 빠르게 계곡의 곳곳을 훑었다.
 제일 먼저 시야에 들어온 것은 계곡 바닥에 즐비하게 깔려 있는 십살흑풍의 모습이었다.
 흑의에 역시 검은색의 짧은 견폐를 두르고 있어서 계곡 바닥이 새카맣게 보였다.
 십살흑풍보다는 적은 수이지만 청색 옷을 입은 구탈사수도 십살흑풍 사이에 쓰러져 있는 모습이 눈에 띄었다.

대충 세어본 결과 십살흑풍은 사천 명, 구탈사수는 오백여 명가량이었다.
　독고풍의 눈썹이 슬쩍 찌푸려졌다.
　축군 일만 명은 한 명도 빠짐없이 물을 마셨다. 그것은 모두의 몸속에 쇄심오분이 침입했다는 뜻이다.
　그러나 십살흑풍 사천 명은 모조리 중독됐는데, 구탈사수는 이천 명 중에서 겨우 오백 명만 중독이 됐다.
　더구나 기대했던 것과는 달리 팔등 팔혼낭차는 한 명도 중독되지 않았다.
　독고풍은 운이 좋으면 팔혼낭차는 물론이고 칠비혈귀까지도 중독시키기를 기대했으나 결과는 너무도 초라했다.
　하지만 어쩔 수 없는 일이다. 쇄심오분보다 더 강력한 독을 사용할 수는 없는 상황이었다.
　그나마 최초의 급습으로 무적대마군 천여 명이 일제히 던진 조약돌에 운공조식을 하던 오마추명과 육강잔도 육백오륙십 명이 당했다는 사실이 다소 위안이 되어주었다.
　오도겸이 이끄는 백독고수가 곳곳에서 축군을 중독시키느라 전력을 쏟았으며, 그것은 꽤 좋은 성과를 올리고 있었다.
　하지만 전체 전력에는 그리 큰 영향을 미치지 못했다.
　축군 일만 명 중에 십살흑풍 사천과 구탈사수 오백 명이 죽거나 중독이 되어 주저앉아 있고, 오마추명과 육강잔도 육백오륙십 명이 피투성이가 되어 쓰러져 있다.

축군 일만 중에 도합 오천백오륙십 명은 매우 큰 수이고 전체 인원의 오 할에 육박한다.

하지만 실상 전체 전력(戰力)으로 보면 삼 할 오 푼 남짓의 손실을 발생시키는 정도에 그쳤다.

축군은 아직 오천 명의 고수에 육 할 오 푼의 건재한 세력인 반면에 무적대마군은 고작 천여 명이다.

더구나 독고풍 측근과 무적군을 제외한 무적대마군 전체의 평균 전력은 대천신등의 팔혼낭차와 칠비혈귀의 중간 정도 수준에 불과하다.

첫 급습인 조약돌 투척은 좋은 성과를 올렸으나 쇄심오분은 기대 이하의 결과였다.

그러므로 이 싸움은 특단의 조치를 취하지 않는 한 무적대마군의 대패로 끝날 가능성이 크다.

그나마 자미룡과 설란요백, 강조, 기개세, 냉운월 등 무적군이 이황무존 이십 명을 철저하게 묶어두고 있는 것이 다행이라면 다행한 일이다.

하지만 그 역시 승패에 큰 영향을 미치지는 못할 터이다.

여기저기에서 무적대마군 고수들이 목이 잘리고 심장이 쪼개져서 피를 뿌리며 쓰러지는 광경이 속속 독고풍의 시야에 쏟아져 들어왔다.

"이놈들······."

그는 부르르 몸을 떨며 어금니를 악물었다가 냉철하게 궁리하기 시작했다.

'뭔가 수를 내야만 한다!'

바로 그때 귀에 익은 쩌렁한 외침이 그의 귀로 파고들었다.

"산(散)!"

독고풍이 급히 쳐다보자 한데 뭉쳐 있던 백독고수들이 갑자기 사방으로 흩어지기 시작했다.

방금 오도겸이 외친 '산'이라는 구호는 독인들이 독을 풀기 전 단계를 가리킨다.

그러나 그냥 독을 푸는 것이 아니라 스스로의 몸을 폭발시켜서 체내에 품고 있던 독을 화살보다 빠른 속도로 퍼뜨려 주위를 전멸시키는 자폭용독술(自爆用毒術)을 전개하려는 것이다.

"안 된다! 멈춰라!"

순간 독고풍이 벼락같이 외치면서 오도겸을 향해 급전직하 쏘아내리며 마영신지를 발출했다.

그가 다음 구호를 외치지 못하도록 혈도를 제압하려는 의도인 것이다.

그는 아무리 상황이 절박하다고 해도 자신의 수하들이 스스로 몸을 던져 죽음으로써 적을 물리치는 방법만은 용납할 수가 없었다.

그러나 독고풍이 아무리 의지로써 무공을 전개하는 출신입화지경에 이르렀다고 해도 신이 아닌 이상 시간과 공간의 법칙을 깰 수는 없다.

그가 발출한 마영신지가 오도겸에게 닿기도 전에 그의 다음 구호가 터졌다.

"제일조 파(破)!"

오도겸의 외침이 계곡을 쩌렁쩌렁하게 떨어 울렸다.

그 순간 무적대마군 전체 고수들은 어느 한 명이라도 그 목소리에서 비감함이 뚝뚝 떨어지는 것을 느끼지 않은 사람이 없었다.

오도겸의 명령에 사방으로 흩어져 가던 백 명의 독인 중에서 제일조 열 명이 축군이 가장 많이 모여 있는 한복판으로 쏘아 들어갔다.

독고풍은 다급히 그들을 쳐다보았다. 순간 그중 한 명의 얼굴이 동공을 터뜨릴 듯이 시야로 쏘아져 들어왔다.

그의 얼굴은 온통 비장함과 결연함으로 물들어 있었다.

그 얼굴을 보는 순간 독고풍은 온몸의 피가 마르는 듯한 느낌을 받았다.

퍼퍼퍼퍽!

다음 순간 계곡 곳곳에서 폭죽 터지는 소리가 거의 동시에 터져 나왔다.

백독고수 제일조 열 명이 적진 깊숙한 곳에서 자신의 몸을 폭발시키는 폭음이었다.

그들의 몸이 수만 조각으로 산산조각 나서 핏물에 섞여 소나기처럼 사방으로 퍼져 나갔다.

열 명의 독인이 폭발한 곳은 축군이 밀집되어 있는 한복판이고, 또한 독인들의 살과 뼈, 내장, 피가 사방으로 뿜어지는 속도가 너무나 빨라서 주변 오륙 장 이내에 있던 축군은 거의 대부분 피하지 못했다.

독인의 파편이 몸에 닿은 축군은 즉시 그 부위가 시커먼 독무를 뿜으면서 맹렬하게 타 들어갔다.

"크으으……."

"흐아악!"

얼굴에 묻은 자는 얼굴이 타면서 순식간에 살과 뼈가 녹아 액체로 화해 뚝뚝 흘러내렸고, 가슴에 묻은 자는 가슴이 뻥 뚫렸으며, 배에 묻은 자는 옷이 타고 뱃가죽과 내장이 녹으면서 등까지 휑하니 뚫려 버렸다.

뿐만이 아니라 독인들이 죽으면서 핏빛의 뿌연 독무가 자욱하게 퍼져 나갔다.

그리고 그것을 들이마신 축군은 눈과 혓바닥이 튀어나오고 칠공에서 검붉은 피를 흘리며 목을 움켜잡고 비틀거렸다.

한 명의 독인이 폭발한 곳을 중심으로 오 장 이내에 있던 자들은 신음조차 지르지 못하고 즉사했다.

또한 십여 장 이내에 있던 자들 중에서 다수가 독무를 마시고 비틀거리거나 쓰러졌다.

그러나 지독하기 짝이 없는 극독이지만 육강잔도 이상은 중독시키지 못했다.

그들은 즉시 호흡을 멈추었으며, 조금이라도 독무를 들이마신 자들은 재빨리 공력으로 독기를 배출하기 시작했다.

계곡 내 열 군데에서 갑자기 벌어진 엄청난 일 때문에 여태 그토록 치열했던 싸움이 약속이나 한 것처럼 일시 중단됐다.

너무도 큰 충격을 받은 나머지 독고풍은 오도겸에게 발출한 마영신지가 중도에서 사라졌다는 사실마저 알지 못했다.

의지로써 발출된 무공이므로 그것에 대해서 생각을 하지 않으면 무공도 사라질 수밖에 없는 것이다.

그는 계곡으로 하강하다 말고 멈추어 허공에서 망연한 표정으로 계곡을 쓸어보았다.

그때 오도겸의 세 번째 외침이 계곡을 울렸다.

"제이조! 파!"

순간 독고풍은 정신이 번쩍 들었다. 그제야 그는 자신의 마영신지가 오도겸을 제압하지 못했다는 사실을 깨닫고 아차 싶었다.

휘익! 휙!

오도겸의 명령이 떨어지기가 무섭게 기다렸다는 듯이 제이조 열 명이 우두커니 서 있는 축군 속으로 열 군데로 나누어 쏜살같이 날아갔다.

자신의 몸을 터뜨려서 죽으러 가는 열 명의 얼굴에는 죽음에 대한 두려움이나 망설임 따윈 추호도 없었다.

하나같이 살기로 번들거리는 눈을 부릅뜨고 입가에는 득

의하고도 자랑스러운 미소를 머금고 있었다.

 대마종이 사독요마를 무림의 한 축계로 승화시키고, 나아가 천하를 제패할 것이라고 믿으며, 자신들의 희생이 그 밑거름이 되는 것이라 여겨 덩실덩실 춤을 추듯 기꺼이 웃으면서 죽음으로 날아갔다.

 "어서 피해랏!"
 "피해라! 놈들은 독인이다!"
 한발 늦게 정신을 차린 여러 명의 삼철혈왕들이 팔을 휘저으면서 피를 토하듯 악을 써댔다.

 축군의 우두머리인 다섯 명의 일절신제 중에 세 명이 죽고 두 명은 심지가 제압되었으며, 이황무존은 자미룡과 설란요백, 강조 등이 이끄는 무적군의 집중공격으로 옴짝달싹 못하는 신세라서 세 번째 서열인 삼철혈왕이 축군을 지휘해야 하는 상황이다.

 퍼퍼퍼퍼퍽!
 그들의 외침과 거의 동시에 제이조 열 명의 몸이 계곡 열 군데에서 폭발했다.

 그 순간 오도겸이 수중의 검을 휘두르며 우렁차게 외쳤다.
 "무적대마군은 무엇을 하는가! 어서 적들을 주살하라!"
 너무도 참혹하고 엄청난 광경에 무적대마군마저도 넋을 잃고 있다가 그제야 정신을 차렸다.

 축군이 중독되어 비틀거리고 있을 때 주살해야 독인들의

죽음을 극대화시킬 수 있으며 헛되이 하지 않는 것이다.

무적대마군은 미리 해약을 복용했기 때문에 어떠한 극독이 살포되더라도 끄떡없다.

제이조 열 명의 몸이 갈가리 찢어져 사방으로 비산되어 축군 수백 명의 몸에 달라붙었다.

일단 육편(肉片)이 달라붙으면 용빼는 재주가 있더라도 죽을 수밖에 없다.

무적대마군이 주살할 적은 독무를 흡입하고 비틀거리는 축군 고수들이다.

"죽여라!"

"한 놈도 남기지 말고 모조리 죽여라!"

무적대마군 각 중간 우두머리들이 도검을 치켜들고 축군 속으로 날아들며 악을 썼다.

파파팍!

"제삼조……."

오도겸은 또다시 '파' 명령을 내리려다가 독고풍의 마영신지에 적중되어 마혈과 아혈이 동시에 제압됐다.

독고풍은 오도겸 머리 위 삼 장 거리에서 그를 향해 팔을 뻗었다가 위쪽으로 뿌리치듯 뻗었다.

휘이—

그러자 오도겸의 몸이 마치 줄에 묶인 듯 쏜살같이 수직으로 솟구쳤다가 계곡 꼭대기에 내동댕이쳐졌다.

독고풍은 한주먹에 오도겸의 머리를 박살 내고 싶었으나 간신히 분노를 억눌렀다.

그는 재빨리 주위를 둘러보았다. 백독고수 제일조와 제이조 이십 명의 자폭으로 인하여 잠시 멈췄던 싸움이 다시 시작되고 있었다.

그러나 조금 전과는 싸움의 양상이 많이 달라졌다.

무적대마군 독인 이십 명의 자폭용독술로 순식간에 칠백여 명의 축군이 즉사했다.

그들은 대부분 팔혼낭차와 구탈사수, 칠비혈귀이며, 그중에서 구탈사수와 팔혼낭차가 가장 많았다.

즉사하지 않았더라도 독무를 마셔서 중독된 축군은 천여 명에 달했다.

그들 중에 독무를 두 호흡 이상 들이마신데다 비교적 약한 구탈사수나 팔혼낭차는 가만히 내버려 둬도 일각 이내에 온몸이 속에서부터 타서 녹으며 자연히 죽게 될 것이다.

독무를 한 호흡 정도 들이마신 팔혼낭차나 구탈사수는 운공조식으로 독기를 배출해야만 한다. 그 기회를 놓치면 죽을 수밖에 없다.

반대로 무적대마군은 그들이 운공조식을 하기 전에 죽여야만 한다.

독무를 두 호흡 이상 들이마신 칠비혈귀는 오십여 명 정도이며, 그들은 독무를 한 호흡 들이마신 팔혼낭차와 비슷한 중상을 나타낸다.

여하튼 무적대마군은 비틀거리고 있는 축군을 가차없이 주살하기 시작했다.

그러나 중독되어 죽었거나 곧 죽게 될 천칠백여 명을 제외하더라도 축군은 아직 삼천여 명 이상이 남아 있다. 더구나 그들은 대부분 육강잔도 이상의 고강한 고수들이다.

이 한바탕의 태풍이 잠잠해지고 나면 무적대마군은 아까처럼 열세에 처하게 될 것이다. 그전에 어떤 대책을 마련해야만 한다.

문득 독고풍의 시선이 한곳으로 향했다. 그의 시선이 멈춘 곳에서는 우두머리 일절신제, 즉 축군주가 닥치는 대로 자신의 수하들을 주살하고 있었다.

독고풍은 고개를 돌려 계곡 내를 빠르게 훑어보았다.

또 한 명의 일절신제와 십광세, 십일광세가 악귀나찰처럼 축군을 무차별 죽이고 있는 광경이 눈에 띄었다.

그것을 보고 독고풍은 자신의 할 일을 깨달았다. 될 수 있는 대로 많은 축군 고수들의 심지를 제압하여 그들로 하여금 축군을 죽이게 하는 것이다.

처음에는 일절신제나 이황무존의 심지를 제압할 생각이었으나 지금은 되도록 많은, 그리고 고강한 자들의 심지를 제압해야겠다고 생각을 바꿨다.

적을 죽이는 것보다 산 채로 제압하여 제령수어법을 전개하는 것이 시간이 더 걸리고 번거롭기는 하지만 효과는 몇 배나 더 크다.

순간 그는 이황무존을 향해 빛처럼 쏘아갔다.

처음 이십 명이었던 이황무존은 지금은 십칠 명이 남았다. 반면에 이쪽은 무적군 세 명이 죽고 두 명이 중상을 입은 상태였다.

그것만으로도 자미룡과 설란요백, 강조가 이끄는 무적군은 임무 이상을 해주고 있는 것이다.

하지만 독고풍은 무적군 세 명이 죽었다는 사실 때문에 가슴이 저렸다.

이황무존 이십 명을 모두 죽이고 무적군은 한 명밖에 죽지 않았다고 해도 독고풍은 가슴이 아플 것이다.

십칠 명의 이황무존은 서로 등을 지고 둥글게 원을 형성한 상태에서 무적군과 싸우고 있었다.

독고풍은 허공에서 수직으로 낙하하여 그들의 원 한복판으로 쏘아들었다.

하지만 그들은 무적군과 싸우느라 자신들의 등 뒤에 나타난 독고풍의 존재를 알아차리지 못했다.

독고풍에게 일절신제도 상대가 되지 않는 판국에서 이황무존 정도는, 그것도 배후에서의 공격은 거저먹는 것이나 다름이 없다.

일체의 기척도 없이 두 줄기의 마영신지가 한 명의 이황무존에게 뿜어 나갔다.

파곽!

"윽."

마혈이 제압된 이황무존이 뻣뻣하게 굳어 앞으로 기우뚱 쓰러지자 다른 이황무존이 움찔했다.

그 순간 독고풍에게서 이번에는 네 줄기 마영신지가 한쪽 방향으로 번개같이 발출되었다.

이황무존 정도는 한 번에 두 명을 제압할 수 있지 않을까 싶어서 시험을 하는 것이다.

파파곽!

"윽!"

"음."

최초의 이황무존이 쓰러지는 것을 보고 놀라던 두 명의 이황무존은 미처 대처할 기회도 없이 몸 뒤 어깨의 마혈이 제압되었다.

조금 더 욕심이 생긴 독고풍은 이번에는 반대편 방향으로 연속 여섯 줄기의 마영신지를 발출했다.

물론 손가락을 통해서 직접 발출하지 않고 발출하겠다고 단지 마음을 먹기만 하자 몸에서 진기가 뿜어져서 지풍으로 화해 쏘아 나간 것이다.

그가 세 번째 마영신지를 발출할 때까지도 마혈이 제압된 세 명의 이황무존은 땅을 향해 쓰러져 가고 있는 상태였다.

이황무존은 자신들의 등 뒤 원형의 공간에 누군가 침입할 것이라고는 추호도 예상하지 못하고 있다가 급습을 당하자 적잖이 놀라 급히 뒤돌아보면서 그중 몇 명이 반격, 혹은 방어 자세를 취하였다.

이황무존 전원이 돌아보지 않은 것은 전면에 자미룡과 설란요백 등 무적군이 맹렬하게 공격을 하고 있었기 때문이다.

파파파팍!

그러나 독고풍이 발출한 여섯 줄기 마영신지는 부챗살처럼 갈라지면서 이황무존이 미처 자세를 취하기도 전에 나란히 있던 세 명의 마혈을 정확하게 제압해 버렸다.

독고풍이 순식간에 여섯 명의 이황무존을 제압하자 그들의 단단한 옹기 같은 방어막이 허물어지면서 자미룡과 설란요백, 강조 등 무적군의 공격이 빗발처럼 쏟아졌다.

일단 균형이 무너진 이황무존은 제대로 손도 써보지 못하고 순식간에 도륙당했다. 최소한 두 자루 이상의 검이 그들의 몸을 찌르고 잘라 버렸다.

거대한 제방이라고 해도 개미굴에 의해서 와해되는 법인데, 독고풍이 찰나지간에 이황무존을 여섯 명이나 제압했으니 당연한 결과였다.

독고풍은 이황무존을 모두 제압해서 꼭두각시로 만들 생각이었으나 여섯 명으로 만족할 수밖에 없었다.

독고풍이 제압된 이황무존의 심지를 제압하는 것을 옆에

서 지켜보던 자미룡이 총명하게 눈을 빛내며 종알거렸다.
"풍 랑, 다음에는 삼천혈왕 놈들을 제압할 건가요?"
"그래."
독고풍이 하던 일에 열중하면서 고개를 끄덕이자 자미룡은 설란요백과 무적군을 이끌고 가장 가까운 곳에서 싸우고 있는 세 명의 삼천혈왕을 향해 나는 듯이 달려갔다.
이윽고 독고풍은 이황무존 여섯 명의 심지를 모두 제압한 후 일렬로 세워놓고 명령을 내렸다.
"지금부터 대천신등 놈들을 닥치는 대로 죽여라!"
독고풍은 여섯 명의 이황무존이 여섯 방향으로 바람처럼 쏘아가는 것을 지켜보았다.
그러나 몸은 어느새 뒤쪽 자미룡 등이 있는 곳으로 쏘아가고 있었다.
그는 이황무존이 축군 고수들을 무차별 주살하는 것을 확인하고서야 고개를 돌려 자미룡 등을 보았다.
자미룡과 설란요백, 강조, 기개세 등 무적군은 세 명의 삼철혈왕을 포위한 상태에서 공격을 퍼부어 꼼짝도 못하게 만들어놓았다.
이십 명의 이황무존마저도 꽁꽁 묶어버린 그들이거늘 세 명의 삼철혈왕이야 오죽하겠는가.
독고풍은 다 차려진 식탁에 그저 숟가락만 들면 되는 상황이다.

그는 마영신지를 뿜어 세 명의 삼철혈왕을 제압하고 지상에 내려서면서 계곡 내를 돌아보았다.

그러다가 가볍게 움찔 표정이 변했다. 조금 전하고는 상황이 변하여 다시 무적대마군이 열세에 처해 있는 것을 발견했기 때문이다.

백독고수 이십 명의 희생으로 축군이 무려 천칠백여 명이 죽었으나 아직도 삼천여 명이나 건재한 상황이다.

더구나 남은 자들은 팔혼낭차 이상의 고강한 자들이 대부분이기 때문에 무적대마군은 고전을 면치 못하고 있었다.

독고풍의 눈에는 무적대마군이 죽어가는 모습밖에 보이지 않았다.

그들이 죽어갈 때마다 그의 살점이 뚝뚝 떨어져 나가는 것만 같았다.

"가서 싸워라! 놈들을 하나라도 더 죽여라!"

독고풍은 자미룡과 무적군에게 손을 휘저으면서 다급하게 외쳤다.

"요백 할매!"

이어 설란요백을 불러 세웠다.

"대동협맹 놈들을 불러들여!"

설란요백은 그래야 당연하다는 표정을 지으면서 물었다.

"독고수들에게 독을 사용하지 못하게 하겠네."

독고수들이 독을 사용하다가 대동협맹 고수들을 중독시킬

수도 있기 때문이다.
"방어할 때는 사용하도록 해."
강적과 싸울 때마저도 독을 사용하지 못하게 한다면 독고수들에게 두 손 놓고 그냥 죽으라는 얘기다.
"알겠네."
설란요백은 계곡 입구 쪽을 향해 쏜살같이 쏘아갔다.
독고풍은 세 명의 삼철혈왕의 심지를 제압하여 축군을 죽이라고 명령하여 보낸 후 복잡한 표정으로 곡 내의 싸움을 살펴보았다.
지금 심정 같아서는 당장이라도 달려가서 축군 고수들을 닥치는 대로 쳐 죽이고 싶은 마음이 굴뚝같았다.
그러나 상황이 사람을 성장시킨다고 했다.
그는 정협맹과 대동협맹, 그리고 녹천신왕 무옥을 두루 만나보고, 또 십팔광세들과의 싸움이나, 중원을 떠나 이곳으로 오면서 적멸가인과 설란요백에게서 대천신등의 실체와 동몽고의 음모 등을 알게 되고 나서는 불과 몇 달 사이에 정신적으로 많은 발전과 성장을 했다.
그가 가장 크게 깨달은 것은, 일을 내키는 대로, 즉 감정에 따라 처리해서는 안 된다는 사실이었다.
그런 것을 깨달으면서 평소에는 하지 않던, 아니, 골치 아프게만 여기던 생각이라는 것을 하는 경우가 점점 많아졌고 또 길어졌다.

그렇게 깊은 생각으로 얻어진 방법에 따라서 행동하게 되니까 일이 훨씬 더 매끄럽고 그럴듯하게 해결된다는 사실을 깨달았다.

그런 일이 한 번 두 번 계속 반복되다 보니 이제는 아예 행동을 하기 전에는 의례히 먼저 생각을 해보는 것이 습관처럼 돼버렸다.

독고풍은 끓어오르는 격한 감정을 억누르면서 빠르게 주위를 둘러보았다.

심지를 제압할 먹잇감을 찾기 위해서다. 감정이 폭발하는 대로 적을 주살하는 것보다는, 꼭두각시를 만들어 조종하는 것이 훨씬 효과적이라는 사실을 잘 알기 때문이다.

그것은 이미 꼭두각시가 된 십광세와 십일광세, 그리고 두 명의 일절신제가 너무나 잘 증명하고 있었다.

바로 그때, 계곡 입구와 위쪽에서 파도처럼 대동협맹 고수들이 쏟아져 들어왔다.

그들은 마치 강이 범람하여 강둑을 넘어 울창한 숲을 거침없이 침범하는 것처럼 짧은 시간 안에 계곡 내 전체를 뒤덮어 버렸다.

대동협맹 고수들이 곡 내에 들어와서 가장 먼저 발견한 것은 곳곳에 즐비한, 아니, 켜켜이 쌓여 있다는 표현이 맞을 듯한 수천 구의 시체이다.

그리고 가장 먼저 느낀 것은 가슴과 머리를 두드리는 엄청난 무게의 경악과 압박감이다.

 그들은 이곳에 오기 전에 중원 연합 세력에 출전한 무적방 고수가 불과 천 명이라는 사실을 알고 있었다.

 그래서 여기까지 오는 동안 줄곧 적은 인원을 내놓은 무적방에 대한 경멸과 과소평가를 주제로 삼아서 이야기를 나누었었다.

 그런데 막상 눈앞에 벌어져 있는 현실은 그들이 생각했던 것과는 너무나 큰 차이가 있었다.

 곡 내의 바닥을 가득 메우고 계류의 물이 보이지 않을 정도로 뒤덮여 있는 시체들은 한눈에도 대천신둥 고수들이라는 것을 알아볼 수 있었다.

 대충 어림잡아도 시체 수는 육, 칠천을 웃돌 것 같았다.

 이곳에는 무적방 고수들과 대천신둥 고수들뿐이다. 바보가 아닌 이상 무적방 고수들이 육, 칠천 명에 달하는 대천신둥 고수들을 죽였다는 사실을 짐작할 수 있었다.

 대동협맹 고수들이 무적방에 품고 있던 좋지 않은 선입견은 곡 안으로 들어온 순간 씻은 듯이 사라졌다.

 아니, 오히려 무적방이 두려운, 아니, 공포스럽기 짝이 없는 존재로 여겨졌다.

 계곡 양쪽에서 쏟아져 들어온 대동협맹 고수들은 곡 내에서 벌어져 있는, 그리고 벌어지고 있는 광경을 발견하고는 지위 고하를 막론하고 한순간 모두 얼어붙었다.

"뭣들 하느냐? 어서 공격하라!"

찌러렁!

그때 호통성이 터지면서 곡 전체가 찌르릉 떨어 울렸다.

호통을 친 사람은 곡구에서 비스듬히 허공으로 훌훌 걷듯이 날아오고 있는 태무천이었다.

그 바람에 정신을 차린 오천 명의 대동협맹 고수들은 일제히 무기를 뽑아 들고 축군 고수들을 향해 쏟아져 갔다.

무적방에 뒤져서는 안 된다는 경쟁심이 그들 가슴에서 활활 타올랐다.

막 두 명의 삼철혈왕의 마혈을 제압한 독고풍은 적을 향해 내리꽂히고 있는 태무천을 쳐다보며 나직이 중얼거렸다.

"저 늙은 너구리의 속은 도대체 알 수가 없군."

# 第百十一章
남자의 눈물

"고작 천여 명뿐이란 말인가?"

북궁연은 언덕 아래 평지에 도열해 있는 정협맹 정예고수들을 굽어보면서 탄식처럼 중얼거렸다.

그런데 북궁연을 향해 도열해 있는 고수들의 모습은 마치 치열한 전쟁을 치른 듯한 모습이었다.

한 명도 멀쩡한 모습이 아니다. 온몸이 땀에 흠뻑 젖었으며, 봉두난발의 머리와 찢어진 옷, 극도로 탈진한 기색이 역력했고, 몸 여기저기에 베이고 찔린 상처가 수두룩했다.

그나마 그들은 나은 편이다. 그들 옆에는 서 있을 형편이 아닌 수백 명의 정협맹 고수들이 앉거나 누워 있었다. 그들의 공통점은 다쳤으며 중상을 입었다는 것이다.
 이들이 동정호 군산을 떠나올 때에는 절대 이런 초라한 모습이 아니었다.
 대천신등 중원정벌총군을 무찌르러 출발하는 정협맹의 정예고수로서 사기가 충천했고, 깨끗한 옷과 번쩍이는 도검으로 무장을 한 멋진 모습이었다.
 그보다 더 중요한 것은 군산을 떠나올 때 그들의 수가 총 칠천오백 명이었다는 사실이다.
 그러나 지금은 부상자까지 합쳐서 고작 천오백여 명만이 살아남았다.
 그런데 그들만 그런 모습이 아니다.
 북궁연과 좌우에 서 있는 화영, 그리고 세 명의 장로, 즉 정협성도 비슷한 모습이었다.
 "그들이 진정 대천신등 중원정벌총군이 분명한가?"
 문득 북궁연은 얼굴을 잔뜩 찌푸리며 누구에게랄 것도 없이 혼잣말처럼 중얼거렸다.
 그 중얼거림에 화영이 대답했다.
 "틀림없습니다."
 그의 목소리는 공손했으나 확신과 분노에 차 있었다.
 북궁연이 몰라서 중얼거린 것이 아니고, 화영 또한 북궁연이 모를 것이라고 여겨서 대답한 것이 아니다.
 두 사람 다 너무도 어이가 없고 기가 막힌 일을 당한 후에 착잡한 마음을 진작시키느라 뜻없이 주고받은 말이다.

그리고는 여태까지 그랬던 것처럼 다시 침묵이 흘렀다.

북궁연이나 화영, 세 명의 정협성과 살아남은 모든 정협맹 고수들은 불과 한나절 전까지 자신들이 겪었던 엄청난 사건을 이해하기 위해서는 시간이 필요했다.

아니, 아무리 오래, 그리고 깊이 생각한다고 해도 그 사건은 이해하지도 도저히 이해할 수도 없는 일이었다.

보름 전, 북궁연은 독고풍의 친서 한 통을 전해 받았다.

거기에는 즉시 정협맹 정예고수들을 이끌고 청해성 남단으로 출발하라는 내용이 적혀 있었다.

북궁연은 독고풍의 친서를 받고 반나절 만에 정협십이성과 자신의 호위대인 정위천, 최정예인 정협삼단, 그리고 무림의 정협맹 지부에서 선발한 사천오백 명, 도합 칠천오백 명을 이끌고 은밀하게 한밤중에 군산을 출발했었다.

강북 하남성에서 출발한 독고풍의 무적방과는 달리 정협맹은 강남인 악양에서 출발하기 때문에 청해성 남단으로 가기 위해서는 서쪽을 향하여 사천성을 횡단한 후 서강성으로 들어서 비스듬히 북상해야 한다.

북궁연과 정협 고수들의 출발과 이동은 순조로웠다. 대천신등을 무찔러 중원무림을 지키자는 사명감과 용맹함이 모두의 가슴에 가득 차 있었다.

북궁연은 어서 빨리 무적방과 합류하여 구체적인 계획을 세워야 할 것에 온 정신을 쏟으면서 발길을 재촉했다.

또한 그들을 한층 고무시킨 일이 있었는데, 녹천대련이 이천 명의 고수를 중원 연합 세력에 파견했다는 내용을 독고풍의 서찰에서 읽었기 때문이다.

예전의 정협맹 같았으면 녹채박림 따위는 인간 취급도 하지 않았을 것이다.

그러나 정협맹이 천하제일의 정보망이라고 자랑하는 개활당의 최신 보고에 의하면, 천하의 녹채박림을 일통한 녹천대련의 세력이 무림의 한 축계로서 손색이 없는 수준이라는 것이다.

무적방을 얕봤다가 뼈아픈 대가를 치렀으며, 그 무적방이 선두에 나서 중원 연합 세력을 결성하는 과정을 생생하게 지켜본 북궁연은 섣불리 녹천대련을 업신여기는 우를 범하지 않았다.

아니, 오히려 녹채박림마저도 중원을 위해서 일어섰다는 사실에 적잖이 감명을 받았다.

무적방 천 명에 정협맹 칠천오백, 녹천대련이 이천 명이니까 중원 연합 세력은 총 일만 오백 명이다.

이제부터 계획을 잘 세워서 싸운다면, 어쩌면 대천신등을 무찌를 수도 있다는 생각이 북궁연을 비롯한 모두의 마음을 설레게 했다.

그런데 문제의 사건은 북궁연과 정협맹 정예고수들이 서

강성 한복판을 북에서 남으로 가로질러 흐르는 금사강(金沙江)에 이르렀을 때 벌어졌다.

그들이 강을 건너기 위해서 강가의 드넓은 백사장에 모두 모였을 때 느닷없이 매복해 있던 수많은 정체불명의 고수들이 급습을 가해온 것이다.

그것은 아무도, 그리고 추호도 예상하지 못했던 일이다.

난데없는 급습에 날고 기는 정협맹 정예고수들도 당황할 수밖에 없었다.

게다가 적의 수는 상상을 초월할 만큼 많았으며, 대부분 정협맹 정예고수들을 훨씬 능가하는 대단한 고수들이었다.

북궁연은 그들의 수를 세볼 엄두조차 내지 못했다. 대충 봐도 족히 몇만 명은 될 듯했다.

다만 그들의 복장이나 무기, 사용하는 무공으로 미루어 대천신등 고수일 것이라고 확신하는 정도에 그쳤다.

처음에 북궁연은 검을 뽑아 들고 적을 처치하면서 물러서지 말고 싸워서 적을 패퇴시키라고 악을 쓰며 명령했다.

그러나 그의 명령이 아니더라도 정협맹 고수들은 금사강을 등지고 있는 상황이기 때문에 물러나려고 해야 물러날 수 없는 형국이었다.

말하자면 조금도 의도하지 않았던 배수진(背水陣)의 상황에 놓여 버린 것이다.

그때 북궁연과 정협삼단주, 정협십이성은 적들 사이에서

마치 무신(武神)이나 전신(戰神) 같은 절세적인 위용과 실력으로 정협맹 고수들을 하루살이처럼 마구잡이로 주살하고 있는 몇몇 흑포인들을 발견했다.

그 순간 북궁연 등은 독고풍에게 들었던 대천신등의 어떤 지위에 있는 인물을 동시에 떠올렸다.

'일절신제!'

북궁연을 제외한 사람들은 일절신제의 가공할 무위를 목격하는 순간 자신들이 결코 그들의 상대가 되지 못한다는 사실을 깨달았다.

북궁연은 각고의 노력 끝에 무림이대신강의 하나인 오행회선강을 팔성까지 연성했다.

그러나 그는 일절신제의 무위를 직접 보고 나서 자신이 일절신제와 일대일로 정면대결을 해서 이길 수 있다는 장담을 할 수가 없었다.

북궁연은 머릿속이 텅 빈 것처럼 멍했다.

어떻게 해서 일절신제를 비롯한 저 많은 대천신등 고수들이 정협맹 정예고수가 지나가는 길목을 정확하게 알고 기다리고 있다가 급습을 한 것인지 이해하기 어려웠다.

마침내 물러나지 말고 싸우라고 외쳤던 북궁연의 생각은 채 일각도 지나지 않아서 완전히 뒤바뀌었다.

그의 불굴의 의지나 정협맹이 무림 최강이라는 자부심 따위는 대천신등의 급습으로 한순간에 꺾여 버렸다.

누가 보더라도 이 싸움은 정협맹의 백전백패가 분명했다. 이대로 간다면 한 시진 안에 전멸하고 말 것이다.

적은 정협맹보다 몇 배나 더 많았다. 더구나 그들 각자는 정협맹 고수들보다 훨씬 고강했다.

그리고 결정적으로 급습을 당했으며, 정협맹 고수들은 백사장에 갇혀서 오도 가도 못하는 신세였다.

북궁연의 눈에 보이는 것은 가을바람에 낙엽이 우수수 떨어지는 것처럼 죽어가는 수하들의 처참한 모습뿐이었다.

결국 그는 피를 토하듯이 강을 건너 도주하라고 소리쳤다.

하지만 그의 처절한 외침은 이성을 잃은 상태에서 발버둥 치는 수하들에게 제대로 전달되지 않았다.

그래서 북궁연과 정협삼단주, 정협십이성이 일제히 수하들 속으로 뛰어들어 도주하라고 악을 쓰며 그들을 강 쪽으로 이끌어야만 했다.

결사적으로 싸우던 정협맹 고수들은 다음 순간 결사적으로 강에 뛰어들어 도주하기 시작했다.

그러나 대천신등 고수들은 악귀나찰처럼 끈질기게 추격하며 정협맹 고수들을 주살했다.

북궁연과 정협삼단주, 정협십이성이 맨 뒤에서 대천신등 고수들을 막으며 도주를 도왔다.

그 과정에서 정협삼단주 한 명과 정협십이성 다섯 명이 목숨을 잃고 말았다.

헤엄을 쳐서 무사히 강을 건넌 정협맹 고수의 수는 고작 삼천오백 명 정도였다.

미처 강을 건너지 못해 강에서 죽어가고, 강 건너 백사장에서 포위된 채 절망에 빠져 싸우고 있는 정협맹 고수들의 수가 근 천여 명에 달했다.

북궁연과 정협이단주, 정협칠성 등은 그 광경을 뻔히 보면서도 도와줄 수가 없어서 통한의 피눈물을 흘려야만 했다.

아니, 한가하게 피눈물을 흘리고 있을 여유조차 없었다. 대천신등 고수들이 새카맣게 강을 뒤덮은 채 이쪽으로 건너오고 있었기 때문이다.

그로부터 정협맹의 도주와 대천신등의 기나긴, 그리고 끈질긴 추격이 시작됐다.

북궁연 등은 한 명의 수하라도 살리려고 필사적으로 발버둥을 쳤다.

그리고 이곳에 도착하여 간신히 추격을 따돌렸다고 한시름 놓았을 때에야 북궁연은 다시 이천 명의 수하를 잃었다는 사실을 알게 되었다.

그뿐 아니라 정협단주 한 명과 정협성 네 명을 또다시 잃어버렸다.

"그것은 악몽이 아닐까?"

문득 북궁연이 나직이 중얼거렸다. 그 목소리에는 제발 그랬으면 좋겠다는 갈망이 짙게 배어 있었다.

그 중얼거림에는 화영도 대답해 줄 말을 찾지 못했다. 그 역시 그런 바람으로 끝없이 자문하고 있는 중이기 때문이었다.

이윽고 화영이 조심스럽게 북궁연을 불렀다.

"맹주."

비록 그 한마디였으나 북궁연은 그 말에 퍼뜩 정신을 차렸고, 또한 그 말에 함축된 여러 의미를 깨달았다.

북궁연은 정협맹의 시작이며 끝이고 중심이다. 지금 그가 이곳에서 주저앉으면 모두 주저앉을 것이고, 힘을 내면 모두 기꺼이 따라줄 터이다.

북궁연은 자신을 오래 섬겼던 화영의 그 한마디가 무척이나 고마웠다.

과연 북궁연은 영웅의 풍모를 갖춘 청년이 분명하다. 그는 짧은 시간에 정신을 수습하는 것은 물론, 이제부터 어떻게 해야 할지를 정리했다.

이윽고 그는 수하들을 굽어보면서 결연한 표정으로 입을 열었다.

"우리는 멈추지 않는다. 계속 전진할 것이다."

\* \* \*

안객라산의 어느 산기슭.

그곳은 무적방과 대동협맹이 축군과 싸웠던 계곡에서 동남쪽으로 이백여 리가량 떨어진 곳이다.

맑은 계류가 흐르고 있는 산기슭 쪽 드넓은 계류 가에 크고 작은 바위들이 무수히 난립해 있으며, 두 개의 무리가 양쪽으로 나누어서 휴식을 취하고 있었다.

모두들 큰 바위 아래에 앉아 있기 때문에 멀리에서 보면 잘 눈에 띄지 않았다.

서너 개의 커다란 바위가 빙 둘러 있어서 안쪽에 아담한 공간을 형성하고 있는 곳에 독고풍 일행이 앉아 있었다.

독고풍 좌우에는 적멸가인과 자미룡이, 뒤쪽과 주변에는 무적사마영과 설란요백, 양신웅이 앉아 있었으며, 독고풍 앞에는 오도겸이 고개를 숙인 채 서 있었다.

독고풍은 자신의 앞에 서 있는 오도겸을 쳐다보지 않았다. 쳐다보면 치밀어 오르는 격한 감정을 주체하지 못할 것 같았기 때문이다.

오도겸은 독고풍의 명령을 어기고 독고수 이십 명을 죽게 만들었다.

그들의 죽음이 절대적으로 불리한 축군과의 싸움을 결국 승리로 이끌었다는 사실을 독고풍은 부인하지 못한다.

하지만 오도겸이 이십 명의 수하를 죽게 만든 것 역시 부인할 수 없는 사실이다.

싸움에서 패했다면 무적대마군은 전멸했을 것이고, 독고

풍은 모든 수하를 잃었을 것이다.

그렇다면 결과적으로 이십 명의 독고수가 전체 수하들을 살린 것이나 다름이 없다.

죽은 독고수 이십 명에겐 섭섭한 얘기인지 몰라도 이것은 굉장한 성공이다.

이십 명의 죽음으로 천여 명의 목숨을 살리고 축군마저 전멸시켰으니 이보다 더 큰 효율이 어디 있겠는가.

아니, 독고수 이십 명은 그러기를 바라고 기꺼이 목숨을 버렸으니 그들의 소원이 이루어진 셈이다.

독고풍 이하 모든 사람이 그런 사실을 잘 알고 있다.

그런데도 독고풍은 독고수 이십 명의 죽음을 원통해하고 있는 것이다.

그들의 죽음이 아니었으면 승리할 수 없었다는 사실을 알면서도 그들의 죽음을, 죽어가면서 얼굴에 떠올렸던 표정들이 뇌리에 뚜렷이 새겨진 채 지워지지 않았다.

만약 아까 같은 그런 상황이 다시 발생한다면, 독고풍은 무슨 일이 있어도 양신웅을 막을 것이다.

오도겸을 죽여서 독고수들을 살릴 수만 있다면 그렇게라도 할 것이다.

"오도겸, 다시는 그러지 마라."

문득 독고풍이 고개를 숙인 채 조용히 중얼거렸다. 그도 오도겸이 옳다는 것을 알기에 이 일을 이쯤에서 덮으려고 하는 것이다.
 그런데 오도겸은 묵묵히 서 있기만 할 뿐 아무 대답도 하지 않았다.
 적멸가인과 자미룡, 무적사마영과 설란요백, 양신웅은 착잡한 표정으로 오도겸을 쳐다보았다.
 독고풍은 고개를 들고 오도겸을 쳐다보았다. 얼굴은 돌처럼 굳었고 눈빛은 번들거렸다.
 "왜 대답하지 않느냐?"
 오도겸은 깊이 숙이고 있던 고개를 천천히 들었다. 이후 몹시 비장한 얼굴로 입을 열었다.
 "다시 그런 상황이 닥친다면 속하로선 어쩔 수 없습니다."
 독고풍을 제외한 모두의 표정이 움찔 변했다.
 뿌악!
 "큭!"
 갑자기 오도겸 가슴에 보이지 않는 무엇인가 호되게 적중했고, 그는 입에서 피를 토하면서 몸을 새우처럼 굽힌 채 뒤로 붕 날아가 바위에 부딪쳤다가 땅에 내동댕이쳐졌다.
 독고풍은 앉은 채 손가락 하나 까딱하지 않고 오도겸을 주시하고 있지만, 사람들은 그가 의지로써 오도겸에게 일장을 가격했음을 알고 있었다.
 또한 그가 공력을 채 일 할도 발휘하지 않았다는 사실도 알고 있었다. 그랬더라면 오도겸은 즉사하고 말았을 것이다.

오도겸이 바위 아래 쓰러져서 꿈틀거리고 있지만 아무도 선뜻 그에게 다가가서 부축하지 못했다.

독고풍의 심기가 불편하다는 것을 알기 때문에 나서지 못하는 것이다.

아니, 한 사람 나서는 이가 있었다. 독고풍 왼쪽에 앉아서 입술을 잘근잘근 깨물고 있던 자미룡이 발딱 일어섰다.

그녀는 아무 말 없이 오도겸에게 다가가 그를 부축해서 바위에 기대어 앉혔다.

오도겸이 일어나려고 버둥거리자 자미룡은 그의 머리를 꾹 누르며 꾸짖었다.

"밥통처럼 굴지 말고 그냥 앉아서 쉬어!"

그녀의 느닷없는 행동과 말에 중인은 놀라는 표정을 지을 뿐 조용히 지켜보기만 했다.

"입은 먹으라고만 있는 게 아냐. 할 말이 있을 때에는 다물고 있지 말고 말하라고 있는 게 입이야. 알아들어?"

오도겸은 복잡한 표정으로 눈을 껌뻑거렸다.

자미룡은 독고풍을 향해 당당하게 우뚝 서서 두 손을 허리에 얹었다.

"풍 랑, 만신군주에게 사과하세요."

그녀의 말에 독고풍을 제외한 모두는 깜짝 놀라 자미룡과 독고풍을 번갈아 쳐다보았다.

자미룡의 성격이 직선적이며 무슨 일이든 가슴에 담아놓

지 못한다는 사실을 알고는 있지만 설마 독고풍을 윽박지르기까지 할 줄은 아무도 몰랐다.

그런데 벌컥 화라도 낼 줄 알았던 독고풍이 착잡한 얼굴로 자미룡을 쳐다보고만 있었다.

그러자 자미룡은 한술 더 떴다.

"독고수 이십 명이 죽은 일은 모두들 가슴 아파하고 있어요. 하지만 제일 괴로운 사람이 누굴 것 같은가요? 풍 랑인가요, 아니면 만신군주인가요?"

"……."

독고풍은 꿀 먹은 벙어리처럼 입을 꾹 닫고 있었다.

자미룡이 한 말은 모두들 알고 있으나 입 밖에 내지 못한 말이다.

"대답해 보세요. 누가 제일 괴롭겠어요?"

다른 방파의 지존 같았으면, 아니, 보통의 남편이라면 이런 상황에서 아내의 버릇없음에 필경 분노하여 엄하게 다스리려고 들 것이다.

그러나 독고풍은 보통 사람들하고는 근본적으로 다른 정신적 구조를 갖고 있는 사람이다.

"오도겸이다."

자미룡의 채근에 독고풍은 조용히 중얼거렸다.

그런 독고풍의 성격에 대해서 잘 알고 있다고 자부하는 적멸가인과 모두이지만, 막상 독고풍이 그렇게 대답하자 적잖이 놀랐다.

그리고 그들은 한 가지 사실을 깨달았다. 자신들은 독고풍에 대해서 아직 많은 것을 모르고 있으며, 그를 가장 잘 알고 있는 사람은 은예상과 자미룡 두 여자라는 사실을.

자미룡의 말이 이어졌다.

"만신군주가 독고수 이십 명에게 자폭하라는 명령을 내렸기 때문에 우리가 축군에게 이겼고, 훨씬 더 많은 수하를 살렸다는 사실을 풍 랑도 알고 있죠?"

자미룡이 말하는 내용은 독고풍을 꾸짖는 것이지만, 그녀의 말투는 처음부터 나긋나긋하면서도 부드러웠다. 그것은 아내로서의 도리를 잃지 않으려는 그녀의 의지였다.

독고풍은 처연하게 고개를 끄덕였다.

"그들이 죽어서 소녀도 슬퍼요. 대신 죽을 수 있다면 그렇게 하고 싶다고요. 그런 마음… 풍 랑도 같죠?"

자미룡의 목소리에 울음기가 배었다.

독고풍은 방금 전보다 더 미미하게 고개를 끄덕였다.

"만신군주가 왜 백 명의 독고수를 만들었겠어요? 아니, 그 전에 왜 자기 스스로 독인이 되었겠어요? 아마도 그는 이번 대천신등과의 싸움에서 죽을 각오를 했을 거예요."

오도겸은 놀라면서도 복잡한 표정으로 고개를 들어 자미룡을 응시하고 있는데, 그의 **뺨**이 씰룩이고 눈초리가 파르르 떨렸다.

"당신… 죽은 이십 명에게 미안해서… 그리고 만신군주에게도 미안한 마음이라서 그를 때린 거죠? 그러지 말아요. 미안하면 그냥 미안하다고 말해요."

자미룡은 입술을 깨물면서 더듬거리다가 급기야 울음을 터뜨리고 말았다.

"나도 이렇게 슬프고… 당신도 이만큼이나 슬픈데… 흑흑! 만신군주는 얼마나 슬프겠어요? 그런데 왜 그를 때려요? 바보 같은 사람. 엉엉!"

그녀는 그 자리에 털썩 주저앉아 발버둥을 치면서 목 놓아 울음을 터뜨렸다.

적멸가인은 고개를 숙인 채 눈물을 흘렸고, 양신웅은 고개를 들어 하늘을 보는데 뺨을 타고 굵은 눈물이 흘러내렸다.

슥―

그때 독고풍이 천천히 일어섰다. 그러더니 오도겸을 향해 무릎을 꿇으며 이마를 바닥에 대고 큰절을 했다.

"오도겸, 내가 잘못했다. 용서해라."

주군이 수하에게 절을 하고 있는 것이다.

순간 오도겸의 몸이 벼락을 맞은 것처럼 푸드득 떨렸다. 그는 급히 무릎걸음으로 허겁지겁 독고풍에게 다가와 그를 부축했다.

"주… 주군! 이러시면… 아… 안 됩니다……."

독고풍은 고개를 들고 보기 싫게 일그러진 얼굴로 오도겸을 쳐다보았다.

"내가 못난 놈이다. 용서해라."

"주… 주군……."

오도겸은 온몸을 파도처럼 격렬하게 부들부들 떨다가 이마를 땅에 쿵쿵 짓찧었다.

"으헝~! 주군! 속하가 잘못했습니다! 으허엉!"

독고풍은 손을 뻗어 오도겸을 천천히 일으키더니 아무 말 없이 그의 상체를 가슴에 깊이 안았다.

"주군… 크흑흑!"

사나이대장부 오도겸은 태어나서 처음 흘리는 눈물로 주군의 가슴을 흠뻑 적셔놓았다.

원진을 제외한 모두들 조용히 눈물을 흘리면서 두 사람을 바라보았다.

설란요백은 주름진 뺨에 흐르는 눈물을 닦을 생각도 하지 않고 흐뭇하게 미소를 지으며 고개를 끄덕였다.

'실로 훌륭한 주군에 멋진 수하가 아니겠는가!'

그녀는 자신과 요선계의 수천 식솔이 독고풍을 모시게 된 것이 더없는 행운이라는 사실을 이 순간 다시 한 번 절감하고 있었다.

# 第百十二章

마녀(魔女)

 축군과의 싸움은 시작된 지 무려 여덟 시진 만에 끝났다.

 독고풍은 대천신등 한 개 군과의 싸움을 넉넉잡아 다섯 시진으로 잡았는데 세 시진이나 더 초과한 것이다.

 무적대마군은 전체적으로 백삼십 명을 잃었다. 무적군이 네 명, 독고수 이십 명, 무적대마군 백십육 명이 죽었다.

 대동협맹은 오천 정예고수 중에 칠백여 명을 잃었으며, 태무천이나 대동육협은 건재했다.

 반면에 축군은 전멸했다.

 아니, 살아남은 자들이 있다. 일절신제 두 명, 이황무존 여섯 명, 삼철혈왕 열두 명, 사악염사 이십칠 명, 도합 사십칠 명이 죽지 않았다.

 그러나 사실 그들은 죽은 것보다 못한 상황에 처해 있다. 독고풍에게 심지가 제압되어 자신들의 동료나 수하들을 죽였기 때문이다.

 독고풍은 축군을 전멸시킨 이후에도 그들을 죽이지 않았다. 앞으로의 싸움에서도 그들을 최대한 이용할 생각이다.

 대동협맹은 축군이 삼천여 명 정도 남았을 때 싸움에 가세했었다.

 무적방 천여 명과 대동협맹 오천여 명, 도합 육천여 명이 압도적인 수적 유리함을 업고 축군과 싸웠으나 대동협맹은 칠백여 명이나 잃었다.

 그 싸움에서 태무천을 비롯한 대동협맹 정예고수들은 대천신등의 무서움을 뼈저리게 경험했다.

 "이번 싸움의 승리는 순전히 무적방의 공이오."

 태무천이 독고풍에게 포권을 해 보이면서 진중하게 말문을 열었다.

 독고풍이 오도겸과 화해(?)를 하고 나서 얼마 있지 않아 태무천과 대동육협이 찾아와서 꺼낸 첫마디였다.

 그것은 겸손의 말이 아니라 사실이 그랬다. 태무천이나 대동육협, 대동협맹의 정예고수들이라면 아무도 그 사실을 부인하지 못할 것이다.

 "앉으시오."

독고풍은 태무천의 치하에 대해서 쓰다 달다 대꾸하지 않았다. 대신 고개를 끄덕이며 맞은편을 가리켰다.

태무천과 대동육협은 무적방 고수들이 싸우는 것을 처음 보았다.

무적방이 강할 것이라고 막연히 추측은 하고 있었으나, 그들이 싸우는 광경을 직접 보고는 안계를 넓혔다고 할 정도로 놀랐다.

태무천은 솔직히 자기네 오천여 명이 무적대마군 천여 명과 맞붙어 싸워도 이기지 못할 것이라고 생각했을 정도다.

독고풍 쪽과 태무천 쪽은 서로 양쪽에 마주 앉은 채 한동안 침묵을 지켰다.

대동협맹의 수가 사천삼백여 명으로 무적대마군보다 네 배 이상 많지만, 태무천과 대동육협은 전체 지휘권이 독고풍에게 있다는 사실을 은연중에 인정하고 있었다.

그렇기 때문에 그가 다음 계획에 대해서 먼저 말을 꺼내기를 기다렸다.

"대천신등 중원정벌총군은 일만 명씩 모두 이십오 군으로 편성되어 있다."

먼저 입을 연 사람은 독고풍이 아니라 설란요백이다. 그녀는 거침없이 반말을 했다.

이십여 년 전에 전대 대마종과 사대종사를 측근에서 모시고 직접 혼천대전에 참가하고 또 그들이 어떻게 몰락했는지를 두 눈으로 똑똑히 지켜봤던 그녀이기에 그 당시 배신의 원흉인 태무천을 면전에 두고 고운 말이 나갈 리 만무했다.

오히려 원수를 갚겠다면서 태무천을 죽이려고 날뛰지 않는 것이 다행한 일이다.

그녀의 심정이 능히 그러리라 짐작하고 있는 태무천 등은 묵묵히 듣기만 했다.

설란요백은 대천신등에 대해서 자신이 알고 있는 사실에 대해서 이각에 걸쳐서 간략하게 설명해 주었다.

설명을 듣는 태무천 일행의 얼굴에는 놀라움이 점점 더해 갔으며 마지막에는 표정이 납덩이처럼 어두워졌다.

대천신등이 생각했던 것보다 훨씬 막강하다는 사실과, 그들이 일개 방파가 아니라 토번이라는 한 나라를 대표하는 군사화된 군벌 세력이라는 것, 그리고 그들의 배후에 최원관계를 맺고 있는 동몽고가 버티고 있다는 사실 등은 태무천 일행에게 충격의 연속이었다.

이윽고 태무천은 무거운 신음을 흘렸다.

"음! 우리가 대천신등을 막지 못하면 중원무림이 아니라 명 제국을 비롯한 천하가 동몽고와 토번의 수중에 떨어지는 것이구려."

그것은 굳이 말로 하지 않아도 모두 인식하고 있었다.

"대천신등은 축군이 전멸한 사실을 지금쯤 알지 않았겠소?"

태무천은 화제를 바꾸었다.

그러나 아무도 대답하지 않았다. 하지만 태무천은 무언을 긍정으로 받아들였다.

"이제 우리가 어떻게 해야 할지 계획을 말해주시오."

그의 시선이 독고풍에게 고정되었다. 대동협맹이 전적으로 독고풍의 명령에 따르겠다는 자세였다.

중인의 시선을 한 몸에 받으면서 독고풍이 나직한 어조로 입을 열었다.

"정협맹과 녹천대련을 기다렸다가 다음 목표인 계군을 급습할 계획이오."

"계군이 어디에 있는지 알고 있소?"

아버지와 사대종사, 천하 사독요마의 원수인 태무천을 목전에 두고 있는 독고풍은 심기가 편하지 않았다.

하지만 대동협맹에 갔을 때처럼 감정을 드러내지 않고 애써 불편한 심기를 다스리고 있었다.

지금은 대동협맹이 필요하기 때문이다. 그들이 여기까지 올 줄은 예상하지 않았지만, 왔으니 현실에 충실해야만 하는 것이다.

사나운 매는 먹이를 잡으려고 할 때 이외에는 발톱을 감춘 채 머리를 숙이고 있다고 했다[鷙鳥不擊必俛其首].

아직은 독고풍이라는 매가 태무천이라는 먹이를 잡을 때가 아닌 것이다.

"대천신등 중원정벌총군 이십사 군은 모두 우리의 감시하에 있다."

설란요백이 아까보다 더 냉랭한 어조로 대답했다.

"우린 여덟 개 군을 전멸시킬 계획이다."

태무천은 알겠다는 듯 고개를 끄덕였다.

"아마도 대천신등은 총 전력의 삼 할을 잃으면 중원 침공 계획을 거두게 될 것이오."

그는 마지막으로 궁금한 것을 물었다.

"계군을 공격하는 시점(時點)은 언제로 잡고 있소?"

설란요백은 얼굴에 노골적으로 칼날 같은 날 선 표정을 지으며 퉁명스럽게 대꾸했다.

"정협맹과 녹천대련이 합류한 후 계군이 우리가 원하는 유리한 장소로 진입하면 공격한다."

"유리한 장소라고 했소?"

"그럼 우리가 무턱대고 놈들을 공격하는 줄 알았느냐?"

태무천은 더 이상 묻지 않았다. 하지만 무적방이 사전에 철저한 준비를 했다는 사실을 짐작할 수 있었다.

"어떻게 된 거죠? 정협맹과 녹천대련에서 아무런 연락도 없다니……."

다시 이동하기 시작한 지 두 시진쯤 지났을 때 독고풍 옆에서 나란히 달리고 있는 적멸가인이 고개를 갸웃거리면서 염

려하는 표정을 지었다.

말은 하지 않았지만 독고풍은 내심 그것에 대해서 생각하고 있는 중이었다.

워낙 낙천적인 성격이라서 걱정까지는 하지 않았으나 정협맹과 녹천대련이 약속이나 한 것처럼 똑같이 아무런 연락이 없는 것을 이상하게 생각했다.

그때 앞쪽에서 한 명의 요마전령이 나는 듯이 마주 달려오고 있었다.

일행은 혹시 정협맹이나 녹천대련의 소식인가 기대하는 마음으로 신형을 멈추었다.

하지만 일행의 기대는 빗나갔다. 원래 다음 목표로 삼은 계군의 동태를 두 시진마다 정기적으로 보고를 하는데, 요마전령은 그것 때문에 온 것이다.

요마전령은 계군이 술시(戌時:밤 8시) 현재 이동을 멈추고 장기 휴식에 들어갔다고 보고했다.

그런데 현재 계군이 멈춰서 휴식을 취하고 있다는 장소가 독고풍 일행이 미리 봐둔 몇 군데 '급습하기 좋은 장소' 중 하나였다.

"어쩔 텐가?"

설란요백이 조심스럽게 묻자 오히려 독고풍이 반문했다.

"놈들은 축군이 전멸했다는 것을 알았겠지?"

짐작하고는 있지만 그것을 분명히 해두고 싶은 것이다.

설란요백은 고개를 끄덕였다.

"원래 놈들은 앞서고 뒤따르는 각 군끼리 하루에 한 차례씩 서로 긴밀한 연락을 취하고 있었는데, 축군으로부터 아무런 연락도 없기 때문에 원인을 알아보려고 필경 전령을 보냈을 걸세."

그렇다면 앞서고 있는 계군의 전령은 축군이 전멸해 있는 계곡을 발견했다고 봐야 한다.

독고풍은 턱을 쓰다듬었다.

"놈들이 뭘 꾸미는 것 같던가?"

"요마전령의 보고로는 그런 낌새는 없다고 했네. 하지만 축군이 전멸했다는 사실을 알고서도 아무런 대책도 없이 태연하지는 않겠지. 아마 대책을 세우더라도 우리에게 발견되지 않게 할 게야."

"음, 그렇겠지.'

독고풍은 생각에 잠겼다.

그는 원래 대천신등 중원정벌총군의 꼬리부터 하나씩 야금야금 공격하기로 계획했었다.

이른바, 뱀 꼬리를 자르면 뱀의 대가리가 방향을 바꿀 것이라는 작전이다.

그런데 예상보다 축군이 너무나 강했다. 그 때문에 놈들을 전멸시키는 데 시간을 많이 허비하고 말았다.

그 바람에 대천신등은 축군의 전멸 소식을 알게 되고, 또다시 있을 급습에 충분히 대비할 시간을 벌었다.
"지금 같은 상황에서 계군을 공격하는 것은 안 되겠어."
독고풍이 생각하는 표정을 지으면서 중얼거렸다.
중인은 이제 그의 생각하는 모습에 익숙해져 있었다.
"축군을 전멸시키는 데 너무 오래 걸렸어요. 그 바람에 계군을 급습할 시간이 늦어지고 말았어요."
적멸가인이 어두운 표정으로 말했다.
"어떻게 하죠?"
말이 나오고 보니까 이대로 계군을 공격하는 것은 무리일 것 같았다.
축군이 전멸했다는 사실을 알고서도 계군이 가만히 앉은 채 당할 리가 없다. 아마도 만반의 준비를 갖추었을 것이 분명하다.
계군이 할 수 있는 방법 중에서 제일 먼저 떠오르는 것은, 계군 앞쪽에서 가던 자군(子軍)을 회군하도록 하여 휴식하고 있는 계군 주변에 은밀하게 매복을 시켰다가 급습에 대비하는 것이다.
그런 상황이라면 무적대마군과 대동협맹만으로 계군을 공격하는 것은 짚더미를 지고 불속으로 뛰어드는 것처럼 우매한 행동이다.
아니, 계군이 어떤 대책을 세우고 있는지 정확하게 모르고 있는 상황에서는 그들을 급습한다는 자체가 무리수다.

잠시 시간이 흘러도 아무도 의견을 말하는 사람이 없었다. 하긴, 이런 상황에 뾰족한 수가 있을 리 없다.

"있죠."

그때 자미룡이 독고풍을 보면서 입을 열었다. 그녀의 얼굴에는 자신이 이런 말을 해도 되나 하는 조심스러운 표정이 떠올라 있었다.

독고풍은 그녀를 보며 고개를 끄덕였다.

"진아, 말해봐."

자미룡은 빨간 입술을 예쁘게 오물거리면서 말했다.

"뱀 꼬리를 자르면 뱀이 머리를 틀겠지만, 몸통을 자르면 양쪽으로 나누어져서 어쩔 줄 모르겠죠."

독고풍과 적멸가인, 설란요백 등은 뜨악한 표정을 지었다.

자미룡은 그들의 표정을 살피면서 자신이 실언을 했나 하는 표정을 지었다.

"아…닌가?"

그때 독고풍이 빙그레 미소를 지으며 팔을 뻗어 자미룡의 어깨를 가볍게 두드렸다.

"좋은 생각이다, 진아."

"좋은… 생각인가요?"

자미룡은 반신반의하는 표정을 지었다.

독고풍은 적멸가인과 설란요백, 무적사마영을 둘러보았다.

"어때?"

적멸가인은 굳었던 얼굴을 펴면서 고개를 끄덕였다.

"완전히 허를 찌르는 방법이군요."

설란요백은 이미 머릿속으로 한 가지 계획을 짜기 시작하면서 대답했다.

"말하자면 성동격서(聲東擊西)로군. 효과가 좋을 걸세."

"그건 뭐야?"

독고풍의 물음에 적멸가인이 대답했다.

"동쪽에서 소리를 지르고 서쪽을 공격한다는 뜻이에요."

독고풍은 즉시 알아차리고 고개를 끄덕였다.

"대천신등의 꼬리를 잘라 놈들의 온 신경이 그쪽으로 집중되었을 때 몸통을 공격한다. 그게 성동격서라는 것이군."

"그래요."

툭툭.

"잘했다, 진아."

독고풍이 칭찬을 하면서 궁둥이를 두드리자 자미룡은 기쁜 얼굴로 궁둥이를 삐죽 더 내밀더니 다음에는 뽀뽀를 해달라고 입술을 오므려 내밀었다.

독고풍은 오므린 그녀의 입술을 온통 자신의 입속으로 빨아들였다가 내뱉고는 설란요백, 적멸가인과 세부적인 계획을 짜기 시작했다.

자미룡은 얼굴 가득 행복한 표정을 지으면서 혀를 내밀어 입술에 묻은 침을 핥았다.

\*    \*    \*

 독고풍이 떠난 이후 오랫동안 우울하던 낙양 근교 옥봉원이 오늘은 활기에 넘쳤다.
 정예고수 이천 명을 서장으로 출발시키는 일 때문에 녹천대련으로 돌아갔던 옥조가 돌아왔기 때문이다.
 명랑하고 활달함이 넘치는 옥조는 옥봉원에 들어서자마자 모두의 분위기를 바꿔 버렸다.
 도대체 재미있는 이야기를 얼마나 많이 알고 있는지, 그녀의 구수하고 때로는 아기자기한 입담이 끊이지 않고 나왔다.
 옥봉원은 원래 요마삼군단에서 선발한 삼백 명의 마종철위대가 안팎의 경호를 담당하고 있었으나, 지난번 다섯 명의 광세의 공격으로 마종철위대는 큰 희생을 치른 후에 다시 보충되었다.
 설란요백은 독고풍을 호위하고 서장으로 떠나기 전에 요마삼군단에서 오백 명을 더 차출하여 옥봉원을 바깥에서 호위하도록 은밀하게 지시했었다.
 그런 철옹성 속에서 독고풍의 여자들인 은예상과 단예소, 요마낭은 하루하루 생활하면서 그가 무사히 귀환하기만을 손꼽아 기다리고 있었다.

거기에 옥조가 더해져서 네 명의 여자가 되었다. 하지만 옥조의 출현으로 세 여자는 독고풍에 대한 걱정과 기다림에서 어느 정도 자유로워질 수 있었다.

"호호호홋!"
"까르르르!"

거실에서 여자들의 옥구슬 굴러가는 듯한 해맑은 웃음소리가 그칠 줄 모르고 흘러나왔다.

커다란 의자에 단예소가 앉았고, 양쪽에 은예상과 요마낭이 단예소의 품에 안기듯 앉아 있었다.

옥조가 오기 전에도 그녀들 세 여자는 한 몸처럼 함께 꼭 붙어서 지냈다.

밤에는 한 침대에서 같이 자고, 당연히 식사도 함께했으며, 낮 동안에는 지금 같은 모습으로 서로를 위로하고 달래면서 생활했다.

단예소는 시어머니라는 신분이지만 두 소녀를 친딸처럼 대했고, 그녀들 역시 친어머니처럼 살갑게 대했다.

옥조는 독고풍의 마지막 다섯 번째 부인이라서 아직 단예소나 다른 부인들과 충분히 친해지지 못하고, 또 단예소와 두 소녀가 앉아 있는 의자는 그녀들로서 꽉 차서 옥조가 낄 자리가 없었다.

하지만 그녀는 조금도 서운해하는 기색 없이 시어머니와

두 언니가 웃다가 눈물을 흘리게 만들었다.

그때 하녀가 차를 갖고 들어오지 않았더라면 옥조의 신명나는 입담 때문에 세 여자는 웃다가 숨이 끊어졌을지도 모른다.

네 여자는 향기로운 차를 음미하면서 잠시 침묵을 즐겼다.

요마낭은 독고풍이 떠날 때보다 훨씬 좋아진 상태다. 예전의 모습을 팔 할 가까이 회복했다.

그녀의 옆에 있는 교탁에는 그녀의 애검인 오 척의 요낭검(妖娘劍)이 놓여 있었다.

그녀는 기력이 회복됨에 따라 예전에 지니고 있던 무공의 칠 할가량을 되찾은 상태다.

옥봉원 내에서 무슨 싸울 일이 있을까마는, 요마낭은 검을 들고 다닐 힘이 생겼을 때부터 자신의 분신인 요낭검을 꼭 지니고 다녔다. 그래야지만 불안한 마음이 안정되기 때문이다.

문득 옥조는 교탁의 요낭검을 바라보면서 입에서 찻잔을 떼며 물었다.

"둘째 언니는 무공이 고강한가요?"

요마낭은 쑥스러운 미소를 지었다.

"고강하긴, 그저 내 몸이나 지키는 수준이야."

옥조는 요마낭보다 다섯 살이나 많지만 깍듯하게 언니로 대접했다.

"더구나 몸이 회복되지 않았기 때문에 검을 들고 있는 것도 힘들어."

요마낭은 옥조가 보고 있는 요낭검에 시선을 주며 겸손하게 대답했다.

"그렇군요."

옥조는 고개를 끄덕이고는 다시 차를 마시기 시작했다.

"풍 랑은 언제쯤 돌아올까요?"

독고풍이 출발할 때 몸이 완전하게 회복되지 못해서 따라가지 못한 것을 못내 안타까워하고 있는 요마낭이 차 한 모금을 목으로 넘기고 나서 중얼거렸다. 꼭 대답을 들으려는 것이 아니라 탄식 같은 것이었다.

단예소가 요마낭의 머리를 쓰다듬으면서 온화하게 미소를 지었다.

"풍이가 불사신이라는 것을 잘 알고 있잖느냐? 언제나 그랬던 것처럼 그 아이는 건강하게 돌아올 게다."

요마낭은 단예소의 가슴에 뺨을 대고 가만히 눈을 감았다. 마치 독고풍의 어머니인 그녀에게서 그의 느낌을 찾아내려는 듯했다.

"풍 랑은 반드시 건강하게 돌아올 거예요."

옥조가 해사하게 미소 지으면서 거들었다.

은예상도 방그레 미소 지으며 두 손을 가슴에 모으고 기원하는 듯한 표정을 지었다.

"그래, 풍 랑은 늘 그랬듯이 우리에게 돌아올 거야."
"틀렸어요."
그러자 옥조가 희고 긴 손가락 하나를 세워서 좌우로 살랑살랑 흔들어 보이며 토를 달았다.

은예상과 요마낭, 단예소는 의아한 얼굴로 옥조를 바라보았다. 독고풍이 돌아올 것이라는 말이 틀렸다는 그녀의 말 때문이다.

"그게 무슨 말이지?"

은예상의 물음에 옥조를 배시시 미소 지으면서 손가락으로 자신의 가슴을 가리켰다.

"풍 랑이 우리에게 돌아오는 것이 틀렸다는 말이에요. 그는 저에게 돌아올 거예요."

애매한 말이지만 너그러운 은예상은 개의치 않았다. '우리'나 '나'나 같은 의미라고 생각한 것이다.

"그래, 그는 꼭 환하게 웃으면서 우리에게 돌아올 거야."

은예상은 방그레 미소 지으면서 말하다가 가볍게 놀라는 표정을 지었다. 옥조의 얼굴이 싸늘하게 변하는 것을 발견했기 때문이다.

옥조가 여태까지와는 달리 한기가 훅 느껴질 정도로 냉랭한 얼굴과 목소리로 말했다.

"우리가 아니라 나라고 몇 번을 말해야 알아듣겠느냐?"

"……"

느닷없이 돌변한 옥조를 보면서 세 여자는 놀라는 와중에 어떤 알 수 없는 불길함을 느꼈다.

"잘 들어라, 너희들."

옥조가 천천히 일어나면서 세 여자를 차갑게 쓸어보며 빨간 입술을 나풀거렸다.

"풍 랑이 나를 얼마나 사랑하는지 아느냐? 그가 내게 말하기를, 나 하나만 있으면 되니까 다른 마누라들은 필요없다고 그랬다."

그 말을 믿을 세 여자가 아니다. 하지만 그녀들은 옥조의 말보다는 왜 갑자기 그녀의 태도가 이처럼 표변한 것인지가 더 궁금했고, 또 놀랐다.

옥조의 새빨간 입술이 비틀어지면서 쇠끼리 부딪치는 듯한 카랑카랑한 목소리가 흘러나왔다.

"나는 그를 내 목숨보다 더 사랑하고, 그 역시 나 하나만을 사랑하고 있다! 그렇다면 어떻게 해야 하지? 거추장스러운 너희들이 모두 사라져 줘야 한다는 간단한 대답이지."

"다섯째! 말이 지나치다! 어서 어머니와 언니께 용서를 빌지 못하겠어?"

그때 요마낭이 몸을 일으키면서 옥조를 꾸짖었다.

후욱!

팍!

"악!"

순간 옥조가 손을 칼처럼 세워서 빠르게 앞으로 쭉 뻗자 손이 요마낭의 가슴 한복판에 적중되었다.

은예상, 단예소는 옥조가 설마 요마낭을 공격할 줄은 예상하지 못했기에 깜짝 놀랐다.

그러나 옥조의 행동이 크지 않았고 손끝으로 가볍게 요마낭의 가슴을 찌른 것뿐이기 때문에 요마낭이 다칠 것이라고는 생각하지 않았다.

"아……."

그러나 안색이 해쓱해진 요마낭은 고개를 숙여 자신의 가슴을 내려다보았다.

거기에 옥조의 희고 가느다란 팔꿈치가 보였다. 그녀의 소매는 팔꿈치 위까지 걷어져 있었다.

또르르 요마낭이 눈동자를 굴리자 자신의 가슴속으로 옥조의 손이 사라져 있는 것이 보였다.

은예상은 무언가 이상함을 느끼고 요마낭을 바라보다가 돌연 처절한 비명을 터뜨렸다.

"아악! 낭아!"

은예상의 시선이 멈춘 곳은 요마낭의 등 뒤쪽인데, 그곳에 새빨간 피가 흠뻑 묻은 하나의 갸름한 손이 손목까지 삐져 나와 있었다. 그 손에서는 피가 뚝뚝 떨어졌다.

그때 단예소도 그 광경을 보고 얼굴이 해쓱하게 질렸다.

"너… 어째서… 나를……."

요마낭은 입에서 꾸역꾸역 피를 흘리며 창백한 얼굴로 자신보다 머리 하나는 더 큰 옥조의 얼굴을 올려다보았다.

스으.

옥조는 요마낭의 가슴에서 천천히 손을 뽑으며 소름 끼치는 냉소를 흘렸다.

"호호호! 어째서냐고? 이유는 간단하다. 내가 풍 랑을 너무 사랑하고 있어서 너희들과 공유하기 싫다는 것 때문이지."

"그런……."

푸악!

옥조의 손이 뽑히자 요마낭의 뻥 뚫린 등과 가슴에서 피가 분수처럼 뿜어졌다.

그리고 요마낭의 몸이 스르르 뒤로 쓰러졌다.

"낭아!"

"악! 낭아!"

은예상과 단예소가 날카롭게 외치면서 요마낭에게 달려들려고 하자 옥조가 오른팔을 쭉 뻗어 그녀들을 막았다.

"아……."

은예상과 단예소는 옥조의 손에 움켜쥐어져 있는 물체를 발견하고는 소스라치게 놀랐다.

그것은 주먹만 한 크기의 시뻘건 살덩이인데 피가 주르르 흘러내리고 있었다.

옥조는 두 여자의 시선이 자신의 주먹에 쏠리자 득의하게 미소 지으면서 손바닥을 위로 향하게 해서 펴 보였다.

꿈틀꿈틀.

손바닥 위의 살덩이가 마치 살아 있는 것처럼 꿈틀거리는 것을 보는 순간 은예상과 단예소는 그것이 무엇인지 깨닫고 경악을 금치 못했다.

"아… 안 돼……."

그것은 바로 요마낭의 심장이었다. 옥조가 손을 뽑으면서 요마낭의 심장을 잡아 뜯은 것이다.

심장은 몸에서 분리됐지만 여전히 박동하고 있었다.

은예상과 단예소는 반사적으로 요마낭을 쳐다보았다. 그녀는 바닥에 반듯한 자세로 누운 채 눈을 크게 뜨고 입을 벌린 채 온몸을 푸들푸들 격렬하게 떨어대고 있었다.

은예상은 몸서리를 치면서 두 주먹을 부르쥐고 옥조를 쏘아보았다.

"너는 너무도 잔인하구나!"

퍽!

옥조는 외눈 하나 까딱하지 않고 주먹을 움켜쥐어서 수중의 심장을 터뜨려 버리고는 두 손을 뻗어 은예상과 단예소의 목을 거머잡았다.

"으……!"

은예상이 부릅뜬 눈으로 옥조를 쏘아보면서 냉랭하게 소

리쳤다.

"너의 목적은 풍 랑을 혼자 독차지하려는 것이니 어머니를 해칠 필요는 없지 않느냐?"

옥조는 고개를 젖히고 흐드러지게 웃었다.

"깔깔깔! 누가 너희를 죽인다고 했느냐?"

"그…럼?"

옥조는 웃음을 그치고 싸늘한 미소를 지었다.

"너희 둘은 만약을 위해서 나와 함께 있어줘야겠다."

"만약을 위해서? 그럼… 우리를 인질로 삼겠다는 것이냐?"

"인질? 흠! 그렇게도 말할 수 있겠군."

"대체 만약이라는 것이 뭐지? 왜 우리를 인질로 삼아야 하는 것이지?"

은예상의 날카로운 물음에 옥조는 살짝 미소를 지었다. 그녀의 그런 모습은 지금 같은 상황하고는 상관없이 너무도 매력적이고 아름다웠다.

"절대 그럴 리는 없겠지만, 풍 랑의 능력은 워낙 출중하고 게다가 무공이 출신입화지경에까지 이르렀으니 만에 하나 대천신등 중원정벌총군이 중원에 들어오는 것을 막아낼 가능성을 전혀 배제할 수는 없어."

은예상과 단예소는 목이 조여서 숨이 막혀 고통스러운 중에도 옥조가 도대체 왜 그런 얘기를 하는 것인지 이해할 수가 없었다.

"호호호! 그래서 그때를 대비해서 너희 둘을 인질로 삼아 두었다가 풍 랑을 협박할 생각이야!"

옥조는 아주 재미있다는 듯한 얼굴로 설명했다.

그녀는 요마낭의 심장을 뽑아서 터뜨리고, 은예상과 단예소를 인질로 잡는다는 걸 마치 재미있는 놀이 정도로 생각하는 것 같았다.

은예상이 옥조에 대해서 알고 있는 것은, 그녀가 녹천대련의 총련주인 녹천신왕 무옥의 누이동생이라는 사실뿐이다.

그런데 그녀가 대천신등을 들먹이고, 독고풍이 그들을 막을 경우에 은예상과 단예소를 인질로 삼아 협박을 하겠다는 말을 하다니…….

'설마…….'

그때 은예상의 뇌리를 스치는 생각이 있었다.

"설마 너는 대천신등의 앞잡이였느냐?"

옥조는 잠시 어이없다는 표정을 짓더니 갑자기 고개를 젖히고 어깨를 들썩이면서 요란하게 교소를 터뜨렸다.

"깔깔깔깔! 나더러 대천신등의 앞잡이냐고 그랬느냐? 깔깔깔깔깔!"

그녀는 교소를 그치고 나서도 재미있다는 듯 생글거렸다.

"그런 것까진 알 필요 없다. 하지만 내가 앞잡이 따위나 하고 있을 조무래기가 아니라는 것만은 알려주지."

그녀는 두 여자의 목을 놓는 것과 동시에 그녀들의 혈도를 제압하려고 했다.

"이년!"

키이잇!

순간 그녀의 뒤에서 카랑카랑한 외침과 함께 검이 허공을 가르는 음향이 동시에 터졌다.

"……!"

찰나 옥조는 무엇인가를 깨닫고 번개같이 몸을 돌리는 것과 동시에 일장을 발출했다.

휴웅! 옥조를 공격하고 있는 것은 요마낭이었다.

그녀는 천장까지 솟구쳤다가 하강하면서 자신의 애검 요낭검을 두 손으로 움켜쥐고 있는 힘을 다해서 맹렬하게 그어 내리고 있었다.

그녀의 가슴은 뻥 뚫렸으며 심장이 없는 상태다. 그녀는 이미 죽었어야 할 몸이다.

하지만 죽지 못할 이유가 있었다. 은예상과 단예소가 위험에 처한 것을 알고는 이승을 떠나지 못하는 것이다. 그녀의 간절한 정신이 죽음마저도 극복하고 있었다.

파아!

쨍!

요낭검과 일장이 옥조와 요마낭의 몸에 동시에 닿았다.

"크으……."

요낭검은 옥조의 왼쪽 관자놀이에서 뺨을 거쳐 턱에 이르기까지 길고 깊게 그였다.

옥조가 발출한 일장은 요마낭의 가슴 한복판에 적중되어 그녀의 몸을 여러 조각으로 찢어발겼다.

그녀의 몸은 실내 여러 곳으로 흩어져 나뒹굴었다.

"흐으으… 이년이 감히 내 얼굴을……."

옥조는 얼굴 왼쪽에서 철철 흐르는 피를 손으로 닦으며 한쪽으로 걸어갔다.

그녀가 걸음을 멈춘 곳에는 요마낭의 몸뚱이 한 조각이 있었다. 거기에는 머리와 한쪽 어깨와 팔이 붙어 있었다.

요마낭은 그때까지도 죽지 않았다. 아니, 죽지 못했다. 그녀는 눈을 뜨고 옥조를 바라보면서 더듬거렸다.

"예상… 언니와 어머니를 해치지 말아줘……. 부…탁이야……."

"이년! 죽었으면 고이 저승으로 갈 것이지 웬 참견이냐?"

콰직! 콱! 퍽퍽!

옥조는 발을 들어 요마낭의 얼굴을 마구 짓밟으며 광녀처럼 악을 썼다.

"아아… 둘째……."

"제발 그만둬… 낭아……."

은예상과 단예소는 도망칠 생각도 하지 못한 채 나란히 서

서 공포에 질린 얼굴로 눈물만 흘릴 뿐이다.

두 여자는 도망치기보다는 요마낭의 처참한 죽음에 너무나 큰 충격을 받아서 몸이 얼어붙었다.

옥조는 그래도 분이 풀리지 않는지 요마낭의 몸뚱이를 일일이 찾아다니면서 모두 발로 짓밟아 시뻘건 핏덩이로 만들고 있었다.

바로 그때 은예상과 단예소 뒤쪽 방문이 소리없이 열리면서 한 사람이 살금살금 들어섰다.

그는 다름 아닌 곽정이다. 원래 그의 임무는 독고풍의 여자들을 가장 가까운 곳에서 지켜보는 것이다.

호위는 마종철위대와 옥봉원 바깥 은밀한 곳에 매복한 오백 명의 요마삼군단 고수들이 담당하고 있으므로, 곽정은 그저 여자들에게 무슨 일이 생기지 않았는지 지켜보기만 하면 되는 것이다.

그는 조금 전 방 밖의 낭하를 걸어오는 중에 갑자기 실내에서 터져 나오는 옥조의 분노에 찬 외침과 은예상, 단예소의 애원 어린 목소리를 듣고는 무슨 일이 벌어지고 있는 것이라고 직감했다.

그래서 최대한 기척을 내지 않고 방문을 빠끔히 열고 안을 들여다보고는 어떻게 된 상황인지 한눈에 간파한 것이다.

만약 옥조가 분노 때문에 이성을 잃은 상태에서 요마낭에게 화풀이를 하고 있지 않았다면 곽정이 아무리 조심에 조심을 기한다고 해도 그가 방에 들어오는 것을 알아채지 못할 리가 없다.

곽정은 호흡을 멈춘 상태에서 발소리를 내지 않으려고 최대한 살금살금 은예상과 단예소 뒤로 접근해 갔다.

이어서 그녀들의 뒤에 이르자 두 손으로 가만히 그녀들의 팔을 잡았다.

만약 이때 그녀들이 놀라서 소리를 지르거나 어떤 반응을 보였다면 아무리 이성을 잃은 옥조라고 해도 즉시 알아차렸을 것이다.

그러나 다행히 은예상과 단예소는 화들짝 놀라서 돌아보기만 할 뿐 아무 소리도 내지 않았다. 그렇지만 사실은 넋이 달아날 정도로 혼비백산한 상태라서 목소리가 아예 나오지 않은 것이다.

콱콱콱!

"이년! 뒈져라! 이년!"

옥조는 요마낭의 찢어진 몸이 아예 흔적조차 남게 하지 않으려는 듯 실내를 이리저리 쫓아다니면서 그녀의 육편을 짓밟고 또 짓밟았다.

옥조의 얼굴 왼쪽은 온통 피로 뒤덮인 상태다. 그 때문에 왼쪽 눈이 감긴 채 아예 보이지 않았다.

상처는 거의 한 뼘에 이르렀으며, 뼈까지 드러날 정도로 깊은데 즉시 치료를 하지 않아서 시간이 흐를수록 점점 더 갈라지고 있었다.

그녀는 자신의 아름다운 얼굴에 깊은 상처가 생겼다는 것, 요마낭 같은 하수에게 당했다는 것, 자신이 방심을 했다는 것 때문에 극도로 화가 났다.

보통 사람이라면 아무리 격분을 하더라도 웬만큼 시간이 흐르면 가라앉는 법인데 그녀는 달랐다.

은예상과 단예소는 곽정 덕분에 정신을 번쩍 차렸다. 요마낭이 눈앞에서 죽은 것과 시신이 엉망으로 훼손되는 것은 너무도 끔찍한 일이지만, 옥조에게 붙잡혀서는 안 된다는 생각이 들었다.

목숨이 아까운 것이 아니라, 자신들로 인해서 독고풍이 피해를 입게 될까 봐 그것을 염려한 것이다.

방문 근처에 이를 때까지도 옥조는 은예상과 단예소의 움직임을 눈치채지 못했다.

"흐으… 너 같은 년은 천 번을 죽여도 시원치가 않아."

이윽고 옥조는 발을 멈추고 어깨를 들먹이면서 씨근거렸다. 아직도 분이 풀리지 않은 것 같았다.

몸을 격렬하게 움직이는 바람에 뺨의 상처에서 흐른 피가 온 얼굴을 뒤덮은 상태다.

그녀는 손으로 얼굴의 피를 닦다가 그제야 은예상과 단예소가 보이지 않는 것을 깨달았다.

순간 그녀는 피범벅의 얼굴을 와락 일그러뜨리며 방문으로 쏘아갔다.

"이년들이 도망을 쳐?"

방 밖으로 뛰쳐나가자 낭하 저만치에서 은예상과 단예소, 그리고 그 뒤에 곽정이 전력을 다해서 달려가고 있는 광경이 보였다.

옥조는 미끄러지듯이 쫓으면서 냉랭하게 웃었다.

"흐흥! 너희가 내 손에서 도망칠 수 있을 것 같으냐?"

얼굴에서 피를 철철 흘리면서 핏발이 곤두선 눈과 잔인한 미소를 짓고 있는 비틀린 입은 더도 덜도 아닌 마녀의 모습 그대로였다.

힐끗 뒤돌아보는 곽정의 얼굴에 다급함이 물들었다. 그와 옥조의 거리는 원래 오 장 정도였는데 순식간에 가까워지고 있었다.

그는 급히 품속에서 호각을 꺼내면서 은예상과 단예소에게 소리쳤다.

"뒤돌아보지 마시고 전력을 다해서 전각 밖으로 달려나가십시오!"

이어서 옥조를 향해 돌아서면서 멈추며 호각을 입에 물고 있는 힘껏 불면서 어깨의 검을 뽑았다.

삐이익! 삐이익!

크고 날카로운 금속성의 호각 소리가 맹렬하게 퍼져 나

갔다.

"저놈이!"

옥조의 초승달 같은 아미가 상큼 찌푸려졌다. 그녀는 곽정 따위에는 추호도 관심이 없다.

그 너머에서 구르듯이 도망치는 은예상과 단예소를 붙잡아야 한다는 생각뿐이었다.

휘이이—

그녀는 비스듬히 솟아오르며 등이 천장에 거의 붙다시피 하여 곽정을 날아 넘었다.

그가 은예상과 단예소를 도망시킨 것은 죽여도 시원치 않지만, 지금은 마종철위대가 들이닥치기 전에 한시바삐 두 여자를 붙잡아 이곳을 벗어나는 것이 급선무였다.

그런데 그것이 여의치가 않았다. 귀찮아서 살려주려고 한 놈이 옥조의 아래쪽에서 힘껏 솟구쳐 오르면서 검을 찔러오고 있는 것이다.

'이 자식이!'

곽정이 솟구치면서 전개한 검법은 요즘 한창 재미가 들려서 하루가 다르게 실력이 향상되고 있는 쾌뢰검이다.

슈슈슉!

그는 전력을 다해서 옥조의 온몸 다섯 군데 급소를 향해 검을 찔러갔다.

꽤 위력적인 공격이지만 옥조에겐 아무것도 아니다. 그녀는 곽정의 공격을 무시하고 계속 쏘아갔다.

그녀가 아무리 뛰어난 능력을 지니고 있어도 인간인 이상 검에 찔리면 다치거나 죽을 수밖에 없다.

곽정은 옥조가 자신의 공격을 무시하는 것을 보고 오히려 마지막 한 움큼의 공력까지 검에 주입시켰다.

또한 그는 다섯 군데를 공격하던 것을 복부 한군데로 집중시키면서 힘껏 검을 뻗었다.

다음 순간 검첨이 옥조의 복부를 힘껏 찔렀다.

그러나 곽정은 뭔가 이상하다는 생각이 들었다. 뾰족한 검이 사람의 몸을 찌르면 당연히 쑤시고 들어가야 하는데 그러지 않고 마치 철벽을 찌른 것처럼 단단했다.

쩌겅!

"큭!"

순간 쇠가 쇠에 강하게 부딪친 것 같은 음향과 함께 곽정은 고통스러운 신음을 터뜨렸다.

힐끗 쳐다보니 검을 쥔 그의 오른손 손아귀가 찢어져서 피를 흘리고 손목과 팔의 뼈가 부러져서 날카로운 뼛조각이 살을 뚫고 삐져 나왔다.

옥조는 호신강기를 일으키지 않았다. 그렇다고 해서 그녀의 몸이 금강불괴지체인 것은 아니다.

호신강기는 공력을 뿜어내어 몸 주위에 무형의 막(幕)을 쳐서 공격이 튕겨지게 하는 수법이다. 단점은 강한 검기나 강기에 파훼된다는 것이다.

방금 그녀가 전개한 것은 자신의 몸을 한정된 시간 동안 금강불괴로 만드는 수법이다.

금강불괴지체는 상시 금강불괴의 상태이기 때문에 어떤 상황에서도 적의 공격을 막아준다.

하지만 옥조가 전개한 수법은 공력을 끌어올려 온몸을 일시적으로 금강불괴로 만드는 것이다.

말하자면, 그녀는 현재 육식귀원이나 반로환동 정도의 엄청난 수준에 도달해 있는 것이다.

하지만 곽정으로서는 그런 것은 알 바 아니다. 오직 그녀를 지체하게 하여 은예상과 단예소가 한 걸음이라도 더 멀리 도망치게 하는 것이 목적일 뿐이다.

순간 그는 다급하게 왼팔을 뻗어 막 스쳐 지나려는 옥조의 아랫도리를 힘껏 부둥켜안았다.

앞으로 나아가던 옥조의 몸이 주춤했다. 그녀는 와락 인상을 쓰며 슬쩍 공력을 끌어올렸다.

퍼억!

"으왁!"

그녀의 몸에서 반탄지기가 뿜어지면서 피투성이가 된 곽정이 화살처럼 아래로 튕겨졌다.

쿵!

피범벅이 된 곽정이 무지막지하게 바닥에 부딪치고 있을

때 옥조는 이미 삼 장 밖을 쏘아가고 있었다.

탁탁탁탁!

평소에는 그렇지 않았는데 지금은 낭하가 너무나 길었다. 죽을힘을 다해서 도망치는 은예상과 단예소에게는 영원히 끝나지 않을 것처럼 길게만 여겨졌다.

두 여자는 뒤돌아보지 않았다. 그러는 사이에 한 걸음이라도 더 도망쳐야 하기 때문이다.

후우우!

그때 옥조에게서 두 줄기 투명한 빛이 뿜어져 두 여자를 향해 번갯불처럼 빠르게 쏘아갔다. 죽이려는 것이 아니라 두 여자를 제압하려는 의도이다.

옥조는 손을 조금도 움직이지 않았는데 투명한 빛줄기가 뿜어졌다. 그 수법은 의지로써 무공을 전개하는 부동심공(不動心功)이다.

은예상과 단예소 앞 반 장 거리에 모퉁이가 나타났다. 그곳을 돌아서기만 하면 대전 입구가 보인다.

조금 전에 곽정이 분 호각 소리를 듣고 마종철위대가 몰려오고 있을 테니까 어떻게든 모퉁이만 돌아서면 위험한 고비를 넘길 수 있을 것이다.

"……!"

그때 문득 은예상은 무엇인가 불길한 느낌을 받았다. 아무런 소리도 들리지 않지만, 왠지 뒷골이 서늘하면서 기분이 매우 좋지 않았다.

그러는 사이에 그녀와 단예소는 모퉁이에 이르러 있었다. 순간 한 걸음 뒤처진 은예소가 몸을 날리면서 단예소를 모퉁이 바깥 대전 쪽으로 힘껏 떠밀었다.

파곽!

"악!"

우당탕!

그 순간 온몸을 허공에 띄운 상태인 은예상은 왼쪽 어깨 뒤쪽과 등 한복판이 망치로 호되게 얻어맞은 듯한 충격을 받고 바닥에 나뒹굴었다.

본능적으로 위험을 느끼고 어떡해서든 단예소를 구하려다가 자신이 적중된 것이다. 하지만 옥조가 겨냥한 혈도에는 맞지 않았다.

쓰러진 그녀가 쳐다보자 악마처럼 소름 끼치는 미소를 지으면서 옥조가 이 장 밖 허공에서 날개를 활짝 펼친 올빼미처럼 쏘아오고 있었다.

"아아……."

은예상의 얼굴에 절망적인 표정이 떠올랐다. 어깨와 등의 통증보다는 온몸에 힘이 없어서 일어설 수가 없었다.

우지끈!

퍼퍼퍽!

그 순간 낭하 양쪽 나무로 만든 벽이 박살나면서 시커먼 물체들이 낭하로 와르르 쏟아져 들어왔다.

그들은, 아니, 그녀들은 호각 소리를 듣고 달려온 마종철위대 여고수들이었다.

은예상이 허공 중에서 멈칫하고 있는 옥조를 가리키며 날카롭게 외쳤다.

"그녀를 공격해요!"

은예상은 옥봉원의 원주다. 옥봉원의 '옥봉'이라는 이름은 그녀의 아호인 천상옥봉에서 따왔다. 마종철위대에게 원주의 명령은 지상명령이다.

순간 수십 명의 여고수들이 옥조를 향해 맹렬한 공격을 퍼부었다.

쐐쐐애액!

검이 허공을 가르는 소리가 난무했고, 거미줄 같은 검광이 허공을 수놓았다.

"흥! 하루살이 같은 것들."

옥조는 잠시 멈칫했으나 경멸하듯 싸늘한 미소를 지으면서 거침없이 앞으로 쏘아갔다.

슈슈슉!

순간 그녀가 손을 움직이지도 않았는데 그녀에게서 다섯 줄기 용(龍)의 비늘 같은 반짝이는 무형지기가 뿜어져서 부챗살처럼 퍼졌다.

퍼퍼퍼퍽!

옥조의 앞을 가로막은 여고수 중 다섯 명이 갑자기 상체가 뒤로 확 젖혀지면서 튕겨 나갔다.

옥조가 발출한 다섯 개의 비늘이 그녀들의 얼굴이나 목에 적중된 것이다. 그것으로 그녀들은 즉사했다.

앞이 뚫리자 옥조는 그곳으로 쏜살같이 빠져나갔다. 아무리 많은 마종철위대 여고수들이 공격을 하더라도, 일단 탈출로가 생겨 신형을 날리면 절대 그녀를 잡지 못한다.

콰자자작!

그렇지만 앞쪽의 양쪽 벽과 천장이 박살나면서 조금 전보다 더 많은 마종철위대 여고수들이 쏟아져 들어올 경우에는 옥조라고 해도 어쩔 수가 없다.

"이것들이……."

옥조의 아름다운 얼굴이 보기 흉하게 일그러졌다.

앞이 막혀서 멈칫하는 사이에 뒤쪽의 여고수들이 덮쳐왔고, 그보다 더 많은 여고수들이 아예 양쪽 벽과 천장을 깡그리 허물면서 쏟아 들어왔다.

옥조는 다급했다. 어떻게 해서든 은예상과 단예소를 납치해야 하는데 일이 더럽게 꼬여 버렸다.

'이렇게 된 바에는 어쩔 수 없다. 데리고 온 수하들을 표면으로 드러내기는 싫었지만 이것은 네년들이 자초한 일이다.'

그녀의 입이 비틀어지고 눈에서 마기가 줄기줄기 뿜어지

며 잔인한 미소가 피어났다.
 '호호홋! 옥봉원을 전멸시킬 수밖에.'
 이어서 그녀는 옥봉원 밖에 매복해 두었던 수하들에게 천리전음을 보냈다.

# 第百十三章
## 전우(戰友)

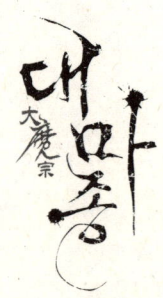

"정협맹 정예고수가 대천신등의 습격을 당했다고?"

탁!

독고풍은 전서구의 서찰을 읽으며 내용을 요약하여 설명하고 있는 설란요백의 손에서 서찰을 낚아챘다.

"무슨 뚱딴지같은 소리를…….'

중얼거리면서 서찰을 읽어 내려가던 독고풍의 얼굴이 한순간 확 굳어졌다.

굳어졌던 얼굴은 서찰을 다 읽을 때쯤엔 아예 일그러졌다.

와작!

"도대체 어떻게 된 거야?"

대천신등 중원정벌총군의 몸통 한가운데를 공격하기 위해서 벌써 반나절 이상 쉬지 않고 부지런히 동쪽으로 가고 있는 중에 난데없는 전서구를 받은 것이다.
　적멸가인은 독고풍의 손에서 구겨진 서찰을 건네받아 고르게 잘 펴서 읽었고, 자미룡과 무적사마영 등이 차례로 돌려가면서 읽었다.
　그리고 모두의 얼굴에 경악과 착잡함이 연이어 떠올랐다.
　한동안 아무도 입을 열지 않다가 이윽고 설란요백이 가라앉은 목소리로 중얼거렸다.
　"그렇다면 대천신등 중원정벌총군 간군부터 오군까지 십 개 군이 남쪽으로 방향을 바꾼 것은 정협맹을 급습하기 위해서였었군."
　그녀가 마구 헝클어진 실마리를 풀기 시작했다.
　적멸가인이 조용한 목소리로 말을 이었다.
　"부상을 당한 사람들은 모두 정협맹으로 돌려보내고 천 명만이 이쪽으로 오고 있다니… 칠천오백 명 중에서 무려 육천여 명이나 죽었군요."
　자미룡이 다소 냉정한 표정을 지었다.
　"십 개 군의 공격에서 천 명이라도 살아났다는 것은 다행한 일이에요. 전멸을 당하지 않은 것이 기적이죠."
　그녀의 말이 옳다.
　"정보가 샜다는 거로군."

독고풍이 얼굴을 잔뜩 찌푸린 채 뇌까렸다.

"도대체 어디에서 샌 거지?"

"우리 쪽은 절대 아닐세."

설란요백이 자신의 목을 걸어도 좋다는 듯한 표정으로 주먹을 불끈 쥐었다.

독고풍도 무적방에서는 정보가 새 나갈 리 없다고 확신하고 있다.

"대동협맹인가?"

"대동협맹은 정예고수 오천 명을 이끌고 와서 직접 부딪쳐서 싸우고 있어요. 더구나 많은 희생자를 내고 있으니 그들은 아닐 거예요."

지난번에 자신이 대동협맹을 대천신등의 끄나풀이라고 실언한 것을 생생하게 기억하고 있는 적멸가인이 토를 달았다.

"그렇군. 그렇다면 녹천대련……."

"아무래도 녹천대련 정예고수들도 정협맹처럼 당했을 가능성이 큰 것 같군요."

"녹천대련도 당해?"

적멸가인의 말을 듣고 독고풍도 곰곰이 생각해 보니까 과연 녹천대련도 당했을 가능성이 컸다.

그러지 않았다면 아직까지 도착하지도, 아무 연락도 하지 않을 리가 없다.

정협맹의 칠천오백 정예고수들도 급습을 받아서 천오백여

명만이 겨우 살아남았는데, 하물며 이천 명의 녹천대련이 대천신등의 공격을 받았다면 두말할 필요가 있겠는가.

독고풍 일행은 정협맹 칠천오백 명과 녹천대련 이천 명이 가세하면 대천신등 중원정벌총군 이십오 군과 한바탕 붙어서 회군(回軍)시킬 가능성이 있다고 생각했다.

그런데 이렇게 되면 가능성이 희박해진다. 아니, 전혀 없다고 봐야 할 것이다.

웬만해서는 실망하지 않는 독고풍도 이번만큼은 온몸의 맥이 탁 풀렸다.

전서구의 서찰을 읽기 위해서 잠시 멈췄던 독고풍 일행은 다시 움직일 줄을 몰랐다.

대천신등 중원정벌총군 본대라고 할 수 있는 정군부터 계군까지 십오 군의 한가운데인 술군(戌軍)을 급습하기 위해서 최대한 빠른 속도로 북쪽으로 우회하고 있던 무적대마군과 대동협맹이다.

또한 이동하고 있는 중에 정협맹과 녹천대련이 합류할 것이라고 믿고 있었다.

그렇게 네 방파가 연합해서 대천신등 중원정벌총군 이십오 군 중에 칠팔 개를 박살 내자는 계획이었다.

그런데 계획이 무산되고 말았다. 구백여 명 남짓한 무적대마군과 오천 명이 채 못 되는 대동협맹만으로는 중과부적(衆寡不敵)일 수밖에 없다.

운이 좋으면 이십오 군 중에 두세 개, 혹은 서너 개를 박살 낼 수는 있을 것이다.

그러나 그때쯤이면 독고풍 쪽의 피해도 만만치 않을 것이어서, 그것으로는 더 이상 싸우지 못하게 될 터이다.

이십오 군 중에 서너 개의 군을 전멸시킨 것으로는 대천신등 중원정벌총군을 회군시키지 못한다.

독고풍이 대천신등의 천신황이라고 해도 그 정도 피해로는 절대 회군하지 않을 것이다. 중원정벌이 바로 목전에 있지 않은가.

"놈들을 막지 못하면······."

독고풍은 무겁게 중얼거리다가 말끝을 흐렸다. 대천신등을 막지 못하면 그가 제패하려는 천하가 사라지고 만다.

그런데 지금 그는 자신이 천하를 제패하지 못하게 되는 것보다, 대천신등이 중원을 짓밟는 것을 두고 볼 수 없다는 생각이 더 강렬하게 작용했다.

놈들이 중원을 짓밟으면 죄없고 힘없는 백성 수천, 수만 명이 죽임을 당할 것이고, 학대와 핍박을 받을 것이며, 끝내는 명 제국이 멸망할 것이라는 생각은 하지 않았다.

그런 것은 알 바가 아니다. 복잡하기 때문이다. 지금은 단지 대천신등이 중원을 짓밟는다는 사실을 용납할 수 없다는 단순한 생각뿐이었다.

"포기할 수는 없다."

문득 그가 주먹을 으스러지게 움켜쥐며 나직이 중얼거렸다.
"절대로……!"
모두 독고풍과 같은 마음이지만 어떻게 해볼 방법이 없어서 입을 다물고 있었다.
이 상황에서 대천신등에게 덤비는 것은 계란으로 바위를 치는 것처럼 어리석은 짓이다.
"그럼 공격해요."
그러자 자미룡이 다가와 독고풍의 팔을 잡으면서 생긋 미소를 지었다.
독고풍이 무슨 소리냐는 듯 찌푸린 얼굴로 쳐다보자 그녀는 방그레 웃으며 말을 이었다.
"우리는 아직도 육천 명이나 되고 또 정협맹의 천 명이 달려오고 있잖아요?"
자미룡의 단순한 말에 단순한 성격인 독고풍의 얼굴의 일그러짐이 조금 풀어졌다.
"풍 랑이 처음 강호에 나와서 소녀를 만났을 때에는 혼자였어요. 그러면서도 천하를 뒤덮을 만한 패기를 갖고 있었지요? 그런데 지금은 혼자가 아니라 소녀들을 비롯한 많은 수하들이 풍 랑 곁에 있어요."
자미룡이 지금처럼 차분하게 긴말을 하는 것은 몹시 드문 일이다.
하지만 그녀는 원래 말을 조리있게 잘 못하는 편인데 지금은 자신의 속마음을 표현하려고 애쓰고 있었다.

"풍 랑은 혼자가 아니에요. 소녀도 풍 랑이고 한정 언니도 풍 랑이고, 또… 여기 요백 할매나 무적사마영, 그리고 구주군장과 만신군장 모두 풍 랑이에요."

그녀는 정말 말재주가 없었다. 그래서 자신이 생각하고 또 느끼고 있는 것을 제대로 표현할 수가 없었다.

그러나 독고풍을 비롯한 중인은 그녀가 무슨 말을 하려는 것인지 너무도 잘 이해했다.

독고풍이 품고 있는 천하 제패의 의지. 대천신등으로부터 중원을 지키려는 의지는 그의 측근뿐만 아니라 수하들 한 명 한 명까지도 모두 품고 있다.

즉, 독고풍은 혼자가 아니라 천여 명이나 된다. 그러므로 천여 명의 독고풍으로 대천신등과 싸우면 충분히 승산이 있다는 뜻이다.

싸움은 실력도 중요하지만 그보다 더 중요한 것은 확고한 신념과 강한 의지력이다. 신념과 의지력이라면 대천신등보다 무적대마군이 훨씬 강할 것이다.

"천여 명의 정협맹 정예고수뿐만 아니라 우리에겐 천 명의 요마고수들도 있어요."

적멸가인이 독고풍의 기억을 일깨워 주었다.

"그렇지!"

독고풍이 무릎을 치며 반색을 했다.

정협맹 천여 명에 요마고수 천 명을 더해봤자 이쪽은 고작 팔천여 명이고 대천신등 중원정벌총군은 여전히 이십오만여 명이다.

수로 따지자면 애초부터 싸움 자체가 성립되지 않는다. 만약 정협맹과 녹천대련이 급습을 당하지 않았다면 이쪽의 수는 만 사천오백여 명이 됐을 것이다.

만 사천오백여 명과 이십오만여 명이나, 팔천여 명과 이십오만여 명이 무슨 큰 차이가 있겠는가.

거대한 태산 앞에 갖다 놓으면 마을의 야산들이란 다 거기서 거기인 것이다.

자미룡이 쐐기를 박았다.

"잊었나요? 어차피 처음부터 되지도 않는 싸움이었어요."

"제기랄!"

독고풍이 갑자기 씹어뱉듯 중얼거리며 벌떡 일어섰다.

탁탁!

"나답지 않게 기운이 빠져 있다니, 바보 같은 놈!"

그는 주먹으로 자신의 머리를 쥐어박았다.

"그렇지!"

머리를 쥐어박던 그는 갑자기 손을 뚝 멈추며 반색을 했다.

마치 꽉 막혀 있던 머릿속이 몇 번의 주먹질로 뻥 뚫린 듯한 표정이다.

"오도겸."

그의 부름에 무적사마영 뒤쪽에 있던 오도겸이 재빨리 독고풍 앞으로 달려와 부동자세를 취했다.

"명을 받듭니다."

"지금부터 너는 네 수하 팔십 명을 이끌고 이동하면서 샅샅이 뒤져 독이 들어 있는 것들은 독물이든 독초든 모조리 내게 가지고 와라."

중인은 독고풍이 뭔가 기발한 생각을 떠올린 것이라고 여겨 기대 어린 표정으로 지켜보았다.

독고풍이 무엇을 할 것이라고 이미 짐작한 오도겸은 공손히 허리를 굽혔다.

"명을 받듭니다."

또 다른 명령이 없나 기다리고 있는 그에게 독고풍이 손을 저었다.

"어서 가라."

오도겸이 동쪽을 향해 나는 듯이 쏘아가는 것을 보고 나서 독고풍은 설란요백에게 말했다.

"요백 할매, 정협맹에게 우리가 가고 있는 방향을 알려줘서 만날 수 있도록 해."

"알겠네."

독고풍은 무적사마영을 둘러보며 물었다.

"자네를 빼면 셋 중에서 누구 경공이 가장 빠르지?"

원진이 남마영 조재를 가리켰다.

"조재입니다."

"조재 너, 무적방에 다녀와라."

독고풍의 말에 모두들 놀라면서 의아한 표정을 지었다.

독고풍이 원진에게 물었다.

"지금까지 본 방에 모여든 사독요마 고수들이 얼마나 되지?"

"약 만 이천 명 정도입니다."

독고풍은 조재에게 명령했다.

"그중에서 고강한 자들을 뽑아 삼천 명을 데리고 와라."

그의 말에 중인은 적잖이 놀라는 표정을 지었다.

원래 독고풍이 무적방에서 천 명만을 선발한 이유는 대천신등을 물리친 이후에 천하를 장악하기 위한 세력을 남겨두기 위함이었다.

그런데 그중에서 고강한 고수를 삼천 명이나 선발해서 데리고 오면 나중에 천하를 도모할 때 그만큼 고생을 하게 될 것이다.

그러나 아무도 이견을 내놓지 않았다. 지금 이곳에서 대천신등을 격퇴시키지 못하면 무적방의 천하 제패도 물거품이 된다는 사실을 잘 알고 있기 때문이다.

"그냥 데리고 오기만 하면 됩니까?"

조재의 물음에 독고풍은 반문했다.

"얼마나 걸릴 것 같으냐?"

조재는 잠시 곰곰이 생각한 후에 대답했다.

"이십삼 일쯤 걸릴 것 같습니다."

이번에는 독고풍이 한동안 깊이 생각하고 나서 적멸가인에게 물었다.

"정아, 남쪽으로 향한 대천신등 열 개 군 중에 뒤에서 다섯 번째가 뭐지?"

적멸가인은 생각할 것도 없다는 듯 즉시 대답했다.

"진군(辰軍)이에요."

독고풍은 다시 조재를 쳐다보며 명령했다.

"우린 이십삼 일째에 진군을 공격할 것이다. 너는 돌아오는 동안 요마전령과 계속 연락을 주고받아 삼천 명을 그곳으로 데려오너라."

"존명!"

조재는 공손히 허리를 굽힌 후에 동쪽을 향해 바람처럼 쏘아갔다.

단 한 사람, 적멸가인만 빼고 아무도 독고풍이 머릿속으로 무엇을 생각하고 있는지 알지 못했다.

그로부터 하루 반나절 후에 정협맹 정예고수 천여 명이 독고풍 연합 세력에 합류했다.

독고풍 연합 세력이 두 번째 목표로 삼은 술군을 따라잡은 지 세 시진이 지나서였다.

요마전령의 안내를 받으면서 산기슭을 돌아 나오던 북궁

연과 화영, 정협삼성 등은 저만치 커다란 바위 옆에 빙 둘러서 앉아 있는 사람들 중에 독고풍을 발견하고는 그 자리에 우뚝 멈춰 섰다.

그들의 얼굴에 말로는 형언키 어려운 반가움과 격동이 떠올라 거세게 물결쳤다.

그들 다섯 사람은 독고풍 일행을 발견한 순간 가슴이 뭉클하고 코끝이 찡해지는 것을 느꼈다.

그중에서 북궁연과 화영이 더 심했다. 두 사람은 독고풍에게 남다른 감정을 품고 있으므로 그와의 재회가 특별할 수밖에 없었다.

더구나 중원을 떠나 수천 리 길을 오는 동안 대천신등의 습격을 받아서 이끌던 고수들의 대다수를 잃고 천신만고 끝에 독고풍을 만났으니 그 감회가 더없이 각별했다.

"방주!"

순간 북궁연이 크게 외치면서 독고풍을 향해 바람처럼 달려갔고 그 뒤를 화영과 정협삼성이 따랐다.

"북궁 형!"

독고풍이 벌떡 일어나 마주 걸어가며 환하게 웃었다.

그의 미소를 보자 북궁연은 울컥하고 속에서 뜨거운 것이 치밀어 올랐다. 마치 지옥을 헤매다가 옛 친구를 만난 듯한 감정이었다.

"오느라 애썼네, 북궁 형!"

독고풍이 가까이 다가온 북궁연의 두 손을 힘껏 잡으며 노고를 위로했다.

"반갑네, 독고 형!"

북궁연도 힘주어 독고풍의 두 손을 마주 잡았다. 그는 독고풍을 처음 만났을 때, 그리고 방금 전에도 '방주'라고 불렀는데, 독고풍이 '북궁 형'이라는 호칭을 쓰자 자신도 '독고 형'이라고 부른 것이다.

혈풍신옥이며 대마종인 그가 전대 대마종인 독고중천의 아들 독고풍이라는 사실은 천하에서 모르는 사람이 없을 정도로 유명한 일이다.

"화 형도 왔군!"

독고풍은 북궁연의 손을 놓지 않은 채 화영을 보며 환한 웃음을 지었다.

화영은 말없이 포권을 해 보였지만 얼굴에는 반가운 표정이 역력했다.

"방주, 오랜만이오!"

정협삼성 중에 유난히 반가운 얼굴로 인사를 하는 사람은 화영의 사부인 청성파 장문인 청운자였다.

독고풍이 정협맹을 방문했을 때 가장 반겼던 사람이 청송자였으며 독고풍도 그를 좋아했었다.

"어서 오시오, 장문인."

독고풍은 환하게 웃으며 인사했다. 그런데도 북궁연의 손은 놓지 않았다. 아니, 북궁연이 그의 손을 꼭 붙잡고 놔주지 않는 것이었다.

 그뿐이 아니라 북궁연은 벌겋게 상기된 얼굴에 빛나는 눈빛으로 독고풍의 얼굴에서 시선을 떼지 않았다.


 독고풍의 무적대마군과 대동협맹이 연합하여 대천신등 중원정벌총군 꼬리에 해당하는 축군을 급습, 한 명도 남기지 않고 전멸시켰다는 사실을 알게 된 북궁연 이하 정협맹 사람들은 대경실색을 금치 못했다.

 대천신등의 십 등급 고수들의 평균치인 육강잔도 백 명을 죽이려면 중원 연합 세력의 정예고수 칠백여 명 정도가 필요하다는 것이 정협맹의 분석이었다.

 아니, 굳이 정협맹뿐만 아니라 중원 연합 세력 모두의 분석이고 생각이었다.

 그런 식으로 따졌을 때, 대천신등 한 개 군 만 명을 전멸시키려면 중원 연합 세력 정예고수 칠만 명이 공격해야 한다는 것이다.

 그런데도 축군 만 명을 그보다 훨씬 적은 수인 육천 명으로 전멸을 시켰다는 것이니 어찌 정협맹 사람들이 대경실색하지 않겠는가.

 정협맹 사람들에게 축군이 전멸했다는 사실을 말한 것은 독고풍이나 그의 측근들이 아니라 대동협맹의 대동육협이었다.

태무천은 팔짱을 낀 채 묵묵히 앉아 있고, 대동육협이 번갈아가며 신바람이 나서 손짓발짓 온몸을 써가면서 축군과의 격전을 설명했다.

그들은 자신들이 계곡에 들어섰을 때 봤던 광경부터 조금도 과장하지 않고 상세히 설명했다.

과장을 하지 않은 이유는, 그들이 설명하는 것 하나하나가 모두 엄청나게 과장을 한 것 같아서 구태여 과장을 할 이유가 없었기 때문이다.

대동육협이 장황하게 설명을 하고 있는 동안 독고풍과 측근들은 떨떠름한 얼굴로 앉아 있었다.

잠깐 어딘가에 갔던 자미룡이 두 명의 요마고수를 데리고 돌아온 것은 대동육협의 무용담이 막바지에 이르렀을 무렵이다.

두 명의 요마고수는 가지고 온 커다란 술 항아리와 몇 가지 안주를 급히 만든 듯한 나무 그릇에 담아 독고풍 일행과 북궁연 일행, 태무천 일행 앞에 두루 놓아주었다.

술을 본 독고풍은 반색을 하며 군침을 흘렸다. 그렇지 않아도 중원을 떠나온 이후 그토록 좋아하던 술을 한 방울도 마시지 못해서 거의 우울증에 걸리기 직전까지 간 상태인 그였다.

대동육협은 흥분해서 설명을 하느라, 그리고 북궁연과 정협맹 사람들은 설명을 들으면서 너무나 놀라고 흥미진진해서 술을 마실 생각은 아예 하지 못했다.

그러나 독고풍 일행과 태무천은 느긋하게 술을 마시면서

곧 있을 술군 급습에 대해서 두런두런 대화를 나누었다.

북궁연 일행이 가장 놀란 부분은, 독고풍이 축군의 우두머리인 축군주를 비롯하여 도합 사십칠 명의 적의 심지를 제압해서 도리어 축군을 공격하게 만들었다는 사실이었다.

더구나 그들 사십칠 명은 두 명의 광세와 두 명의 일절신제, 그리고 여섯 명의 이황무존, 열두 명의 삼철혈왕, 이십오 명의 사악염사 등 절정고수들로만 이루어졌다는 것이다.

그것은 누구도 상상하지 못했던 기발한 생각이다. 적을 이용해서 적을 공격하는 것은 손에 젓가락을 쥐지도 않고 밥을 먹는 것이나 다름이 없다.

만약 이십 명의 독고수가 자신의 몸을 희생시켜 수백 명의 축군 고수들을 죽였다는 사실마저 알게 되었다면, 대동육협과 정협맹 사람들은 더욱 혼비백산하고 또한 그들의 희생정신에 숙연함을 금치 못했을 것이다.

그러나 정협맹 사람들은 자신들이 한 일에 대해서는 입도 벙긋하지 않았다.

원래 대동협맹은 정협맹이 둘로 갈라지면서 발족했다. 제자인 북궁연이 반란을 일으켜 사부인 태무천을 축출했기 때문이다.

예로부터 한집안 사람들이 등을 돌리게 되면 원수보다 더 살벌한 관계가 되는 법이다.

그러므로 정협맹과 대동협맹 사람들은 지금처럼 서로 얼

굴을 맞대고 마주 앉아 있는 것조차도 있을 수 없는 일이다.

하지만 상황이 사람의 관계를 만든다고 한다. 설명을 하는 대동육협이나 듣고 있는 정협맹 사람들은 그 과정에서 가슴 밑바닥에 수북이 쌓아두었던 앙금을 씻어내고 있었다.

예전 한솥밥을 먹던 때만큼은 아니지만, 껄끄러운 버성김은 많이 사라진 상태가 되었다.

설명하기와 듣기를 마친 대동육협과 정협맹 사람들은 흥분과 열기를 식히려는 듯 빙 둘러앉아 술을 마시면서 독고풍을 쳐다보았다.

그들의 눈에 비친 독고풍은 더 이상 무림을 공포에 떨게 하던 살인마 혈풍신옥이 아니다.

대천신등으로부터 중원을 지키려는 위대한 대영웅(大英雄)이며, 중원 연합 세력의 뛰어난 지도자인 것이다. 최소한 이곳에 있는 사람들의 눈에는 그렇게 비춰졌다.

그때부터 중인은 한 시진에 걸쳐서 술군 공격에 대한 세부적인 계획을 짰다.

토의가 끝나자 독고풍이 일어서며 짧게 말했다.

"축시(丑時:새벽 2시)에 공격하겠소."

커다란 나무 그릇에 검푸른색의 걸쭉한 액체가 절반쯤 담겨 있었다.

오도겸은 나무 그루터기에 앉아 있는 독고풍 앞에 나무 그릇을 조심스럽게 내려놓았다.

"극독만 모았습니다."

어설픈 독은 제외하고 사람을 죽일 수 있는 맹독을 지닌 독물이나 독초를 모아서 독액을 짜낸 것이다.

"이 정도면 천오백에서 이천 명은 죽일 수 있을 것이다."

독고풍이 고개를 끄덕이면서 중얼거리자 나무 그릇의 독액이 변화를 일으키기 시작했다.

스으으.

액체인 독액이 짙은 색깔의 기체로 화하면서 하나의 띠를 이루어 독고풍의 얼굴로 뭉클뭉클 흘러갔다.

이어서 세 호흡 사이에 나무 그릇의 독액은 한 방울도 남김 없이 기체로 화해 독고풍의 코 속으로 빨려들어 갔다.

짙은 색의 검푸른 독액이 열 근 이상 기체로 화해 독고풍의 체내로 흡수되었으나 그의 혈색은 조금도 변함이 없다.

"오도겸, 하나만 부탁하자."

문득 독고풍이 진지한 얼굴로 입을 열었다.

수하인 자신에게 명령을 내리면 될 일을 굳이 '부탁'이라고 하자 오도겸은 의아한 생각이 들면서도 바짝 긴장했다.

"말씀하십시오."

"수하들을 죽이지 마라."

"……"

독고수들에게 자폭용독술을 전개시키지 말라는 뜻이다.

오도겸은 움찔했다가 대답을 하지 못하고 고개를 푹 숙였다.
"부탁이다, 오도겸. 아니, 애원할게. 제발 수하들을 죽게 하지 마라."

애원이라는 말에 오도겸은 자신도 모르게 고개를 들어 독고풍을 보다가 가슴이 먹먹해졌다. 그의 표정이 너무도 진지하기 때문이었다.

"수하 열 명이 자폭용독술을 전개하면 적을 몇 명이나 죽일 수 있나?"

"오백 명 가까이 죽일 수 있습니다."

"내가 그 세 배인 천오백 명을 독살시킬 테니까 수하들을 죽이는 것은 그만둬."

"주군께서 천오백 명을 죽이고, 수하들이 오백 명, 아니, 천명을 죽이면 도합 이천오백 명입니다. 그만큼 우리 쪽 전체 피해도 줄어들 것입니다."

"너!"

"한번 생각해 보십시오. 독고수 열 명이 자폭용독술을 전개하면 오백 명의 적을 죽일 수 있는데, 그렇게 하지 않을 경우에 적 오백 명이 우리 쪽 고수 몇 명을 죽일 수 있을 것 같습니까?"

독고풍은 대답하지 않았다. 아니, 하지 못했다.

"적게 잡아도 이천 명은 죽일 수 있을 것입니다. 열 명 대 이천 명입니다. 즉, 독고수 열 명의 희생으로 우리 쪽 고수 이천 명을 살릴 수 있다는 얘기입니다."

독고풍이 아무리 우둔하다고 해도 그런 산술적인 계산을 모를 리가 없다.

다만 그의 의도는 죽음을 향해서 수하들의 등을 떠밀지 말라는 것이었다.

"그렇더라도 자폭용독술은 안 돼. 하지 마."

"주군, 나흘 전에 축군을 전멸시킨 후에 무슨 일이 있었는지 아십니까?"

오도겸이 뜬금없는 말을 했다. 그는 과묵한 성격에 여태까지 독고풍의 명령에 절대 복종했으나 지금은 달랐다.

그의 이런 모습은 처음 보는 것이고, 그 자신도 처음 행하는 것이었다.

독고풍이 아무 말도 하지 않고 쳐다보자 오도겸은 차분한 목소리로 말을 이었다.

"무적대마군 거의 전원이 속하를 찾아와서 자신들도 독고수로 만들어달라고 부탁했었습니다."

"뭐?"

독고풍은 큰 충격을 받고 아무 말도 하지 못했다.

오도겸은 그가 입을 열 때까지 기다렸으나 끝내 아무 말도 듣지 못했다.

# 第百十四章
하늘이 외면하고 땅도 숨죽이고

 술군은 대천신등 중원정벌총군 본대 십오 군 중에서 여덟 번째에 있다.
 축시. 술군은 모두 깊은 잠에 빠져 있었다. 생명체라면 잠을 자지 않고는 견디지 못한다.
 절정고수들은 유사시에 며칠 동안이고 자지 않으며 버틸 수 있지만, 말 그대로 그것은 유사시에만 그렇다. 지금처럼 아무런 위험 요소가 없다는 판단하에서는 절정고수도 잠을 자야만 한다.
 술군이 휴식을 취하고 있는 장소는 사방이 탁 트인 초원 지대였다.

이 근처에는 계곡이 많은데도 불구하고 벌판에서 쉬고 있는 데에는 그만한 이유가 있다. 후미인 축군이 사방이 막힌, 즉 퇴로가 차단된 계곡 내에서 휴식을 취하다가 전멸을 당했기 때문일 것이다.

독고풍과 적멸가인, 설란요백, 무적삼마영, 그리고 북궁연과 태무천은 술군에게서 백여 장 떨어진 곳에 은신해 있는 중이었다.

그들은 지금 독고풍에게 전음으로 공격에 대한 세부적인 작전을 지시받고 있었다.

이윽고 전음이 끝나자 모두 독고풍을 주시하며 가볍게 고개를 끄덕였다.

그들의 얼굴에 단단한 각오와 결의가 가득 떠올랐다. 다만 적멸가인의 눈빛에는 정이 담뿍 담겨 있었다.

독고풍과 북궁연만 남겨두고 모두들 추호의 기척도 없이 뒤쪽으로 사라져 갔다.

마지막으로 적멸가인이 독고풍에게 안겨 부드럽게 입맞춤을 하고는 전음으로 달콤하게 속삭였다.

"사랑해요."

북궁연은 그 광경을 보면서 빙그레 미소를 지었다. 그는 이제 더 이상 질투 같은 것을 하지 않는다.

오히려 적멸가인이 독고풍 같은 걸출한 남자를 사랑하는 것이 지당하다는 생각을 갖게 되었다.

적멸가인이 떠난 후 독고풍은 가까운 곳에 은신해 있던 네 명을 전음으로 불러들였다.

십광세와 십일광세, 그리고 두 명의 일절신제가 유령처럼 나타났다.

나란히 우뚝 서 있는 그들을 보는 북궁연은 적잖이 놀라는 얼굴이다.

그들에 대해서 이야기만 들었을 뿐이지 실제로 보는 것은 처음이기 때문이다.

이야기를 들었을 때에는 설마 그런 일이 있을 수 있을까 반신반의했던 게 사실이다.

그리고 지금 그들을 눈으로 직접 보고 있으면서도 이들이 정말 자기편을 닥치는 대로 죽일 수 있을까 하는 의구심이 들었다.

아마도 그는 그런 광경을 눈으로 목격해야지만 그제야 믿게 될 듯했다.

"너희 둘은 술군주와 또 한 명의 일절신제를 제압해라."

독고풍은 십광세와 십일광세에게 일절신제 두 명을 제압하라고 명령했다. 그들이라면 충분히 그럴 만한 능력이 있었다.

십광세와 십일광세는 묵묵히 허리를 굽혔다.

이어서 독고풍은 북궁연과 두 명의 일절신제에게는 세 명의 일절신제와 싸우되 죽이거나 다치게 하지 말고 팽팽한 접전을 유지하라고 주문했다.

그들이 싸우고 있을 때 독고풍이 세 명의 일절신제를 제압할 생각이다.

심지가 제압된 두 명의 일절신제가 술군의 두 일절신제와 팽팽한 접전을 이루는 것은 어렵지 않을 터이다.

하지만 독고풍은 북궁연의 실력을 모르기 때문에 그가 일절신제와 겨루어 어떤 결과가 나올는지 짐작할 수 없다.

다만 정협맹주인 그가 일절신제와 평수를 이루거나 그보다는 강할 것이라고 추측할 뿐이었다.

독고풍은 이번 공격에서 다섯 명의 일절신제를 모두 제압하여 꼭두각시로 만들 계획을 갖고 있다.

다섯 명의 일절신제라면 중원의 웬만한 대방파 하나와 맞먹는 전력을 지녔을 것이다.

이번 급습이 성공한다면 지난번 축군 때보다 더 많은 꼭두각시를 얻게 될 것이다.

그것은 언덕에서 굴러 내리는 눈덩이와 비슷하다. 한 번 싸움에서 이길 때마다 꼭두각시들이 점점 불어나고, 반면에 앞으로의 싸움은 점점 수월해질 것이다.

독고풍은 우뚝 서서 전면을 응시했다. 허리까지 이르는 누런 풀이 끝없이 펼쳐져 있는 초원 한가운데에 만 명의 술군 고수들이 질서있게 열을 지어 누워 있는 광경이 보였다.

그리고 그들을 빙 둘러 오 장 간격으로 한 명씩 불침번이 서 있는 모습도 보였다.

스으.

순간 독고풍이 그 자리에서 연기처럼 사라져 버렸다.

북궁연이 가볍게 놀라서 쳐다보니 그는 집결해 있는 술군 위쪽 허공을 향해서 비스듬히 쏘아 오르고 있었다.

아니, 어느새 지상에서 십 장 높이 허공에 도달하여 정지한 상태다.

방금 전까지만 해도 북궁연 옆에 서 있던 독고풍이 눈 한 번 깜빡할 사이에 사라지더니 저기에 나타난 것이다.

북궁연은 도대체 독고풍이 어떤 종류의 경공을 사용했는 지도 추측하지 못했다.

다만 그가 자신과는 비교도 할 수 없는 경지에 이르렀을 것 이라고만 짐작할 뿐이다.

술군 둘레에 불침번들이 눈을 번뜩이며 서 있지만 독고풍 을 발견하지는 못했다.

극도로 긴장한 표정의 북궁연은 눈도 깜빡이지 않고 독고 풍을 주시했다.

그가 과연 첫 공격을 어떻게 할지 기대와 긴장으로 정신과 몸이 터져 버릴 듯했다.

그때 독고풍의 몸이 갑자기 눈부시게 빛났다. 그것은 마치 처음부터 그의 몸이 빛나고 있었던 것처럼 느닷없이 벌어진 일이었다.

'우웃!'

또한 그것은 작은 태양이 떠 있는 것 같아서 북궁연은 똑바로 주시할 수가 없어 급히 외면했다.

갑자기 허공에서 눈부신 빛이 뿜어지자 술군 불침번들과 일절신제, 이황무존을 비롯한 절정고수들이 일제히 번쩍 눈을 떴다.

그러나 그들이 다음 행동을 취하기도 전에 독고풍의 공격이 개시됐다.

뷰우움!

하나의 작은 태양처럼 빛나던 독고풍의 몸이, 아니, 섬광이 수십 개로 쪼개지면서 아래쪽 수십 방향으로 뿜어졌다. 그것은 태양이 폭발을 일으키는 것 같은 광경이다.

"아아……."

그 광경을 보면서 북궁연은 너무나 놀라 자신도 모르게 입 밖으로 신음을 흘려냈다.

그리고 그는 보았다. 독고풍에게서 뿜어진 수십 줄기 빛살이 금(金), 혈(血), 흑(黑)의 삼색인 것을.

독고풍은 천마신위강의 이초식인 대마파천황을 전개하고 있었다.

원래 대마파천황은 금, 혈의 이 색인데 독을 발출하는 것이기 때문에 흑 한 가지가 더 섞인 것이다.

술군 절정고수들과 불침번들이 쳐다보고 있는 가운데 수십 줄기 삼색의 빛살은 이미 지상에 도달했다.

콰르르릉!

빛살 수십 줄기가 한꺼번에 폭발하는 음향이 천번지복처럼 지축을 뒤흔들었다.

그와 함께 흙먼지와 잘려진 사람의 팔다리와 몸뚱이들이 무수히 허공으로 튀어 올랐다.

그 광경은 흡사 지상 여러 군데에서 갑자기 화산이 폭발하는 것처럼 장관이었다.

'아아……!'

그 광경을 보면서 북궁연은 넋이 나갔다. 그의 전면에서 벌어지고 있는 광경은 자연이 만들어낼 수 있는 것이지 결코 인간이 할 수 있는 일이 아니었다.

휘익! 휙!

그때 십광세와 십일광세, 두 명의 일절신제가 술군을 향해 바람처럼 쏘아가는 것을 보고서야 번쩍 정신이 든 북궁연은 급히 신형을 날려 술군을 향해 쏘아갔다.

'맙소사……!'

쏘아가는 중에 그가 발견한 광경은 실로 처참한 지옥도 그 자체였다.

독고풍이 발출한 수십 줄기 빛살에 직격으로 적중된 지면에는 깊고 커다란 구덩이가 뚫렸으며, 그것만으로 이백여 명 가까이 몸이 짓찢어져서 즉사했다.

그리고 구덩이 주위에는 술군 고수 수십 명이 쓰러진 채 목을 움켜잡고 고통스럽게 버둥거리고 있었다. 한눈에도 그들이 중독됐음을 알 수 있었다.

또한 구덩이를 중심으로 짙은 검푸른색의 운무가 자욱했으며, 그 속에서 술군 고수들이 비틀거리다가 풀썩풀썩 앞 다투어 쓰러졌다.

그 광경을 보고 북궁연은 독고풍이 독을 사용했다는 사실을 깨달았다.

독고풍은 북궁연은 물론이고 정협맹이나 대동협맹 사람들에게 자신이 최초에 어떤 공격을 전개할 것인지 한마디도 설명하지 않았다.

단지 모두에게 해약을 복용시킨 것으로 미루어 그가 독을 사용할 것이라고 추측을 했을 뿐이다.

평소의 북궁연은 뼛속까지 진명유림 사람이기 때문에 독을 원수처럼 증오했다.

하지만 지금은 아니다. 대천신등을 물리칠 수만 있다면 독이 아니라 그보다 더한 것이라도 자신이 직접 사용하고 싶은 심정이었다.

무려 만 명이 운집한 술군은 독고풍 한 사람이 전개한 단일격에 아비규환이 돼버렸다.

깊이 잠들어 있다가 졸지에 봉변을 당한 그들은 벌떡 일어나서 우왕좌왕하고 있었다.

지금 무슨 일이 벌어지고 있는지 깨닫거나 간파한 사람은 아무도 없었다.

 북궁연과 십광세 등이 술군 한복판으로 쏘아들었지만 아무도 신경을 쓰지 않았다. 적진이지만 무인지경이나 다름이 없는 상황이다.

 북궁연은 재빨리 주위를 둘러보았다. 목표로 한 일절신제를 찾기 위해서다.

 십광세와 십일광세, 두 명의 일절신제가 자신들의 상대를 향해 네 방향으로 흩어져서 쏘아가고 있는 것이 보였다.

 초조해진 북궁연은 우왕좌왕하는 술군 고수들 사이를 누비면서 마지막 하나 남은 일절신제를 찾으려고 애썼다. 그러나 목표물이 눈에 띄지 않자 더욱 조급해졌다.

 그때 저만치에서 하나의 흑영이 허공의 독고풍을 향해 솟구치고 있는 것이 발견됐다.

 북궁연은 일만 명 술군 고수 중에서 가장 빠른 반응을 보이고 있는 그 흑포인이 자신이 찾고 있는 일절신제라 판단하고 즉시 그쪽으로 쏘아갔다.

 그는 정협맹 육천여 명의 고수들을 잃는 과정에서 일절신제의 무서움을 뼈저리게 경험했기 때문에 추호도 방심하지 않고 쏘아가는 도중에 공력을 극한으로 끌어올렸다.

 그러나 처음부터 거리가 너무 멀었기 때문에 그가 절반에도 이르지 못했을 때 일절신제는 어느새 검을 뽑아 독고풍을 공격해 가고 있었다.

독고풍은 아래에서 솟구쳐 오르고 있는 일절신제를 보면서 꿈틀 눈썹을 찌푸렸다.

 십광세와 십일광세, 두 명의 일절신제, 그리고 북궁연에게 술군의 다섯 일절신제를 상대하라고 지시했었지만, 독고풍 자신을 공격해 오는 일절신제를 모른 체할 수는 없는 일이었다. 지금은 네 밥 내 밥을 가릴 때가 아닌 것이다.

 쿠오옷!

 일절신제가 검을 그어대자 백색과 녹색이 뒤섞인 한줄기 검강이 폭발하듯이 뿜어졌다.

 그것은 마치 한 마리 거대한 용이 이빨을 드러내고 포효하면서 승천하는 듯한 광경이었다. 과연 대천십등의 일등다운 절정의 위력이다.

 축군을 전멸시킬 때 여러 일절신제들과 싸워본 경험이 있는 독고풍은 피하지 않고 도리어 수직으로 아래를 향해 내리꽂혔다.

 기우웅!

 그 순간 그에게서 한줄기 혈광이 아래로 뿜어졌다. 일절신제가 발출한 검강에 비하면 십분의 일에도 미치지 못하는 굵기이며, 위력적으로 보이지도 않았다.

 드등!

 검강과 혈광이 부딪치자 허공이 거세게 몸서리쳤다.

 그 순간 놀라운 광경이 벌어졌다. 혈광이 검강을 두 쪽으로 쪼개면서 한복판으로 파고드는 것이 아닌가.

수직으로 쏘아 오르던 일절신제의 눈이 약간 커졌다. 그대로 있다가는 눈 한 번 깜빡할 사이에 혈광 줄기가 그의 머리를 박살 내고 말 것이다.

단 한 차례의 부딪침이지만, 그는 독고풍하고는 정면으로 대결해서는 안 된다는 사실과 그가 혈풍신옥이라는 사실을 동시에 깨달았다.

순간 쏘아 오르던 그의 모습이 갑자기 사라졌다.

콰우—!

사라졌나 싶더니 어느새 독고풍의 등 뒤에서 굉음이 터졌다.

독고풍의 입술 끝이 비틀어졌다.

"후후, 나하고 놀아보자는 것이냐?"

파아—

일절신제가 발출한 검강이 독고풍의 등 한복판을 관통했다.

'앗!'

거의 근처까지 쏘아온 북궁연은 그 광경을 보고 크게 놀라 몸이 멈칫했다.

그러나 다음 순간 북궁연은 일절신제 등 뒤에 독고풍이 기척없이 나타나는 것을 발견하고 방금 전보다 더 놀라며 눈을 크게 떴다.

방금 전 일장에 적중당한 것은 독고풍의 허상이었던 것이다.

그러나 그보다 더 놀라운 일은, 일절신제가 독고풍의 접근을 알아차리고 번개같이 몸을 돌리면서 검을 떨치고 있다는 사실이었다.

'위험하다!'

독고풍이 일절신제 등 뒤로 너무나 가까이 접근했기에 북궁연은 속으로 다급히 소리쳤다.

더구나 일절신제의 검이 목을 베어오고 있는데도 독고풍은 어깨의 검을 뽑지도 않은 채 오히려 두 팔을 아래로 늘어뜨리고 있었다.

저런 상황이라면 아무리 독고풍이라고 해도 당할 수밖에 없다. 미처 손을 올리기도 전에 목이 잘리고 말 것이다.

아니, 북궁연을 더 놀라게 한 것은 독고풍이 아예 반격할 생각이 없는 듯한 행동을 취하고 있다는 사실 때문이었다.

"……!"

그 순간 북궁연은 괴이한 광경을 목격했다. 독고풍의 오른손이 흐릿한 모습으로 일절신제의 어깨와 목덜미를 가볍게 두드리고 있는 광경이다.

그런데 어찌 된 일인지 그의 두 팔은 여전히 아래로 늘어뜨려져 있지 않은가. 착시인가, 아니면 독고풍의 팔이 세 개라는 말인가?

찰나 북궁연의 머리를 스치는 것이 있었다.

'부동심법!'

몸으로 동작을 취하지 않은 상태에서 의지만으로 무공을 전개하는 수법.

의지로 전개하기 때문에 그것의 빠르기란 무엇이라고 설명할 수가 없다.

천하에서 의지, 즉 머리에 떠올리는 생각보다 빠른 것이 무엇이겠는가.

독고풍의 목을 베어가던 일절신제의 검은 목에서 반 뼘 거리에서 정지했다. 검이 목에 닿기 전에 독고풍이 일절신제를 제압한 것이다.

그 상태에서 독고풍과 일절신제는 잠시 허공 중에 떠 있었다.

그들에게 가까이 다가간 북궁연은 일절신제 머리 위에 조그만 구름처럼 하나의 검은 기운이 떠 있다가 그의 머릿속으로 스며드는 것을 발견하고 움찔 표정이 변했다.

'저것인가, 심지를 제압하는 수법이?'

북궁연은 긴장하여 입술이 바짝 마른 채 눈도 깜빡이지 않고 주시했다.

일절신제의 눈빛이 흐리멍덩해지더니 곧 어둡고 깊게 심연처럼 가라앉았다.

"가서 술군을 모조리 죽여라."

그때 독고풍의 음산한 목소리가 흘러나왔다.

그 순간 일절신제는 독고풍의 목에 닿을 듯이 뻗어 있던 검을 거두는가 싶더니 곧장 아래를 향해 쏘아갔다.

북궁연은 마치 꿈을 꾸는 듯한 표정, 아니, 두려운 표정으로 독고풍을 바라보았다.

어찌 방금까지 자신을 죽이려고 하던 적을 수하로 만들어서 명령을 내릴 수가 있단 말인가.

그런 생각을 하려는 것이 아닌데, 그때 문득 그의 머리가 불쑥 어떤 생각을 떠올렸다.

'만약 독고 형이 내 심지를 제압한다면……?'

정협맹을 수중에 넣는 것쯤은 간단할 것이다. 그런 생각이 들자 온몸에 소름이 쫙 끼쳤다.

슥―

그때 독고풍이 북궁연에게 오른손을 뻗었다. 순간 북궁연은 자신도 모르게 몸이 위축되었으나 마치 독사 앞에 놓인 한 마리 쥐처럼 옴짝달싹도 하지 못했다.

만약 독고풍이 심지를 제압하려는 것이라면, 북궁연은 꼼짝없이 당할 수밖에 없는 상황이다.

툭툭.

"자, 시작하세."

독고풍이 북궁연의 어깨를 가볍게 두드리며 말하고 나서 지상의 한쪽을 향해 비스듬히 쏘아갔다.

북궁연은 만감이 교차하는 표정으로 멀어지는 독고풍을 쳐다보았다.

그리고 만감의 끝에 그의 얼굴에 떠오른 것은 독고풍을 믿지 못했다는 자책감이었다.

그때 술군의 사방에서 적멸가인이 이끄는 무적대마군, 화영과 정협삼성이 이끄는 정협맹, 태무천이 지휘하는 대동협맹의 정예고수 육천오백여 명이 파도처럼 들이닥쳤다.

그리고 술군 네 명의 일절신제를 상대하는 십광세와 십일광세, 두 명의 일절신제를 제외한 사십삼 명의 꼭두각시들은 이미 술군 곳곳에서 마음껏 자기편을 주살하고 있었다.

그들이 입고 있는 대천신등의 복장은 술군을 교란시키는 데 크게 한몫을 했다.

십광세와 십일광세는 아직 자신들이 상대하고 있는 일절신제를 제압하지 못했다.

십팔광세가 강하다고는 하지만 한 수 아래인 일절신제가 사력을 다하자 애를 먹고 있는 것이다.

더구나 제압하는 것은 살초를 사용하지 못하기 때문에 죽이는 것보다 배 이상 어렵다.

그렇지만 십광세와 십일광세는 상대를 제압하지 못했을 뿐이지 우세한 싸움을 이끌고 있기 때문에 독고풍은 힘들이지 않고 두 명의 일절신제를 제압할 수 있었다.

독고풍은 그들의 심지를 제압하여 술군을 죽이라고 명령한 직후 십광세와 십일광세에게 나머지 두 명의 일절신제를 제압해서 데려오라고 명령했다.

두 명의 꼭두각시 일절신제와 술군 두 명의 일절신제는 그야말로 용호상박의 팽팽한 접전을 이루고 있었다.

그런 상황에서 십광세와 십일광세가 술군 두 명의 일절신제를 제압하는 것은 식은 죽 먹기였다.

그사이에 이황무존을 제압하고 있던 독고풍은 십광세와 십일광세가 제압하여 끌고 온 두 일절신제의 심지를 제압하여 싸움터로 보냈다.

그로써 술군의 다섯 일절신제를 모두 꼭두각시로 만들었다. 출발은 순조로웠다.

이어서 독고풍은 십광세와 십일광세를 이끌고 이황무존을 찾아다니면서 제압하여 꼭두각시로 만들기 시작했다.

그믐달이 어슴푸레한 빛을 뿌리는 초원 한곳에 마치 지옥의 밑바닥처럼 자욱한 독무가 깔려 있다.

그 속에서 무려 만 오천여 명에 달하는 고수들이 한 치도 물러날 수 없는 치열한 혈전을 벌이고 있었다.

처음 독고풍의 독공으로 술군은 무려 천육백 명이나 죽었다. 그 공격에 독고풍은 체내에 지니고 있던 극독을 모조리 쏟아냈다.

수십 줄기 대마파천황에 직격으로 적중되어 죽은 자들의

피와 살점이 사방으로 멀리 흩어져서 그것이 몸에 달라붙은 자들은 육강잔도 이하 모두 즉사했다.

독무를 흡입하여 중독되는 것은 공력으로 몰아낼 수 있지만, 중독된 살점이나 피가 직접 몸에 달라붙은 경우에는 육강잔도 이하 급의 고수들은 손을 써볼 방도가 없었다.

독무를 흡입한 자들은 팔혼낭차 이하 중독되어 몸부림치다가 숨이 끊어져 온몸이 검붉은 고깃덩어리로 화했다.

중원 연합 세력은 육천오백여 명이고 술군은 만 명이다. 아니, 천육백여 명이 중독되어 죽었으니 이제 팔천사백여 명이 되었다.

여전히 술군이 중원 연합 세력보다 이천여 명 가까이 많은 상황이다.

그뿐 아니라 수적으로 많으면서도 술군 각자의 무위는 중원 연합 세력보다 훨씬 강했다.

독고풍의 최초 공격과 중원 연합 세력의 급습으로 한동안 우세를 이끌어갔으나 그것은 반 시진을 넘기지 못했다.

그때까지 중원 연합 세력은 술군 천여 명을 죽였다. 하지만 죽은 자들은 최하위인 십살흑풍이 칠백여 명이고, 그다음이 구탈살수로 이백여 명, 팔혼낭차는 불과 백여 명에 불과했으며, 그 위는 겨우 몇 명 정도가 죽었을 뿐이다.

**빠르게** 전열을 가다듬은 술군은 최소 단위인 조(組) 단위로 흩어져서 조장인 오마추영의 지휘 아래 일사불란하게 움직이며 맹렬하게 반격을 개시했다.

전세는 빠르게 역전됐다. 술군 삼백여 개의 조는 파죽지세로 중원 연합 세력을 짓밟았다.

이쪽은 적멸가인을 비롯한 무적사마영과 자미룡, 설란요백, 무적군, 그리고 북궁연과 화영, 정협삼성, 태무천과 대동육협 정도가 고강한 수준이라고 할 수 있다.

반면에 술군은 칠비혈귀부터 위의 급은 중원 연합 세력의 고수들보다 무조건 고강했다.

수도 많은데다 고강하기까지 하니 전세가 역전되고부터는 아예 싸움이 되지 않았다.

그나마 한두 명씩 불어나고 있는 꼭두각시들, 즉 괴뢰대(傀儡隊)가 곳곳에서 파죽지세로 술군을 죽이고 있어서 중원 연합 세력을 지탱해 주고 있었다.

게다가 괴뢰대는 일곱 명의 일절신제 등 절정고수들로만 이루어져서 거의 무적이었다.

하지만 그들이 술군을 죽이는 속도보다 중원 연합 세력 고수들이 죽어가는 속도가 더 빠르다는 사실이 문제였다.

독고풍은 십광세, 십일광세와 함께 이황무존의 심지를 제압하는 동안에도 힐끗거리며 전세 살피기를 게을리하지 않았다.

여섯 명째 이황무존의 심지를 제압하여 꼭두각시로 만든 직후 그는 한바탕 술군을 휘저어놓을 필요가 있다는 생각을 했다.

 적을 꼭두각시로 만드는 것도 중요하지만, 우리 편 고수들이 추풍낙엽처럼 죽어가게 내버려 둘 수는 없는 일이었다.

 "너희는 계속 이황무존을 제압해라."

 그는 십광세와 십일광세에게 명령하고 한쪽 방향을 향해 몸을 날렸다.

 쉬이이—

 피아간에 한데 어지럽게 뒤섞여서 싸우고 있으며, 모두들 빠르게 움직이고 있기 때문에 독고풍이 마구잡이 공격을 했다가는 우리 편이 당하고 말 것이다.

 그래서 그는 근접 공격을 하기로 작정했다. 그리고 칠비혈귀 이상을 죽이기로 했다.

 그 이하 팔혼낭차나 구탈사수, 십살흑풍 정도는 중원 연합 세력 고수들이 감당할 수 있기 때문이다.

 독고풍이 쏘아가는 앞쪽에 두 명의 오마추명이 십여 명의 정협맹 고수들을 상대로 싸우면서 무차별 주살하고 있는 광경이 눈에 띄었다.

 추호의 기척도 없이 독고풍에게서 두 줄기 무형지기가 폭사되었다. 부동심법이다.

 파아!

 저승사자처럼 정협맹 고수들을 주살하던 오마추명 두 명

의 목이 어디선가 쏘아온 접시 같은 납작하고 둥근 강기에 의해서 뎅겅 잘라지며 수급이 둥실 떠올랐다.

그들과 싸우던 정협맹 고수들은 두 명의 오마추명이 왜 갑자기 목이 잘렸는지 알지 못했다.

독고풍은 이미 다음 먹잇감인 우측의 사악염사 세 명을 향해서 몰아치는 폭풍처럼, 그러나 추호도 기척이 없는 어둠처럼 다가가고 있었다.

그룽!

모처럼 석검을 뽑았다. 부동심법은 익숙하지 않아서 자칫 우리 편을 벨까 우려되어 자신의 분신인 석검을 사용하려는 것이다.

키이!

부동심법과는 달리 석검을 긋자 귀에 익은 검명이 허공을 울렸다. 그 소리가 독고풍의 살심을 한층 자극했다.

퍼퍼퍽!

조금 전 오마추명 두 명의 목을 벨 때와는 달리 석검으로 발출된 검기는 정확하게 사악염사 세 명의 미간과 목줄기, 뒤통수를 적중, 관통했다.

석검에 흠뻑 피가 묻었다. 검측측한 석검이 혀를 날름거리면서 피를 핥고는 가르릉 낮게 포효하며 더 피 맛을 보게 해달라고 성화를 부렸다.

쐐애액!

독고풍이 쏘아가면서 석검 끝을 털어내듯이 떨치자 핏방울이 다섯 방향으로 부챗살처럼 펼쳐져서 쏘아가 사악염사 두 명과 육강잔도 세 명의 머리통을 꿰뚫었다.

 그는 무인지경인 양 전장 한복판을 누비며 쉴 새 없이 석검을 휘둘렀다.

 석검에서는 때로는 검기가 뿜어졌고, 때로는 진검으로 술군 고수들을 무차별 도륙했다.

 독고풍이 스쳐 가는 좌우의 술군 고수들은 자신들이 누구에게 어떤 수법으로 당하는지도 모르는 채 몸에서 피분수를 뿜으며 풀썩풀썩 쓰러졌다.

 약 반 시진 동안 독고풍은 무려 육백여 명의 적을 죽였다.

 그렇지만 그의 석검은 멈추지 않았다. 그 정도로는 전세를 역전시킬 수 없기 때문이다.

 이제 그는 석검을 휘두르는 한편 부동심법을 발휘하여 더 많은 적을 죽이고 있었다.

 이황무존이든 삼철혈왕이든 오마추명이든 그가 스쳐 지나는 곳에 있는 자들은 모조리 이승을 하직했다.

 그때 그의 눈이 번쩍 빛을 발했다.

 저만치에서 적멸가인과 자미룡이 이끄는 십오륙 명의 무적군이 이황무존과 삼철혈왕, 사악염사, 오마추명 이십여 명에게 포위된 상태에서 고전하고 있는 광경을 발견한 것이다.
 더구나 자미룡은 왼팔과 옆구리에 부상을 입은 상태에서도 물러서지 않고 입술을 악문 채 싸우고 있었다.
 그녀는 한 명의 이황무존과 두 명의 삼철혈왕의 협공을 받고 있었는데, 역부족이라서 자꾸 뒤로 밀리면서도 방어를 하기는커녕 미친 듯이 공격을 쏟아내고 있었다.
 그런 상황에서는 방어를 해도 모자랄 판국인데 공격을 하기 때문에 그녀의 여기저기에 허점이 마구 드러났다.
 접근전이기 때문에 모두들 검기나 검풍 따위는 사용하지 않고 진검, 혹은 권각술과 장력을 전개하여 싸웠다.
 물론 사용하는 도검에 공력이 실려 있기 때문에 부딪치면 약한 쪽이 밀리고 심할 경우에는 내상을 입는다.
 쩌겅! 쨍쨍쨍!
 한 명의 이황무존과 두 명의 삼철혈왕이 소나기처럼 퍼붓는 도검을 힘겹게 막고 피하면서도 자미룡의 눈은 반짝였다. 공격할 기회를 찾고 있는 것이다.
 자미룡은 이황무존 한 명보다 반 수 정도 우위다. 그리고 삼철혈왕 두 명은 이황무존보다 한 수 위다. 그러니 이들 세 명은 자미룡에게 버거운 상대일 수밖에 없었다.
 그녀는 방어를 하느라 공격할 기회를 잡지 못하는 것 때문에 화가 났다.
 위기에 처해 있으면서도 위기를 모면할 생각은 하지 않고 기회만 포착하면 적을 죽일 궁리만 했다.

그러나 현실은 냉엄하다. 우연이라든지, 행운은 이런 곳에서는 일어나지 않게 마련이다.

카카칵! 채채챙!

"웃!"

갑자기 이황무존과 두 명의 삼철혈왕의 공격이 거세지면서 자미룡은 정신없이 공격을 막으면서 뒤로 밀리다가 무릎이 꺾였다.

비틀!

늘씬한 몸이 크게 휘청거리면서 허점이 여기저기 드러나자 그곳으로 세 자루 도검이 맹렬하게 파고들었다.

쉬이익! 쉐액!

몸이 기우뚱한 자세에서 자미룡은 대처할 방법이 없었다.

"이런 빌어먹을!"

독고풍에게 배운 욕설이 튀어나왔다.

그러면서도 그녀는 이황무존과 두 명의 삼철혈왕을 향해 검을 휘둘렀다.

죽어도 곱게 죽지는 않겠다는 악바리 같은 행동이지만 그녀의 검이 상대에게 닿기 전에 그녀의 몸이 벌집이 되고 말 상황이다.

새파란 도검이 목과 가슴, 얼굴 가까이 이르렀을 때 그녀의 눈앞에 한 사람의 모습이 보름달처럼 환하게 떠올랐다.

독고풍이 빙그레 미소 짓는 모습이었다.
'풍 랑, 사랑해요.'
미련은 없다. 천하에서 최강, 최고의 남자를 잠시나마 남편으로 모셨고 사랑을 듬뿍 받았으니 무슨 미련이 있겠는가.
그녀의 입가에 방그레 미소가 피어났다. 지금 어디에 있는지 모를 남편 독고풍에게 보내는 미소다.
파파팍!
그때 이황무존과 두 명의 삼철혈왕 머리통이 몸에서 분리되어 허공으로 솟구쳐 올랐다.
"……"
자미룡의 몸을 찌르고 베려던 그들의 세 자루 도검은 허공중에 정지되었다.
슥!
어떻게 된 영문인지 몰라서 눈을 깜빡이며 쓰러지던 자미룡을 누군가 부드럽게 안더니 비스듬히 허공으로 솟구쳤다.
"아! 풍 랑!"
그녀는 자신을 안고 걱정스러운 표정으로 굽어보고 있는 독고풍을 발견하곤 눈물이 왈칵 쏟아졌다.
독고풍은 말없이 그녀의 다친 왼팔과 옆구리의 상처를 지혈해 주었다.
자미룡은 죽음의 문턱에서 독고풍에 의해 살아났다는 사

실 때문에 전율과도 같은 감격과 행복을 느꼈다.

또한 독고풍의 품이 너무도 포근하고 따스했다. 하지만 그녀는 독고풍을 오래 붙잡고 있으면 그만큼 우리 편이 많이 죽을 것이라는 사실을 깨달았다.

"내려주세요."

"괜찮겠느냐?"

자미룡은 방그레 웃으면서 독고풍의 뺨에 부드럽게 입을 맞추었다.

쪽!

"소녀가 누군가요? 풍 랑의 씩씩한 아내 손진이에요! 이 정도로는 끄떡없어요!"

"잠시 운공을 해서 상처를 다스려라."

독고풍은 한 팔로 자미룡을 안은 채 그렇게 말하고는 그녀의 대답도 듣지 않고 석검을 어깨에 꽂으며 지상의 한곳으로 쏘아 내렸다.

이어서 그는 적멸가인과 무적군을 공격하고 있는 술군 주위를 한 바퀴 돌면서 두 명의 삼철혈왕과 세 명의 사악염사를 공격하여 심지를 제압한 후 그들에게 명령했다.

"지금부터 너희는 저 사람과 이 사람, 두 여자를 호위하라."

그가 가리킨 사람은 적멸가인과 자미룡이었다.

그때부터 두 명의 삼철혈왕은 적멸가인을, 세 명의 사악염사는 자미룡을 그림자처럼 호위하기 시작했다.
 독고풍이 그녀들을 떠나 다시 적진으로 쏘아갈 때 두 소녀의 전음이 그의 귓전을 때렸다.
 "사랑해요, 여보!"
 "너무너무 사랑해요!"

# 第百十五章
생사결우(生死結友)

 이십 명이 허공으로 솟구쳤다가 격전장 사방 스무 방향으로 비스듬히 급전직하 쏘아 내렸다.
 퍼퍼퍼퍼퍼퍼!
 다음 순간 폭죽을 터뜨리는 듯한 소리가 스무 군데에서 터져 나왔다.
 "크아악!"
 "흐아아—!"
 그리고는 처절한 비명 소리가 스무 군데에서 뒤를 이었다.
 십광세와 십일광세가 제압해 온 다섯 명의 이황무존의 심지를 제압하고 그들에게 명령을 내리려던 독고풍은 움찔 가볍게 몸을 떨며 비명 소리가 들려온 곳을 쳐다보았다.

'오도겸 이놈!'

순간 그의 얼굴이 보기 싫게 일그러졌다. 오도겸 휘하의 독고수 이십 명이 자폭용독술을 전개했다는 사실을 깨달은 것이다.

독고수 이십 명이 자신의 육신과 피를 사방으로 터뜨려서 그것에 조금이라도 묻은 술군 고수들은 몸이 타 들어가며 바닥을 데굴데굴 구르다가 죽어갔다.

격전장의 싸움은 일시 중지됐다. 너무도 엄청난 사건에 피아를 막론하고 모두들 큰 충격으로 얼이 빠졌다.

"끄아아—!"

"살려줘! 크아악!"

격전장 곳곳에서 처절한 비명 소리가 끊이지 않고 계속 터져 나왔다.

살점과 핏방울이 몸에 묻은 술군 고수들이 몸부림치는 광경을 보면서, 혹은 그들이 터뜨리는 단말마의 비명을 들으면서 모두들 공포에 질린 표정을 지었다.

그러나 중원 연합 세력 고수들도 몸에 독고수의 살점과 핏방울이 묻었으나 아무렇지도 않았다.

살점과 핏방울이 묻은 술군 고수들은 길어야 다섯 호흡 안에 모두 처참한 모습으로 숨이 끊어졌다.

그다음은 독무를 마신 자들 차례였다. 십살흑풍과 구탈사수, 팔혼낭차는 비틀거리면서 얼굴이 거멓게 변해갔다.

최하급인 십살흑풍은 픽픽 쓰러졌으며, 구탈사수는 비틀거리면서도 어떻게든 독을 몰아내려고 애썼고, 팔혼낭차는 선 채 주위를 경계하면서 운공을 했다.
 그때 누군가의 목소리가 쩌렁쩌렁하게 울렸다.
 "뭣들 하느냐! 죽여라! 술군을 모조리 죽여라!"
 북궁연이었다. 제일 먼저 정신을 차린 그는 비틀거리는 적들을 마구 주살하면서 어금니를 악물었다. 얼핏 두 눈에 눈물이 고인 것 같기도 했다.
 그는 중원 연합 세력이 최초에 축군과 싸울 때 무적방의 독고수 이십 명이 스스로 자폭하여 적을 중독시키는 자폭용독술을 전개했다는 말을 들었을 때 온몸에 소름이 돋을 정도로 충격을 받았었다.
 어떻게 하면, 아니, 도대체 어떤 심정과 각오를 품어야 자신의 몸을 터뜨려서 적을 죽일 수 있단 말인가.
 죽음이란 모든 것의 종말을 의미한다.
 갑(甲)이라는 사람이 있다. 있다는 것은 살아 있다는 것이며 또한 존재(存在)한다는 뜻이다.
 갑과 함께 중원도 무림도 천하도 삼라만상도 함께 공존하고 있다. 더불어 존재하는 것이다.
 갑이 죽어도 모든 것, 즉 삼라만상은 계속 존재한다. 갑이 죽었어도 중원이나 삼라만상은 아무런 변화가 없다.
 세상 어느 구석의 피조물 하나가 죽었을 뿐이니 삼라만상에 아무런 영향력을 끼치지 못하는 것이다.

그러나 삼라만상은 두 개의 의미로 존재한다. 하나는 만천하인이 인식하고 있는 객관적인 삼라만상이고, 또 하나는 갑이 인식하고 있는 주관적인 삼라만상이다.

갑이 죽었지만 객관적인 삼라만상은 아무런 변화가 없다.

하지만 주관적인 삼라만상은 갑의 죽음과 함께 소멸한다. 그 삼라만상은 갑이 인식하고 있던 마음에 존재하는 것이기 때문이다.

말하자면, 내가 죽으면 주관적인 모든 것도 따라서 죽는다는 것이다.

곧 불가에서 일컫는, '마음이 일어나면 모든 법도 따라서 일어나고[心生卽種種法生], 마음이 죽으면 모든 법도 따라서 죽는다[心滅卽種種法滅]'는 이치인 것이다.

자신이 죽으면 모든 것이 사라져서 아무런 소용이 없는데도 독고수들은 아낌없이 자신의 목숨을 내던졌다.

북궁연은 그 점을 이해하기 어려웠다. 진명유림에서는 대의를 위해서 개인이나 작은 것이 희생을 하는 것이야말로 진정한 영웅의 행동이라고 가르친다.

하지만 막상 그런 상황이 닥쳐도 자신을 희생하는 사람은 거의 없다. 목숨은 누구에게나 소중하기 때문이다.

자신의 한 목숨을 던져서 많은 사람을 위하는 것은 진명유림 사람들이 가장 추구하는 최고의 덕목이다. 그런 것을 모를 리 없는 북궁연이다.

 그런데 지금 그가 이해하지 못하는 것은, 과연 사독요마의 고수들이 무엇을 위해서 서슴없이 자신을 희생시키고 있느냐는 것이다.

 아니, 이해하지 못하는 것이 아니다. 사실 그는 이해를 했다. 이 싸움에서 자신을 희생한다는 것은 중원을 지키기 위한 목적 말고 달리 무엇이 있겠는가.

 다만 북궁연은 사독요마 고수들도 그럴 수 있다는 사실에 너무도 큰 충격을 받은 것이다.

 어쩌면 충격을 받았기 때문에 그것에서 헤어나려고 그는 더욱 악을 써서 소리를 지르고 있는지도 모른다.

 그의 외침에 정신을 차린 중원 연합 세력 고수들은 이성을 잃은 것처럼 미친 듯이 공격을 퍼부었다.

 북궁연이 충격을 받았으면 왜 다른 사람들이라고 충격을 받지 않았겠는가.

 독고수 이십 명의 희생으로 술군은 한꺼번에 팔백여 고수를 잃었다.

 그리고 그로부터 네 시진 후, 술군과의 처절했던 싸움은 막을 내렸다.

\*     \*     \*

옥봉원이 멸문했다는 소문이 낙양과 개봉 하남성 북부 일대에 파다하게 퍼졌다.

옥봉원에서 기르던 개 한 마리조차 살아남지 못했으며, 옥봉원의 식솔뿐만 아니라 장원과 주변의 숲에서 천오백여 구에 이르는 수많은 여고수의 시체가 발견됐다고 한다.

원래 사람들에게 옥봉원은 무림하고는 관계가 없는 그저 평범한 장원으로만 알려져 있었다.

그런데 대체 누가 무엇 때문에 옥봉원을 멸문시켰는지 모를 일이라고 모이는 사람들마다 수군거렸다.

그리고 옥봉원과 주변에서 죽은 여고수들의 정체가 무엇인지 별별 소문들이 다 나돌았다.

옥봉원이 멸문을 당한 지 사흘 후에야 비로소 무림 쪽에서 신뢰할 만한 소문이 새어 나왔다.

옥봉원은 당금 무림 사독요마의 절대자인 이대 대마종의 사가(私家)이며, 죽은 천오백여 명의 여고수들은 옥봉원을 호위하던 요마고수들이고, 옥봉원을 멸문시킨 자들은 천하 녹채박림을 일통시킨 녹천대련의 고수들이라는 것이다.

뒤따라서 또 하나의 소문이 은밀하게, 그러나 빠르게 천하를 한바탕 휘저었다.

서장 대천신등의 고수 이십오만 명이 중원을 침공하기 위해서 오고 있는 중이다.

그리고 이대 대마종이 무적방과 정협맹, 대동협맹에서 선발한 정예고수, 즉 중원 연합 세력을 이끌고 대천신등을 저지하기 위해서 서장으로 향했다는 것이다.

더 이상의 소문은 없었다.

무림은, 아니, 천하는 들끓었다. 이십여 년 전에 전대 대마종이 사독요마를 이끌고 중원을 구했다는 것은 더 이상 비밀이 아니었다.

무림은 정협맹과 대동협맹의 지배하에 있지만, 오래전부터 알음알음 퍼진 그 소문으로 인하여 천하는 남몰래 대마종을 흠모, 존경하고 있었다.

그런 상황에서 전대 대마종의 아들인 무적방주 혈풍신옥 독고풍이 작금에 이르러 또다시 중원의 고수들을 이끌고 대천신등을 막기 위해서 서장으로 떠났다고 하니, 천하인들은 대마종 일가와 혈풍신옥, 그리고 사독요마를 침이 마르도록 칭송하고 또 칭송했다.

반면에 대마종의 사가인 옥봉원을 전멸시킨 녹천대련에 대한 원성이 온 천하의 하늘과 땅을 울렸다.


촤아아!

낙양에서 백여 리 거리인 황하 강가에 있는 맹진현(孟津縣) 나루터를 출발한 한 척의 배가 황하의 누런 물을 가르면서 강 건너를 향하고 있었다.

배는 선실이 없었으며 넓은 갑판에는 차가운 강바람을 피하여 백여 명가량의 사람들이 옹기종기 모여서 여기저기에 앉아 있었다.

그중 배 뒤쪽 구석 뱃전 아래에 남루한 옷차림의 세 사람이 잔뜩 웅크린 채 모여 있는 모습이 보인다.

뱃전에 우뚝 서 있는 한 사람은 방갓을 깊숙이 눌러쓴 장한인데 등짐을 메고 있는 것이 장사꾼의 모습이다.

장한의 아래쪽 뱃전에 기대어 서로 꼭 붙어 있는 두 사람은 누런 천을 뒤집어써서 얼굴은 보이지 않았으며, 두툼한 누비 솜옷을 입고 있었지만 작은 체구인 것으로 미루어 여자들인 듯했다.

늦가을의 강바람은 매서웠다. 누비 솜옷을 입고 있었으나 옷 사이로 스며드는 찬바람은 그녀들의 몸을 자꾸 웅크리게 만들었다.

두 여자는 한 여자가 한 여자에게 안겨 있는 듯한 자세였다.

그때 안고 있던 여자가 가만히 주위를 둘러보고 나서 조심스럽게 자신에게 안겨 있는 여자의 천을 들추어 얼굴을 들여다보았다.

나타난 얼굴은 너무도 아름다운, 그러나 중병을 앓고 있는 것처럼 창백한 안색의 은예상이다.

게다가 그녀는 눈을 꼭 감고 있었는데 얼굴에는 송알송알 땀방울이 맺혀 있었으며, 입술을 꼭 깨문 채 고통을 견디고 있는 표정이 역력했다.

은예상은 너무나 힘겨운 나머지 정신을 잃기 직전이기 때문에 누가 자신의 얼굴을 들여다보고 있다는 사실도 알아차리지 못했다.
　"상아······."
　은예상을 안고 있는 여자, 즉 시어머니인 단예소가 너무도 염려스러운 표정을 지으면서 은예상 얼굴의 땀을 조심스럽게 닦아주었다.
　"어머니······."
　그제야 은예상은 힘겹게 눈을 뜨고 단예소를 바라보았다.
　"소녀는··· 견딜 만해요. 너무 심려하지 마세요."
　하지만 단예소는 그녀가 죽을힘을 다해서 고통과 싸우고 있다는 사실을 바들바들 떨리는 몸과 핏기없는 창백한 안색, 자꾸만 감기려는 눈을 보고 알 수 있었다.
　그런 은예상을 보고 있는 단예소는 너무도 괴로웠다. 며느리의 고통을 덜어줄 방도가 없었기 때문이다.
　옥봉원이 멸문을 당한 지 오늘로써 닷새가 지났다.
　두 여자는 독고풍의 다섯째 부인 옥조에게 죽임을 당하기 직전에 곽정의 필사적인 도움, 그리고 때마침 들이닥친 요마 고수들 덕분에 간신히 목숨을 건질 수가 있었다.
　그러나 직후 정체불명의 수많은 고수들이 옥봉원을 급습했으며, 큰 싸움이 벌어졌다.
　그 와중에 단예소와 은예상은 장원 내 담벼락 아래 나무 그늘에 숨어 어쩔 줄을 모르고 싸움이 요마고수들의 승리로 끝나기만을 빌면서 기다렸다.

그러나 옥봉원을 급습한 자들은 수를 헤아릴 수 없을 정도로 많았다.

요마고수들은 결사적으로 저항했으나 전세는 빠르게 기울기만 했다.

바로 그때 피투성이인 곽정이 두 여자 앞에 나타나 그녀들을 옥봉원에서 탈출시켰다.

곽정과 두 여자가 낙양을 벗어나 삼십여 리 떨어진 어느 촌락의 주루에 들어섰을 땐, 옥봉원이 멸문했다는 소문이 이미 자자하게 퍼져 있었다.

도주하는 과정에서 곽정은 곳곳에 녹천대련 고수들이 깔려 있는 것을 발견했다.

그들은 혈안이 돼서 누군가를 찾고 있는 듯했는데, 곽정은 그것이 은예상과 단예소일 것이라고 짐작했다.

그는 주군의 정부인인 은예상과 친어머니인 단예소를 보호하여 무적방까지 안전하게 모시는 것을 자신의 임무라고 생각했다.

임무를 이룰 수만 있다면 자신의 목숨 같은 것은 어찌 돼도 상관이 없다는 생각이다.

곽정은 중상을 입은 상태다. 절정고수인 옥조에게 두 번에 걸쳐서 당하고서도 죽지 않은 것이 기적일 정도다.

몸이 잘라지고 베인 것이 아니라 심한 내상을 입었다. 여러 차례의 운공조식으로 치료하려고 애썼으나 악화되는 것을 더디게 했을 뿐이지 별 소용이 없었다.

옥봉원의 전멸로 곽정네 가족도 몰살을 당했다. 아니, 그의 눈으로 목격하지는 않았지만 필경 죽었을 것이다.

옥봉원은 기르던 개 한 마리조차 살아남지 못했다고 하지 않는가.

그는 힐끗 아래를 굽어보았다. 단예소가 은예상을 품에 안고 부드럽게 어깨를 어루만지고 있었다.

그는 자신보다도 은예상을 더 걱정하고 있었다. 그녀는 옥조의 이 장을 각각 왼쪽 어깨 뒤와 등 한복판에 적중당했다.

그것이 그녀의 뼈를 부수고 내장을 짓뭉개놓은 것이다.

이후 그녀는 독고풍에게 배운 심법을 꾸준히 운공하면서 내상을 치료하려고 애썼으나 내공이 약하기 때문에 치료는커녕 계속 악화되기만 했다.

곽정은 두 차례 은예상을 의원으로 데려가려고 했으나 그때마다 의원 근처에 잠복해 있는 수상한 인물을 발견하고 발길을 돌려야만 했다. 그는 수상한 인물이 녹천대련의 고수라고 확신했다.

무적방은 황하 이북 하남성 북부 지역 다섯 개의 방파에 나누어서 분산해 있는 상태다.

곽정은 그중에서 가장 가까운 획가현(獲嘉縣)을 목적지로

잡았다.

그곳에는 사파의 하나인 비사보(飛邪堡)가 있으며, 그곳에 천오백 명의 무적방 고수들이 임시로 기거하면서 무공 연마에 열중하고 있었다.

어떻게든 그곳에 도착하기만 하면 은예상은 치료를 받을 수 있으며 단예소도 무사할 수 있다. 물론 곽정도 목숨을 건질 것이다.

그렇지만 이곳에서 획가현까지는 아직도 삼백여 리의 멀고도 험한 길이다.

이곳까지 오는 동안에도 몇 차례나 위험한 고비를 넘겼는지 모른다.

또한 기회가 있을 때마다 곽정은 무적방 사람들만이 알고 있는 노부를 곳곳에 남겼으나 어찌 된 영문인지 아직 아무런 소식이 없었다.

필경 무적방에서도 옥봉원의 전멸 소식을 접하고 은예상과 단예소를 찾아 나섰을 텐데 이상한 일이었다.

'욱!'

그때 곽정은 가슴이 찢어지는 듯이 고통스러워 급히 허리를 굽히면서 손으로 입을 틀어막았다.

입을 틀어막은 그의 손가락 사이로 새빨간 피가 새어 나왔다. 단예소가 볼까 봐 급히 얼굴을 강 쪽으로 하여 허리를 굽히니 주르르 피가 강물로 떨어졌다. 피 속에 조각난 내장이

섞여 있는 것이 보였다.

그는 일그러진 얼굴로 거친 호흡을 몰아쉬면서도 행여 숨소리가 단예소에게 들릴까 봐 극도로 조심했다.

잠시가 지나 고통이 어느 정도 가라앉자 그는 품속에서 수건을 꺼내 입과 손을 닦고 다시 배 쪽으로 돌아섰다.

"……!"

그때 그는 단예소가 자신을 말끄러미 올려다보고 있는 것을 발견하고 움찔 놀랐다.

단예소의 얼굴에 걱정스러운 표정이 역력한 것을 보고 곽정은 그녀가 모든 것을 봤다고 생각했다.

곽정은 짐짓 허리를 쭉 펴면서 아무렇지도 않은 듯 미소를 지어 보였다.

그 작은 동작에도 가슴과 복부가 조각나는 것처럼 아팠으나 내색하지 않으려고 애쓰면서 오히려 조금 더 진한 미소를 지었다.

단예소도 마주 미소를 지었다. 그러나 곽정은 그녀의 눈빛에서 안쓰러움과 고마움을 동시에 발견했다.

"대부인께서는 조금도 염려하실 필요 없습니다. 속하가 무슨 일이 있어도 두 분을 안전하게 무적방까지 모시겠습니다."

그는 공손한 표정을 지으며 단예소에게 전음을 보냈다.

그렇게 말하고 났더니 이상하게도 힘이 나는 것 같았다.

단예소는 살포시 미소를 지어 보인 후 시선을 거두어 새파란 늦가을의 하늘을 바라보았다.
 그곳에 여위고 해쓱한 모습의, 그러나 너무도 귀여운 소녀의 얼굴이 나타났다.
 단예소의 가슴에서 샘물처럼 눈물이 솟구쳐 두 눈을 적셨다.
 '낭아······.'

*　　　*　　　*

 독고풍은 이미 아수라(阿修羅)로 변해 있었다.
 지금 그가 이끄는 중원 연합 세력이 싸우고 있는 적은 술군이 아니다.
 술군은 이미 반나절 전에 전멸했다. 중원 연합 세력은 그 싸움에서 쓰라린 승리를 거두었다.
 술군은 전멸했고, 중원 연합 세력은 육천오백 중에서 이천오백여 명을 잃었다.
 살아남은 사천여 명 중에서도 부상을 입지 않은 사람은 독고풍 한 사람뿐이었다.
 모두들 여기저기 찔리고 베인 상처투성이지만, 이천여 명은 심하게 다친 사람들이다. 그중에서 중상자가 칠백여 명에 달했다.
 심지가 제압된 괴뢰대 백오십칠 명은 오십 명이 죽고 백칠 명이 살아남았다.

중원 연합 세력은 이미 무적방이고 정협맹, 대동협맹의 구별이 없어졌다.

무적방과 대동협맹은 두 차례, 정협맹하고는 한 차례 생사혈전을 함께 치렀다.

인간이란, 즐거움을 함께한 사람보다 고통을 함께 나눈 사람을 더 친밀하게 여긴다.

더구나 생사를 가르는 대혈전을 함께 치른 사람이라면 뭐라고 설명하기 어려운 동료애를 느끼게 마련이다.

술군과의 싸움에서 중원 연합 세력은 처음에는 무적대마군과 정협맹, 대동협맹이 따로 무리를 이루어 싸웠었다.

하지만 얼마 지나지 않아 그들은 한데 뒤섞여 서로 협력하면서 숱한 위험과 고비를 넘기며 끝까지 살아남았다.

술군과의 싸움이 끝난 후, 그들은 함께 싸웠던 사람들끼리 모여서 서로 치료해 주고 위로했다. 그러면서 그들은 마치 형제처럼 끈끈해졌고 더욱 친밀해졌다.

그리고 누가 먼저 꺼낸 말인지는 모르지만, 언젠가부터 생사결우(生死結友)라는 말이 사람들 사이에서 떠돌았다.

'삶과 죽음이 맺어준 벗'이라는 뜻이다.

사람들은 이제 이곳에서만큼은 무적방이니 정협맹, 대동협맹 같은 이름을 입에 담지 않는다.

그것은 편을 가르는 이름이다. 이들은 내 편 네 편이 아닌, 함께 죽음을 넘어선 한편인 것이다. 그러므로 '생사결우'라고 불려야 마땅하다.
 술군과의 싸움에서 승리한 독고풍은 측근들과 상의한 결과 내처 신군(辛軍)까지 공격하기로 결정했다.
 술군의 전멸은 아직 대천신등 중원정벌총군에 알려지지 않은 상태다.
 그러므로 술군을 전멸시킨 기세를 몰아 중원 연합 세력이, 아니, 생사결우가 하나의 군을 더 급습하는 것은 지금이 최적기라고 판단한 것이다.
 그렇지만 생사결우는 지금 당장 움직일 수 있는 고수가 이천여 명에 불과한 상태였다.
 그 수로 만 명을, 그것도 훨씬 더 고강한 고수들을 공격한다는 것은 그야말로 어불성설이다.
 그러나 독고풍의 측근들은 그 어불성설을 결의했다.
 술군과의 싸움에서 정협맹은 정협삼성의 두 명을 잃어 청성파 장문인 청운자 한 명만 남았다.
 또한 대동협맹은 육협 중에 세 명을 잃어 대동삼협이 됐다.
 북궁연과 화영, 청운자, 그리고 태무천과 대동삼협은 스스로를 낮추어 독고풍의 측근이 되기를 자청했다.
 독고풍의 측근들이 신군을 공격하자는 그의 제의를 받아들인 데에는 세 가지 근거가 있었다.
 첫째, 독고풍이 남아 있는 독고수 육십 명에게서 독을 모조리 빨아들여 술군 때처럼 최초로 신군을 공격하면 최소한 이천 명 이상이 독살될 것이라는 점.

둘째, 짐승을 마음대로 부릴 수 있는 독고풍의 제령수어법으로 안객라산의 독사들이나 온갖 독물, 독충, 맹수들을 불러모아 신군을 공격한다는 것.

셋째, 술군과의 싸움에서 독고풍이 무려 이백이십 명의 심지를 제압하여 꼭두각시, 즉 괴뢰대로 만들어 그중 백팔십구 명이 살아남았다는 것 등이다.

이 세 가지 요소는 어느 것 하나 심상치 않은 것이 없다.

첫째와 둘째가 성공하면 최소 신군의 절반 가까운 수를 죽일 수 있다.

그리고 세 번째, 이백구십육 명으로 이루어진 괴뢰대는 생사결우 사천 명 이상의 위력을 발휘할 것이다.

괴뢰대는 광세 두 명과 일절신제 일곱 명, 이황무존 십팔 명, 삼철혈왕 삼십이 명, 나머지는 사악염사와 오마추명 등으로 하나같이 대천십등의 상위 다섯 개 급으로만 이루어져 있다.

독고풍은 신군에 대한 급습이 반드시 성공할 것이라고 장담했었다.

그리고 지금 그의 장담이 현실로 나타나고 있었다.

깊이 잠들어 있던 신군은 독고풍의 최초의 독공으로 십살흑풍, 구탈사수, 팔혼낭차, 칠비혈귀의 이천오백 명을 잃었다. 예상했던 것보다 오백 명이나 더 죽인 것이다.

그리고 뒤이어 신군을 들이닥친 것은 독고풍이 끌어 모은 수십만 마리의 독사와 독충, 독물들, 그리고 호랑이나 표범, 늑대, 곰 등 맹수 떼였다.

 최초 독고풍의 독공으로 신군 진영이 벌집을 쑤셔놓은 것처럼 정신을 차리지 못하고 있는 상황에서, 먼저 독사와 독물들이 기척도 없이 접근하여 닥치는 대로 신군 고수들을 물고 쏘고 찔러댔다.

 그런 상황에서 수천 마리 맹수가 사방에서 태풍처럼 들이닥쳐 신군 고수들을 종잇장처럼 찢어발겼다.

 생사결우 고수들은 손가락 하나 까딱하지 않은 상황에서 신군은 두 번의 공격으로 무려 육천여 명의 고수를 잃었다.

 바로 그 순간 마지막으로 들이닥친 것이 괴뢰대를 앞세운 생사결우의 급습이었다.

 술군과의 싸움에서도 그랬듯이, 독고풍은 공격이 시작되자마자 십광세와 십일광세, 일곱 명의 일절신제를 이끌고 신군일절신제와 이황무존, 삼철혈왕부터 제압했다.

 구르는 눈덩이는 점점 커지는 법이다. 처음에는 일절신제를 제압하는 것이 어려웠으나, 세 번째인 신군 공격에는 한결 쉬웠다.

 독고풍은 신군의 다섯 명 일절신제와 십오 명의 이황무존, 삼십이 명의 삼철혈왕을 제압하여 괴뢰대에 합류시킨 직후, 그들을 이끌고 무차별 신군을 도륙했다.

 끝이 보인다. 신군이라는 거대한 괴물은 네 다리를 모두 잃고 버둥거리고 있었다.

독고풍은 온몸에 핏물을 뒤집어써서 본래의 모습을 알아볼 수 없을 정도였다.

사람들은 시뻘건 혈인이 두 눈에서 새파란 살광을 뿜으면서 한 호흡에 두세 명씩 적의 모가지든 몸통이든 닥치는 대로 자르고 찌르고 있는 독고풍을 보고 그가 인간이 아니라 아수라라고 생각했다.

독고풍은 일절신제와 이황무존, 삼철혈왕을 모두 심지를 제압하거나 죽였다.

그리고 그다음에는 사악염사와 오마추영을 차례차례 단계적으로 죽여 나갔다.

그리고 지금 현재 신군의 최고 우두머리는 육강잔도다. 한 개 군에 팔백 명이 배치되는 육강잔도도 지금은 겨우 오십여 명만이 살아남아서 이천여 남짓 남은 신군 고수들을 독전(督戰)하고 있었다.

중원 쪽에서 부옇게 동이 터올 무렵, 태무천과 북궁연이 마지막으로 저항하던 육강잔도 두 명을 죽이는 것으로 악전고투가 끝났다.

"헉헉헉!"

"하악! 하악! 하아……!"

서 있는 사람은 거친 숨을 헐떡거리면서 비틀거리는 생사결우 고수들뿐이었다.

그들의 수는 천칠백여 명. 이번 신군과의 싸움에서 겨우 삼백여 명밖에 죽지 않은 것이다.

누가 먼저라고 할 것도 없이 생사결우 고수들은 그 자리에 털썩털썩 주저앉거나 길게 드러누웠다.

마지막까지 서 있는 한 사람은 방금 핏물 속에서 나온 듯한 모습의 독고풍 혼자뿐이다.

측근들과 생사결우 천칠백여 명의 시선이 독고풍에게 집중되었다.

산꼭대기 위로 불끈 치솟은 이글거리는 태양의 눈부신 햇살이 마치 독고풍 한 사람에게만 쏟아지는 듯했다.

온몸과 오른손에 쥐고 있는 석검에서 주룩주룩 피를 흘리고 있는 독고풍의 모습은 섬뜩한 아수라이면서도 눈부신 대영웅의 두 가지 모습을 나타내고 있었다.

그를 쳐다보는 측근들과 생사결우 고수들은 그 순간 똑같이 한 가지 생각을 하고 있었다.

이대 대마종 혈풍신옥 독고풍이 대천신등을 물리칠 것이라는 확신이다.

그리고 북궁연과 화영, 청운자, 태무천, 대동삼협은 그즈음 독고풍을 주시하면서 비슷한 생각을 하고 있었다.

'저 사람이 천하를 이끌어준다면……'

# 第百十六章
천신황(天神皇)

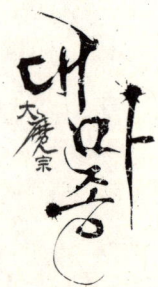

 적석산 고산지대의 만년빙하가 녹아서 흘러내려 이루어진 호수 가장자리에 일단의 무리가 모여 있었다.
 한 사람은 호피로 만든 나지막한 간이 의자에 앉아 있고, 그 옆에 한 사람이 서 있으며, 앞쪽 좌우에 일곱 명이 마주 보는 자세로 시립하듯 서 있는 광경이다.
 "혈풍신옥이라는 자가 보고를 받은 것보다 더 뛰어난 인물이 아니냐?"
 호피의에 앉은 인물이 굵직한 저음을 흘려냈다. 꾸짖거나 화가 난 듯한 목소리가 아니다.
 그저 '호수의 물이 매우 맑구나' 라고 자신의 감상을 토로

하는 듯 담담한 목소리였다.

　그렇지만 다른 사람에게까지 그렇게 들리지는 않았다. 잔잔하게 울려도 천둥은 천둥인 것이다.

　"저희도… 그자가 이 정도로 대단할 줄은 전혀 예상하지 못했습니다."

　호피의에 앉은 인물 옆에 서 있던 자가 황망한 듯 허리를 굽히며 읊조렸다.

　조심스럽게 천천히 고개를 드는 그 청년은 다름 아닌 녹천대련의 총련주 녹천신왕 무옥이다.

　"음, 그런가?"

　호피의에 앉은 인물이 깍지 낀 손을 무릎에 얹으며 턱을 주억거렸다.

　"무옥 네가 예상하지 못했다는 것은 중원의 어느 누구도 예상하지 못했다는 것이 아니냐?"

　"그…렇습니다."

　"그렇다면 혈풍신옥 자신도 몰랐다는 얘기다."

　"그게 무슨……."

　무옥은 어리둥절한 표정을 지었다.

　호피의에 앉은 인물은 상체를 뒤로 약간 젖히며 호수를 그윽하게 응시했다.

　"혈풍신옥도 자신에게 그런 능력이 있다는 것을 모르고 있었다는 뜻이다. 즉, 그는 위기 상황에 더 강한 면모를 드러낸다는 것이지."

"아……."

삼십대 중반의 나이, 턱까지 이르는 시커먼 구레나룻, 약간 각진 듯한 턱과 갸름하면서도 네모진 얼굴 윤곽, 끝이 약간 구부러진 매부리코에 찢어질 듯 날카로운 눈과 두툼하게 굳게 다물린 입술.

중원에서는 이런 얼굴을 호걸풍이라 하고, 서장, 아니, 토번에서는 왕의 얼굴, 즉 왕상(王像)이라고 한다.

그가 바로 대천신등의 최고 우두머리이며 토번의 왕인 천신황 금독(金篤)이다.

금독은 발밑에서 조약돌 하나를 집어 들어 만지작거렸다.

"축군과 술군에 이어 신군까지… 삼군이 전멸당했다."

무옥과 일곱 인물 대천칠군은 마치 자신들의 죄인 양 몸을 움츠렸다.

"축군이 당했을 때에는 그다음 표적이 축군 바로 앞의 계군이라고 짐작하여 만반의 준비를 갖추었었다. 그런데 혈풍신옥은 상군(上軍) 한복판인 술군을 공격했고 전멸시켰다. 제대로 허를 찔렀어."

대천신등 중원정벌총군 이십오 군 중에서 천신황 금독이 이끌고 있는 십오 군을 상군이라 하고, 남쪽으로 향한 십 군을 하군(下軍)이라고 임시로 지칭했다.

무옥의 얼굴이 벌겋게 상기되었다. 독고풍에 대한 분노 때문이다.

이럴 줄 알았으면 낙양에서 만났을 때 무리를 해서라도 죽여 버리는 것인데, 후회에 후회를 거듭했다.

천신황 금독의 말이 이어졌다.

"술군과 바로 그 앞에 있던 신군의 전멸은 내게 동시에 보고되었다. 그리고 우리는 술군과 신군 둘 중에 누가 먼저 공격을 받았는지 모르고 있다."

이십오만 대천신등 중원정벌총군의 우두머리인 천신황으로서는 크게 화가 날 만한 사건임에도 그의 목소리는 눈앞에 펼쳐져 있는 호수보다 더 잔잔했다.

"무적방 천 명, 정협맹 천 명, 대동협맹 오천 명, 도합 칠천 명. 전력으로는 우리 이십오 군의 일군에 오 할에도 미치지 못한다는 평가였었다."

무옥은 나이 차이가 열 살이나 나는 친형을 삼촌처럼 여기며 자라면서 이날까지 그가 화를 내는 모습을 한 번도 본 적이 없었다.

퐁!

금독은 쥐고 있던 조약돌을 호수에 슬쩍 던지고 나서 말을 이었다.

"그런데 축군에 이어 술군과 신군까지 삼군을 내리 전멸시켰다. 과연 이것을 어떻게 이해하면 좋은가."

무옥은 녹천대련을 통해서 중원의 정보를 수집하여 대천

신등으로 보냈다.

그러므로 중원에 대해서 그가 모르는 것은 없다고 단언해도 지나치지 않을 것이다.

그런 그가 대천신등의 출정 직전에 천신황 금독에게 자신 있게 보고했었다.

중원무림에서 대천신등을 막을 세력은 전무하며, 출정하면 한 달 이내에 중원을 수중에 넣게 될 것이라고.

그런데 지금 대천신등은 중원 땅에 발을 디뎌보기도 전에 삼 개 군 삼만 명을 잃었다.

"형님, 놈들은 운이 좋았을 뿐입니다. 이제부터는……."

"전장에서 운이란 없다. 있다면 실력뿐이지."

무옥이 조심스럽게 입을 열자 금독이 그의 말을 잘랐다.

금독은 대천칠군 중 오른쪽 앞쪽에 있는 육십오 세가량의 혈포노인을 쳐다보았다.

"일광세에게서는 연락이 없느냐?"

그는 대천칠군의 우두머리인 대군(大君)이다. 대군은 공손히 허리를 굽혔다.

"그렇습니다."

최초 축군이 전멸했다는 보고를 접하자마자 금독은 십팔광세의 남은 아홉 명, 즉 일광세부터 구광세까지 중원 연합 세력을 찾아내라고 보냈었다.

"지금으로선 그들에 대한 정보가 전무한 형편이다. 이런 상황에서 상대한다는 것은 우리의 눈을 가리고 싸우는 것이나 다름이 없다."

금독은 가벼운 사람이 아니다. 지나칠 정도로 생각이 많고 깊으며, 한 번 움직이면 백무일실(百無一失), 언제나 성공을 거둔다.

그는 눈을 좁히고 호수를 응시했다.

"저 호수를 봐라. 물이 넘치고 맑지 않느냐? 토번에는 저런 호수가 귀하다."

토번의 호수들은 대부분 해발 수천 척 높이의 고산지대에 산재해 있다.

그래서 농사를 짓는 밭들도 거의 고산지대에 분포되어 있는 형편이었다.

"토번과 중원의 경계를 이루고 있는 이곳은 중원인들이 변방이라고 부르는 척박한 지역이다. 그러나 이곳의 땅마저도 토번보다 비옥한데, 하물며 중원의 땅은 얼마나 비옥하고 광활하겠는가?"

그는 흙 한 줌을 쥐어 내려다보다가 바람에 흩날려 보내면서 말을 이었다.

"움직이지 않았으면 모르거니와, 일단 중원 행을 결심했으니 반드시 대륙을 손에 넣어야겠다."

그는 입으로 그렇게 말하면서도 머릿속으로는 중원 연합 세력에 대해서 곰곰이 생각하고 있었다.

"다른 변수가 없다면 중원 연합 세력은 현재 만신창이가 되었을 것이다."

무옥이 조심스럽게 입을 열었다.

"일전에 독고풍은 소제에게 이렇게 말했습니다. 대천신등 이십오 군 중에서 칠팔 개 군을 무너뜨리면 회군을 할 것이라고 말입니다."

그 말은 이미 금독에게 해주었다. 무옥은 그 말을 상기시켜 주려는 것이다.

"너는 중원 연합 세력의 다음 목표가 어디라고 생각하느냐?"

금독의 물음에 무옥은 깊이 생각하는 표정을 지었다. 하지만 그는 이미 그것에 대해서 충분히 생각을 했었다.

"아마… 다시 상군의 꼬리 쪽을 공격하지 않겠습니까?"

일종의 교란작전이라는 뜻이다. 처음에는 꼬리인 축군을 공격했다가, 다음에는 허리인 술군과 신군을, 그다음에는 다시 꼬리를 친다는 것이다.

결코 머리는 치지 않을 것이라는 게 금독의 생각이다. 머리 쪽에는 이십오 군의 우두머리인 천군(天軍)이 있고 천신황 금독이 직접 이끌고 있다.

독고풍이 자폭할 생각이 아니라면 머리 쪽으로는 얼씬도 하지 않을 것이다.

금독은 더욱 눈을 좁혔다. 그렇게 오랜 시간이 지났다.

무옥은 금독의 눈이 다시 커지고 허리를 꼿꼿하게 펴는 것을 발견하고 그의 생각이 끝났다는 것을 깨달았다.

"막내는 어찌 되었느냐?"

무옥은 누이동생의 부진함이 자신의 죄인 양 고개를 숙였다.

"아직 독고풍의 어미와 부인을 확보하지 못했다고 합니다. 그러나 전력을 기울이고 있으니 조만간……."

"네가 생각한 그 방법은 처음부터 마음에 들지 않았다. 그것은 더 이상 기대하지 않겠다."

금독의 말에 무옥의 얼굴이 붉어지고 확 일그러졌다. 그는 그것을 감추려고 얼른 고개를 숙였다.

이윽고 금독이 결단을 내렸다.

"회군한다."

그 말에 무옥과 대천칠군의 안색이 급변했다. 적석산까지 왔으니 이제 오백여 리만 더 가면 중원 땅을 밟을 수 있다. 그런데 여기까지 와서 회군이라니…….

"형님!"

"천신황!"

무옥과 대천칠군이 동시에 놀라서 외쳤다.

그런데도 금독은 끄떡도 하지 않고 말을 이었다.

"이대로 가다가는 몇 개 군을 더 잃을지 모른다."

무옥과 대천칠군은 조용히 그의 말을 들었다.

"어차피 혈풍신옥이 이끄는 중원 연합 세력은 중원무림의 최정예고수들이다. 언젠가는 그들하고 정면으로 부딪칠 수밖에 없는 일이다."

그 말에 무옥은 뭔가 떠오르는 것이 있어서 조심스럽게 입을 열었다.

"그렇다면 회군이라는 것은……."

"그렇다. 회군하여 혈풍신옥과 중원 연합 세력을 부수고 중원으로 향한다."

"하지만… 놈들이 어디에 있는지 모르는 상황에서 무작정 회군하는 것은……."

"그들의 다음 행보를 짐작할 수 있다."

"……."

신출귀몰하는 중원 연합 세력의 다음 행보를 짐작할 수 있다니, 무옥과 대천칠군은 긴장된 얼굴로 금독의 다음 말을 기다렸다.

"하군이다."

"아!"

"그렇군요!"

금독의 말에 무옥과 대천칠군은 동시에 탄성을 터뜨렸다.

대천신등 중원정벌총군은 상군만 있는 것이 아니다. 지금 이 상황에서는 중원 연합 세력이 하군 중 하나의 군을 치는 것이 상책 중에서도 상책인 것이다.

왜 그런 간단한 생각을 못했는지 무옥과 대천칠군의 얼굴엔 자책의 기색이 떠올랐다.

그러나 무옥은 곧 표정을 굳혔다.

"하지만 놈들이 하군 십 개 군 중에서 어딜 공격할지 모르잖습니까?"

"알고 있다."

금독의 뜬금없는 말에 무옥과 대천칠군은 다시 놀랐다. 그가 점쟁이도 아니고 어떻게 그것을 알 수 있단 말인가? 금독은 짧고 억센 검은 수염을 쓰다듬었다.

"혈풍신옥과 중원 연합 세력을 찾아내기만 하면 무조건 우리의 승리다."

"그렇죠. 하지만 어떻게 찾아냅니까? 그리고 방금 놈들이 하군 중에 어딜 공격할 것인지 알고 계신다는 형님의 말씀은 대체 무슨 뜻입니까?"

무옥은 알 수 없다는 표정으로 고개를 갸웃거렸다.

금독의 입가에 빙그레 미소가 떠올랐다. 무옥은 그런 미소를 아주 가끔 본 적이 있다.

금독은 뭔가 자신이 있고 어떤 일을 확신할 때 그런 미소를 짓곤 한다.

"하군 중에 하나를 버린다."

순간 무옥과 대천칠군은 동시에 한 가지 생각을 떠올렸다.

"버린다는 것은… 미끼로 쓴다는 뜻입니까?"

"그렇다. 공격을 당할 최적지에 한 개 군을 밀어 넣어 혈풍신옥을 유인한다."

"아아……!"

무옥과 대천칠군의 얼굴에 감탄이 떠올랐다. 이런 생각은 오직 금독의 머리에서만 나온다.

그래서 그는 특별하다. 토번을 이끌어갈 영웅은 뭔가 달라도 다르다.

하나의 군 만 명을 사지로 몰아넣어서 죽게 내버려 둔다는 것에 대해서는 아무도 언급하지 않았다.

사소취대(捨小取大). 작은 것을 버리고 큰 것을 얻는다는 계책인 것이다.

"그렇다면 함정 주위에 두 개 군 정도만 매복시키면 놈들을 간단하게 요리할 수 있겠군요. 그렇다면 구태여 회군할 것까지는 없지 않습니까?"

"내가 직접 간다."

"네?"

금독의 눈빛이 여태까지보다 더욱 잔잔하고 또 깊어졌다.

"내 손으로 직접 혈풍신옥의 숨통을 끊은 후 중원으로 향할 것이다."

반 시진 후, 대천신등 중원정벌총군 상군 십이 개 군이 거대한 몸집을 남쪽으로 틀었다.

\* \* \*

　독고풍과 생사결우는 남쪽으로 향한 지 칠 일째에 공격하기 적당한 목표물을 발견했다.
　그곳은 서강성 서쪽 끝에 위치한 대설산(大雪山)으로 서강성과 사천성의 경계를 이루고 있었다.
　대설산은 남북으로 천여 리에 걸쳐서 길게 뻗어 있어서 그곳만 넘어서면 곧바로 중원 땅인 사천성인 것이다.
　대설산 서쪽 기슭에는 제법 큰 규모의 건녕현(乾寧縣)이 위치해 있다.
　현 주위엔 끝이 보이지 않을 정도의 드넓고 거대한 숲이 펼쳐져 있었다.
　하군 중에 을군(乙軍)은 건녕현에서 오십여 리 떨어진 숲 속에 진을 친 채 휴식을 취하고 있었다.
　나무 하나의 굵기가 어른 팔로 대여섯 아름은 됨 직한 것들이 숲 속에 빽빽하게 자라고 있는 이른바 처녀림이었다.
　이런 곳에서의 싸움은 어느 쪽이 유리하다고 할 수 없다. 하지만 생사결우로서는 망설일 때가 아니다. 대설산만 넘으면 중원이기 때문이다.
　무슨 일이 있어도 그전에 대천신등 중원정벌총군을 회군시켜야만 하는 것이다.

"상군이 이쪽으로 향하고 있다는 보고일세."

그동안 세 차례에 걸친 치열한 싸움으로 여기저기 찢어진 옷을 입고 있는 설란요백이 요마전령이 갖고 온 서찰을 독고풍에게 내밀었다.

서찰에는 설란요백이 말한 것과 별반 다르지 않은 내용이 적혀 있었다.

즉, 대천신등 중원정벌총군 상군 일곱 개 군이 하군이 있는 남쪽으로 방향을 틀었다는 내용이다.

"천신황이 직접 우리를 상대하겠다는 뜻이로군."

독고풍 주위에 모여 있는 측근 중에 태무천이 묵직하게 중얼거렸다.

그 말에 모두의 얼굴에 긴장의 기색이 역력하게 떠올랐다. 대천신등 중원정벌총군이 상군과 하군으로 나뉜 것은 정협맹을 치기 위한 수단이었으나, 결과적으로는 생사결우에겐 득이 되었었다.

그런데 상군 십이 개 군이 중원을 목전에 두고 남쪽으로 방향을 튼 것이다.

그런 행동은 그들의 목적을 뚜렷하게 드러내는 것이다. 즉, 생사결우를 토벌한 후에 중원으로 들어가겠다는 뜻이다.

"어떻게 하겠나?"

잠시의 침묵이 흐른 후에 북궁연이 독고풍을 보며 물었다.

그 말은 싸울 것인가, 피할 것이냐를 묻는 게 아니라, 이번에는 어떤 계책으로 목표물인 을군을 결딴낼 것인가를 묻는 것이다.

독고풍은 자미룡이 건네주는 건육을 받아 입에 넣고 우물우물 씹으면서 물었다.

"현재 우리 쪽은 어떤가?"

적멸가인이 기다렸다는 듯 대답했다.

"싸울 수 있는 사람은 이천오백 명이에요. 나머지는 부상의 정도가 심해서 중원으로 돌려보냈어요."

그녀는 잠시 숨을 고른 후에 말을 이었다.

"그리고 괴뢰대가 두 명의 광세와 열두 명의 일절신제를 비롯하여 삼백십삼 명이에요."

그 정도면 괴뢰대가 을군 삼분의 일은 죽일 수 있을 것이다.

원래 일군에는 다섯 명의 일절신제와 이십 명의 이황무존, 사십 명의 삼철혈왕이 있지만, 괴뢰대는 그보다 세 배 가까운 절정고수들로 이루어져 있다.

급습하자마자 독고풍이 을군의 다섯 명의 일절신제와 이십 명의 이황무존을 얼마나 빨리 제압하느냐에 따라서 괴뢰대는 더 많은 을군 고수들을 죽일 수 있을 것이다.

독고풍은 설란요백을 쳐다보았다.

"요백 할매, 요마고수들을 불러들여. 이번 싸움에는 그녀들의 힘을 빌려야겠어."

설란요백은 요마삼군단에서 천 명을 선발하여 출발할 때부터 후방 백여 리 근처를 따르게 했었다. 이제 드디어 그녀들도 싸움에 나서는 것이다.

"알겠네."

그녀가 고개를 끄덕이자 옆에서 건량과 건육을 먹고 있던 태무천이 그녀에게 건육 한 조각을 내밀었다.

과거 진명유림의 절대자인 태무천이 내미는 건육 조각을 요선마후의 심복 요계이화는 스스럼없이 받아 입으로 가져가 씹었다.

지금의 이들에겐 진명유림이니 사독요마 따위의 경계 같은 것이 없다.

있다면 생사결우 하나뿐이다. 모두 하나고, 모두 친구이며, 함께 살고 또 함께 죽을 운명인 것이다.

요마고수 천 명이 합세하면 생사결우는 삼천오백 명이 된다. 거기에 삼백십삼 명의 괴뢰대가 있다.

그리고 오래지 않아서 조재가 중원에서 삼천 명의 무적방 고수들을 이끌고 당도할 것이다.

"좋아, 을군을 공격한다."

이윽고 독고풍이 고개를 끄덕이며 나직이 입을 열었다.

그 한마디에 모두의 얼굴에 단단한 결의가 떠올랐다.

현재 생사결우의 삼천오백 명은 중원을 출발할 때의 그들이 아니다.

세 번에 걸친 치열한 대혈전이 그들 모두를 백전노장으로 변모시켜 놓았다.
 실력 향상의 가장 큰 스승은 사부도 무공 비급도 아니다. 바로 경험이다.
 "오도겸."
 독고풍이 부르자 근처에 대기하고 있던 오도겸이 즉시 하나의 커다란 나무 그릇을 들고 와서 독고풍 앞에 공손히 내려놓았다.
 나무 그릇에는 검푸른 독액이 가득 들어 있었고, 중인은 그것이 무언지 알고 있었다.
 오도겸 이하 육십 명의 독고수들은 모두 평범한 사람으로 되돌아온 상태다.
 지난번 신군과의 싸움 직전에 독고풍이 그들의 체내에 있는 독을 모조리 흡수했기 때문이다.
 독고풍은 나무 그릇의 독액을 굽어보면서 벙긋 미소를 지으며 입을 열었다.
 "지난번보다 많군."
 독액이 전보다 많다는 것은 더 많은 적을 독살시킬 수 있다는 뜻이다.
 "그렇습니다."
 오도겸은 그렇게만 대답했다. 신군을 전멸시킨 후 이곳까지 오는 동안 칠 일이 걸렸고, 더 먼 길을 왔으므로 지난번보다 많은 독액을 모은 것은 당연했다.

스으으.

나무 그릇의 독액이 기체로 화해서 독고풍의 콧속으로 빨려드는 광경을 측근들은 신기한 듯 주시했다.

저 한 그릇의 독액이 적을 천 명 이상 독살시킬 수 있다는 사실이 믿어지지 않는 듯한 표정이었다.

"을군이 있는 지형은 어떻던가?"

독액을 다 흡입한 독고풍이 입맛을 다시면서 북궁연에게 물었다.

독고풍의 측근들은 하나같이 다 임무가 있다. 예를 들면, 적멸가인과 자미룡은 생사결우를 돌보고 독려하고, 설란요백은 요마전령을 지휘하여 적의 동태를 살피고, 태무천은 생사결우를 지휘한다.

그리고 북궁연은 독고풍의 최측근에서 그의 지시를 받아 실행한다.

"을군 만 명은 현재 평평한 지형의 숲 한가운데에서 휴식을 취하고 있네. 주변에는 물도, 산도, 암석 지대도 없으며 사방 이백여 리 일대가 모두 울창한 숲일세."

"음. 숲이 이백여 리나 되다니."

"아니, 을군이 휴식을 취하고 있는 곳을 중심으로 그렇다는 것이지, 그 숲 전체로 보자면 남북이 사백여 리이고, 동서가 삼백여 리에 달하네. 그러니까 건녕현은 숲 한가운데에 있는 것이지."

"그렇군."

독고풍은 가볍게 고개를 끄덕였다. 이번 싸움에서는 지형이나 주변을 이용할 수 없다는 것이 조금 아쉬웠다.

"한 시진 후, 축시(丑時:새벽 2시)에 공격한다."

독고풍의 최후 결단에 측근들은 각자 맡은 임무를 위해 서둘러 자리를 떴다.

"이리 와라, 진아."

모두 물러가고 적멸가인과 자미룡만 남게 되자 독고풍이 옆에 있던 자미룡을 가까이 불렀다.

"상처 좀 보자."

독고풍의 부드러운 말에 자미룡은 가슴이 뭉클해지면서 눈가가 촉촉해졌다.

남편이 아내를 챙기는 것은 당연한 일이지만, 독고풍은 여태껏 자미룡에게 부드러웠던 적이 거의 없었다.

그러던 것이 이번 출정을 계기로 독고풍은 자미룡에 대해서 다시 생각하게 되었다.

어찌 보면 독고풍이 중원에 나와서 제일 먼저 만난 여자가 자미룡이라고 해도 지나친 말이 아니다.

항주성에서 자미룡을 만나기 며칠 전 산속에서 목욕을 하고 있는 은예상을 잠깐 만나기는 했으나 자미룡처럼 본격적인 만남이라고 할 수는 없었다.

그렇게 보면 자미룡은 독고풍의 정부인이나 못해도 둘째 부인이 됐어야 하는데, 얼마 전에야 비로소 넷째 부인으로 들였다는 것은 독고풍이 얼마나 그녀를 홀대했는지 단적으로 보여주는 좋은 예다.

더구나 독고풍은 자신의 단전에 있는 내단을 녹이기 위해서 자미룡의 순결한 육체가 필요했던 것이지 그녀를 사랑해서 아내로 맞이한 것이 아니었다.

왜 그런 생각들이 하필이면 중원에서 수천 리나 멀리 떨어진 이곳 산중에서 대천신등과 싸우는 과정에서 생각이 난 것인지 모를 일이다.

하지만 그런 사실들을 뒤늦게 깨달은 독고풍은 그녀에게 너무 미안했고 또 안쓰러웠다.

그래서 앞으로는 더욱 사랑해 줘야겠다고 마음속으로 다짐했던 것이다.

그런 줄 모르는 자미룡은 독고풍이 갑자기 자신에게 잘 대해주자 얼떨떨하고 어색하면서도 툭하면 감격해서 눈물을 흘리곤 했다.

그러나 영특한 적멸가인은 독고풍의 그런 마음을 얼마 전 신군과의 싸움 중에 짐작했었다.

그때 자미룡이 위기에 처했을 때 독고풍이 나타나 구해주었을 뿐 아니라 그녀를 안고 허공으로 솟구쳐서 임시로 치료까지 해주었다.

그리고는 삼철혈왕과 사악염사 다섯 명을 제압하여 자미룡과 적멸가인 자신의 호위로 삼았다.

만약 자미룡이 아니었으면 적멸가인에게까지 적을 제압하여 호위로 삼는 일은 없었을 것이라고 그녀는 생각했다. 하지만 그만한 일로 질투를 할 적멸가인이 아니다.

그녀는 성품이 냉철하고 침착한 만큼 이해심도 깊고 넓은 편이라서 오히려 자미룡에게 잘된 일이라고 내심 기뻐하고 있었다.

자미룡은 왼쪽 팔과 오른쪽 옆구리에 베이고 찔린 상처를 입었었는데 그 후에 또다시 뒤쪽 허리와 엉덩이 사이를 검에 베었다.

마침 근처에서 싸우던 적멸가인이 급히 지혈을 해주었으나 뼈를 다쳤을 정도로 깊은 상처였다.

"엎드려 봐."

독고풍의 말에 자미룡이 수줍어하면서 그 앞에 엎드리는 것을 보고 적멸가인은 일어나서 그곳을 떠났다.

한 시진 후에 벌어질 을군에 대한 급습을 생각하면서 근처를 거닐고 있던 적멸가인이 걸음을 멈추었다.

저만치 언덕 끝 한 그루 거목 옆에 북궁연이 서 있는 뒷모습을 발견한 것이다. 그는 한곳에 시선을 고정시킨 채 깊은 생각에 잠겨 있었다.

슥―

적멸가인은 몸을 돌려 다시 걸음을 옮겼다. 그러다가 뚝 멈춰 서 잠시 북궁연을 바라보다가 이윽고 천천히 그를 향해 걸어갔다.

북궁연은 십오 년 동안 적멸가인의 사형이었다. 한솥밥을 먹으며 함께 무공을 배우며 동고동락했다.

적멸가인이 어느 날 갑자기 독고풍을 만나 그를 증오하고 또 정신을 차리지 못할 정도로 사랑에 빠져 그의 아내가 되었다고 해도, 어찌 십오 년 동안의 끈끈했던 정을 까맣게 잊을 수가 있겠는가.

독고풍을 제외하곤 그녀에게 가장 가까운 사람이 바로 북궁연이었다.

아니, 어떤 면에서는 독고풍보다 북궁연이 더 가까운 사람인지도 모른다.

독고풍하고는 앞으로 살아갈 날이 많고 알아야 할 것도 많지만, 북궁연에 대해서는 모르는 것이 하나도 없을 정도다. 그만큼 추억도 많다.

바삭바삭.

적멸가인이 낙엽을 밟으면서 다가오는 소리에 북궁연이 뒤를 돌아보다가 가볍게 놀라는 표정을 지었다. 적멸가인의 출현이 뜻밖이었기 때문이다.

"무슨 일로……."

적멸가인이 쌀쌀맞게 대했던 것을 기억하고 있는 북궁연

은 경직된 얼굴로 입을 열었다.

그에게 적멸가인은 옛날 사매라기보다는 절친한 벗이 된 독고풍의 아내인 것이다.

"사형."

"……!"

적멸가인의 고즈넉한 말에 북궁연은 소스라치게 놀라 눈을 휘둥그렇게 떴다.

그러나 그는 곧 모든 것을 깨달았다. 독고풍을 만난 이후의 적멸가인이 왜 그토록 돌변했는지를.

예전처럼 온화한 얼굴로 '사형'이라고 단 한 마디만 불러주면 됐을 것을 어째서 그토록 쌀쌀맞게 굴었는지 북궁연은 적멸가인이, 아니, 사매 한정이 조금 야속하기도 했다.

"나는 괜찮다."

북궁연은 빙그레 미소 지으면서 적멸가인의 머리를 쓰다듬었다.

그와 적멸가인은 나이 차이가 일곱 살이나 나기 때문에 큰 오빠 같은 존재였다.

예전에도 그는 지금처럼 그녀의 머리를 부드럽게 쓰다듬어 주었었다.

"미안해요."

철의 소녀 적멸가인의 두 눈에 소르륵 눈물이 솟았다. 그리고 미안하다는 한마디에 그녀의 모든 심정이 고스란히 담겨 있었다.

"행복하니?"

북궁연이 예전처럼 팔로 그녀의 어깨를 감싸며 물었다.

"네. 죽을 것처럼."

"그럼 됐다. 너만 행복하다면 나는 어찌 되든 상관없다."

적멸가인은 아무 말도 할 수 없었다. 이런 사람을, 이처럼 선한 사람을 버리고 또 가슴을 아프게 하다니…….

"흐흑……."

참으려고 했는데 눈물이 왈칵 솟구쳐 그녀는 북궁연 품에 쓰러지듯 안기며 흐느꼈다.

북궁연은 그런 그녀를 안고 부드럽게 등을 토닥이며 정말 큰오빠처럼 껄껄 웃었다.

"하하하! 행복한데 왜 우는 게냐, 인석아."

# 第百十七章
궁지(窮地)

대마종
大麻宗

을군 공격을 일각쯤 남겨두었을 때 태무천이 은밀하게 독고풍을 불렀다.

"벽력탄(霹靂彈)?"

"도합 삼천 근을 가지고 왔소."

독고풍이 '벽력탄'이 무엇인지 몰라서 의아한 표정을 짓자 적멸가인이 놀라움을 삼키면서 설명을 했다.

"벽력탄이란 화약을 폭발시킬 수 있도록 간편하게 만든 것이에요."

"그런데?"

적멸가인이 태무천에게 물었다.

"어떤 형태로 만들었죠?"

그녀는 북궁연하고는 쌓인 오해를 풀었으나 태무천에게만큼은 여전히 냉랭했다.

그는 만천하인을 기만했으며 독고풍의 아버지와 사독요마를 배신한 원흉이기 때문이다.

"하나의 벽력탄에 화약 열 근이 들어 있다."

적멸가인이 독고풍에게 다시 설명했다.

"그것 하나를 제대로 터뜨리면 작은 언덕 하나를 날려 버릴 수 있어요."

"날리는 게 뭐야?"

"박살 낸다는 거예요. 그것이 무엇이든."

독고풍은 눈을 크게 떴다.

"사람도 죽일 수 있나?"

"물론이죠. 사람들에게 던지면 아예 갈가리 찢어서 몰살시켜 버릴 거예요. 한데 모여 있는 적이라면 벽력탄 하나로 백 명 이상을 죽일 수 있을 거예요."

"굉장하군."

독고풍은 혀를 내두르면서 감탄하더니 태무천에게 의아한 얼굴로 물었다.

"그렇게 좋은 물건이 있으면서 왜 여태껏 아무 말도 하지 않은 것이오?"

"그건……."

태무천은 대답하지 못하고 머뭇거리면서 얼굴을 붉혔다. 원래 진명유림 사람들은 정통 무공이 아닌 것들은 모두 천시 여기며 경멸을 한다.

예를 들면 진명유림에서 금기시되어 있는 사술이나 독, 잡기, 그중에서도 벽력탄 같은 것으로 살상하는 행위를 특히 증오하는 것이다.

그런데 진명유림의 수장(首長)이라고 할 수 있는 태무천이 벽력탄을 갖고 온 것이다.

최악의 순간에 필요하게 될지 몰라서 갖고 왔지만 체면 때문에 여태껏 입 밖에 꺼내지 못했다.

적멸가인은 태무천의 심정을 짐작하지만 그것을 대변해 줄 생각은 추호도 없어서 잠자코 있었다.

"그런 것이 몇 개나 있소?"

"삼백 개요."

독고풍의 입이 크게 벌어졌다.

"삼백 개나……! 굉장하군! 우리에게 큰 힘이 되겠어!"

그는 방법이나 수단 같은 것은 따지지 않는다. 그저 적을 많이 죽일 수만 있으면 그것으로 만족한다.

"이번 공격에 벽력탄을 사용할까요?"

"아냐."

적멸가인의 물음에 독고풍은 생각하는 표정으로 고개를 가로저었다.

"정아, 경공이 뛰어난 사람들로 백 명을 뽑아서 그들에게 세 개씩의 벽력탄을 나누어 주도록 해."

독고풍의 머릿속에는 벽력탄을 어떻게 사용할 것인지 이미 계획이 세워졌다.

"천신황이 상군 십이 개 군을 이끌고 이쪽으로 오고 있는 중이라고 했지?"

"네."

대답하는 적멸가인은 그가 언제 어떻게 벽력탄을 사용할 것인지 대충 짐작이 갔다.

"흐흐… 놈들이 한곳에 모이면 그 한복판에 벽력탄을 터뜨리는 거야."


축시.

독고풍이 이끄는 생사결우의 네 번째 공격이 개시됐다. 그런데 한 가지 문제가 생겼다.

숲 바닥에 마른 낙엽이 수북하게 쌓여 있기 때문에 생사결우와 요마고수 삼천오백 명이 표적인 을군 가까이 접근할 수 없다는 것이다.

아무리 조심을 기해서 접근을 하더라도 을군의 다섯 명의 일절신제와 이황무존을 속일 수는 없는 일이다.

그래서 독고풍은 측근과 삼백십삼 명의 괴뢰대만 이끌고 선봉에 섰고, 생사결우는 십 리 밖에 대기시켰다.

독고풍이 독공으로 공격의 포문을 열고, 직후 측근들과 괴뢰대가 들이닥쳐 을군을 휘저어놓을 때에 생사결우가 십 리 거리를 전력으로 달려와 총공격을 한다는 계획이다.

 계획은 순조롭게 진행됐다. 독고풍의 첫 번째 독공으로 을군 천삼백여 명이 중독되어 죽었다.

 직후 독고풍과 측근들, 괴뢰대가 맹공을 퍼부어 생사결우가 도착하기 전에 다시 천오백여 명을 죽였다.

 그사이에 독고풍은 일절신제 한 명을 죽이고 네 명의 심지를 제압했으며, 이황무존 여섯 명을 죽이고, 열네 명을 제압하여 괴뢰대에 합류시켰다.

 생사결우와 을군의 치열한 싸움이 계속되는 중에도 독고풍은 삼철혈왕 이십이 명을 제압하고 나머지를 모두 죽인 후에야 본격적으로 싸움에 가담했다.

 그는 우선 네 번째 등급인 사악염사 이백 명을 골라가면서 주살했다.

 하나의 군의 우두머리 급인 일절신제와 이황무존, 삼철혈왕을 모두 잃은, 아니, 오히려 그들 중에 대다수가 실성을 한 것처럼 닥치는 대로 수하들을 죽이고 있는 판국에 놀라지 않고 당황하지 않는 을군 고수가 없었다.

 독고풍은 싸움터를 종횡무진 누비면서 사악염사만 찾아다녔고, 그 와중에 그가 스쳐 지나는 길목 좌우에 있던 칠비혈귀나 팔혼낭차 등 적들이 우르르 낙엽처럼 쓰러졌다.

사악염사를 주살하러 돌아다녀도 빈손으로 다니지는 않겠다는 것이다.

싸움이 시작된 지 두 시진 만에 독고풍은 사악염사까지 모조리 죽임으로써 상위 네 등급을 모두 처리했다.

그때부터 그는 다시 오마추명을 죽이기 시작했다. 일절신제마저도 삼 초식을 넘기지 않고 죽일 수 있는 그에게 오마추명 따윈 아예 상대도 되지 않았다.

그는 두 명의 광세와 십육 명의 일절신제 등이 망라된 괴뢰대를 이끌고 사백 명의 오마추명을 불과 일각 만에 죽였고, 그다음에는 팔백 명의 육강잔도를 죽여 나갔다.

그렇게 하여 그와 괴뢰대가 천이백 명의 칠비혈귀를 칠 할 가량 죽였을 때 어느덧 싸움은 끝나고 있었다.

을군은 한 명의 부상자도 없다. 그들은 손가락 하나라도 움직일 힘이 있으면 끝까지 악착같이 싸우다가 죽었으며, 아무리 극심한 중상을 입은 상태라고 해도 생사결우 고수에게 걸리면 그 즉시 숨통이 끊어졌다. 아군이든 적이든 상대가 살아 있는 꼴을 보지 못했다.

을군은 전세가 완전히 기울어졌을 때에도 어느 누구 하나 도망치려 하지 않고 마지막 한 명까지 끝까지 싸우다가 죽었다.

축시에 시작된 싸움은 동이 훤하게 튼 늦은 아침인 사시(巳時:아침 10시)에 이르러 끝났다.

그로써 네 번째 공격이 성공했고, 대천신등 중원정벌총군 네 개 군을 전멸시켰다.

생사결우 고수들은 싸움을 거듭할수록 무서운 속도로 실력과 경험이 발전하고 있었다.

실력이 느는 것도 중요하지만 네 번의 처절한 싸움 경험이야말로 더 많은 적을 죽이고 또 생사결우 각자를 끝까지 살아남게 만드는 원동력이 되었다.

이번 싸움에서 생사결우는 칠백여 명의 희생자를 냈다. 여태껏 네 번의 싸움 중에서 가장 피해가 적었다.

그런데 이천오백 명인 생사결우는 삼백여 명이 희생된 것에 비해서 천 명인 요마고수가 사백 명이나 죽었다.

중원을 출발할 당시에는 요마고수와 중원 연합 세력 고수들의 무공 수준이 비슷했다.

그러나 세 번에 걸친 대혈전이 중원 연합 세력 고수들을 역전의 백전노장 생사결우로 거듭나게 만든 것이다.

독고풍은 피가 뚝뚝 떨어지는 석검을 아래로 늘어뜨린 채 천천히 주위를 둘러보았다.

살아남은 요마고수 육백여 명은 모두 바닥에 주저앉거나 드러누운 채 가쁜 숨을 헐떡이고 있었다.

반면에 이천이백여 명의 생사결우 고수들은 부상자를 제외하곤 거의 대부분 우뚝 서 있었다.

이번 싸움이 전에 비해 덜 치열했던 것이 아니라 그들이 그만큼 강건해졌다는 뜻이다.

몇 군데 가벼운 상처를 입은 적멸가인과 자미룡이 독고풍에게 다가와 좌우에 서서 그의 몸을 이리저리 살펴보았다.

그가 금강불괴인 것은 알지만 혹시나 하는 마음에 어디 다치지 않았는지 살펴보는 것이다. 그것이 여자이며 아내의 마음인 것이다.

"일단 이곳을 벗어나자."

독고풍은 석검을 어깨에 꽂은 후 양팔로 적멸가인과 자룡의 허리를 안고 신형을 날렸다.

그런데 생사결우 고수들이 머뭇거렸다. 거의 탈진에 가까울 정도로 지친 요마고수들이 일어나지 못하고 있는 것을 보고는 발길을 떼지 못하는 것이었다.

그것을 보고 태무천이 슬쩍 설란요백을 쳐다보았다.

설란요백이 그의 뜻을 알아차리고 가볍게 고개를 끄덕이자 태무천이 모두에게 명령했다.

"요마고수들을 업어라."

그러자 기다렸다는 듯이 생사결우 고수들이 우르르 요마고수들에게 달려들었다.

요마고수들은 적잖이 당황했으나 지금 상황에서는 그럴 수밖에 없음을 깨닫고 가만히 있었다.

"잠깐 기다려!"

그때 북궁연이 쩌렁하게 외쳤다.

생사결우 고수들은 주저앉거나 쓰러져 있는 요마고수 앞에 웅크리고 앉아 업히라고 등을 내밀고 있다가 일제히 동작을 멈추고 북궁연을 주시했다.

북궁연은 굳은 듯 엄숙한 표정으로 한쪽 방향을 향해 똑바로 성큼성큼 걸어갔다.

뚝.

그는 주저앉아 있는 어느 여자 앞에 멈췄다. 그녀는 이십이삼 세가량에 약간 마른 듯 뽀얀 얼굴에 꽤 아름다운 미모를 지녔다.

그녀 앞에는 이미 한 명의 고수가 웅크리고 앉아 등을 내밀고 있었다.

북궁연이 그녀 앞에 멈추자 고수는 즉시 일어나 다른 곳으로 갔다.

"업히시오."

북궁연은 여자 앞에 한쪽 무릎을 꿇고 앉아 등을 바짝 내밀며 중얼거렸다.

여자는 북궁연이 정협맹주라는 사실을 잘 알고 있다. 그녀는 얼굴이 빨개져서 고개를 푹 숙이고 있다가 이윽고 조심스럽게 그의 등에 업혔다.

북궁연은 벌떡 일어나서 독고풍이 사라진 방향으로 바람처럼 쏘아갔다.

그의 얼굴은 업힌 여자의 얼굴보다 더 새빨갛게 달아올라 있었다.

　북궁연의 넓은 등에 뺨을 댄 채 부끄러운 듯 눈을 꼭 감고 있는 여자의 얼굴 모습은 어딘지 적멸가인을 많이 닮아 있었다.


　생사결우 고수들이 휴식을 취하고 있는 장소는 을군이 전멸한 곳에서 동북쪽으로 오십여 리 떨어진 곳이다.
　거리만 오십여 리 떨어졌을 뿐이지 이 숲에는 강이나 언덕, 작은 호수 하나 없이 그저 평평하게 끝없이 펼쳐진 우거진 숲뿐이었다.
　휴식을 취한 지 이미 두 시진이 지나가고 있다. 부상당한 사람들의 치료도 이미 끝난 상태지만 아직 독고풍의 이동 명령이 떨어지지 않아서 모두들 때 아닌 긴 휴식을 만끽하고 있는 중이었다.
　"어떻게 된 거야?"
　독고풍이 초조한 표정의 설란요백에게 일각 전에 했던 똑같은 물음을 다시 던졌다.
　설란요백은 극도로 초조한 표정을 지었다.
　"글쎄요."
　그녀가 그런 표정을 짓는 것이나 애매한 대답을 하는 경우를 독고풍은 한 번도 본 적이 없다. 그만큼 지금 그녀는 당황하고 있는 것이다.

그도 그럴 것이, 대천신등 중원정벌총군을 미행, 감시하고 있는 오십 명의 요마전령으로부터 완전히 연락이 끊어진 지 한나절이 지나고 있는 것이다.

 요마전령들은 전서구를 사용하지 않는다. 전서구가 대천신등의 수중에 들어갈 수도 있기 때문에 요마전령들이 직접 선란요백에게 와서 대천신등 각 군의 행동을 자세하게 보고해 왔다.

 요마전령들이 대천신등 고수들에게 붙잡히거나 죽임을 당했다고 해도 몇 명 수준일 테지 전부 떼죽음을 당하지는 않았을 것이다. 그러므로 지금처럼 한나절 이상 연락이 두절될 이유가 없었다.

 독고풍 이하 측근들이 아무리 머리를 싸매고 생각해 봐도 도대체 어떻게 된 일인지 알 수가 없었다.

 "우린……"

 그때 적멸가인이 냉정하지만 약간 떨리는 목소리로 깊게 가라앉은 침묵을 깼다.

 "아무래도 함정에 빠진 것 같군요."

 아무도 거기까지는 생각하지 못했기에 모두들 안색이 크게 변해 그녀를 주시했다.

 모두의 얼굴에는 '요마전령이 오지 않는 것과 우리가 함정에 빠진 것이 무슨 관계가 있단 말인가?' 하는 의아함이 떠올라 있었다.

이런 말을 해야만 하는 적멸가인은 지금 이 순간만큼은 자신의 총명함이 싫었다.

"오십 명의 요마전령들이 우리에게 아무도 접근하지 못하는 것은 한 가지 원인뿐이에요."

"접근을 못한다고?"

독고풍은 미간을 좁혔다.

"그래요. 그녀들은 접근하지 못하는 거예요. 우리가 대천신등에게 포위됐기 때문이죠."

"포위……."

독고풍 혼자만 짧고 나직하게 중얼거렸을 뿐 아무도 입을 열지 않았다.

그리고는 조금 전보다 더 깊고 긴 침묵이 이어졌으며 모두의 표정은 납덩이처럼 무거워졌다.

모두 생각을 해보니 적멸가인의 추측이 맞는 것 같았다. 포위됐기 때문에 요마전령이 한나절이 지나도록 생사결우 근처로 접근하지 못하고 있는 것이다.

요마전령은 하나같이 경공이 뛰어나고 잠행술과 은신술에 능통하다.

그런데도 접근하지 못하고 있는 것은 보통 포위망이 아니라는 의미이다.

아마도 몇 겹의 포위망, 즉 소위 천라지망이라는 것이 쳐져 있을 것이다.

슥—

그때 독고풍이 말없이 일어서는가 싶더니 허공으로 비스듬히 쏘아 올라 지상에서 이 장 높이로 한쪽 방향을 향해 빛살처럼 쏘아갔다.

모두들 그가 정말 포위망이 쳐져 있는지 확인을 하러 갔을 것이라고 짐작했다.

중인이 여전히 무거운 침묵을 지키고 있을 때, 독고풍은 반시진쯤 후에 돌아왔다.

"빌어먹을! 정말 포위됐어!"

그는 낙엽 더미에 털썩 주저앉으며 내뱉었다.

"어떻던가요?"

그래도 냉정을 유지하고 있는 적멸가인이 착 가라앉은 목소리로 물었다.

"오만 명쯤 돼. 삼십여 리 밖에 빙 둘러 포위망을 치고 있는데 빠르게 포위망을 좁히고 있고, 또 계속해서 더 많은 놈들이 꾸역꾸역 몰려들고 있어."

모두의 얼굴이 누렇게 뜨거나 창백하게 질렸다.

오만 명이라면 다섯 개 군이고, 계속 모여든다는 것은 대천신등 중원정벌총군 하군의 아홉 개 군이 전부 모여들고 있다는 뜻이다.

게다가 천신황이 이끄는 상군 십이 개 군이 남쪽으로 방향을 틀어 이쪽으로 향하고 있다는 보고를 아까 받았다.

그들까지 도착하면 생사결우는 대천신등 중원정벌총군상, 하군 모두에게 포위되는 것이다.

"음! 함정이었군."

태무천이 묵직하게 신음을 흘리며 모두 알고 있는 사실을 다시 한 번 중얼거렸다.

아까 적멸가인이 함정에 빠졌다고 말했으나 아무도 그 말을 실감하지 않았으나 지금은 그 사실을 지나칠 정도로 실감하고 있었다.

그때부터 중인은 입을 굳게 다문 채 생각에 몰입했다. 모두 어떻게 하면 포위망을 뚫고 탈출할 수 있을까를 궁리하는 것이다.

그러나 반 시진 이상 지나도 누구 하나 입을 여는 사람이 없다. 일말의 가능성이라도 있다면 머리를 맞대고 궁리를 해 볼 텐데 이것은 아예 탈출할 방법이 전무하기 때문이다.

오만 고수가 포위를 하고 있으며, 머지않아서 하군 아홉 개 군 구만 고수가 포위망을 형성할 텐데 대체 무슨 탈출 방법이 있겠는가.

그렇더라도 지금 무슨 방법을 생각해 내지 않으면 대천신등 중원정벌총군 상군까지 가세하여 이십일 개 군 이십일만 명이 포위망을 형성하게 되면 그땐 바늘구멍만 한 희망조차 사라지고 만다.

그걸 알지만 방법이 없는 것을 어떻게 하겠는가. 생사결우는 요마고수와 괴뢰대까지 모두 합쳐 봐야 삼천 명이 채 되지 않는다.

고작 삼천 명으로 구만, 아니, 이십일만 고수의 포위망을 어찌 뚫고 나갈 수 있겠는가.

침묵이 길어졌다. 침묵이란 마치 최면과도 같아서 길어질수록 깨기 어렵다.

그때 북궁연이 벌떡 일어나 말없이 아까 독고풍이 갔다 온 방향으로 바람처럼 쏘아갔다.

그가 이각쯤 후에 다시 돌아올 때까지도 침묵은 이어지고 있었다.

"포위망이 이십여 리까지 좁혀졌소. 놈들의 수가 더 불었는지는 확인하지 못했지만 최소 대여섯 겹의 포위망인 것만은 분명하오."

"탈출할 무슨 방법이 없겠소?"

지금까지 살아남은 대동이협 중 한 명이 억눌린 듯한 목소리로 누구에게랄 것 없이 중얼거렸다.

그러나 그의 물음은 공허하게 주위를 맴돌다가 사라졌.

중인은 그가 자신의 목숨이 아까워서 그렇게 묻는 것이 아님을 알고 있었다.

이곳에 있는 사람들은 어느 누구라도 모두 자신의 목숨을 포기한 지 오래다.

그럴 각오로 지금껏 싸웠으며 그 결과 네 개의 군을 전멸시켰던 것이다. 필사의 각오가 없었더라면 여기까지 오지도 못했을 터이다.

북궁연은 원래의 자리에 가서 앉았고, 다시 무거운 침묵이 이어졌다.

지금 이 순간에도 포위망이 빠르게 좁혀지고 있으며, 이러다가는 앉아서 적을 맞이할 수밖에 없다는 사실을 짐작하면서도 누구 하나 입을 여는 사람이 없었다.

지금 입을 여는 사람은 포위망을 뚫을 방법을 내놓아야만 한다는 무언의 약속이라도 있는 것처럼.

사라라.

미풍이 불어오자 둥글게 둘러앉은 중인들 복판의 바싹 마른 낙엽들이 서로 부대끼며 뒹굴었다.

그때 그것을 보던 독고풍의 눈이 가볍게 빛났다. 그는 고개를 들어 비스듬히 허공을 응시했다.

앙상한 나뭇가지에 매달린 채 바르르 떨고 있는 나뭇잎을 보면서 눈도 깜빡이지 않고 생각에 잠겼다.

적멸가인은 무심코 독고풍을 바라보다가 그가 미간을 잔뜩 좁힌 채 무언가 몹시 갈등하고 있는 표정을 발견하고 의아한 표정을 지었다.

영특한 그녀는 독고풍이 이미 이 난국을 타개할 방법을 생각해 냈으며 그것 때문에 갈등하고 있음을 알아차렸다.

'방법을 찾았는데 갈등이라니······.'

거기에서 의문이 생겼다. 하지만 의문은 그녀의 총명함 앞에서 벽이 되지 못했다.

그녀는 눈을 크게 뜨고 독고풍을 바라보며 놀라는 표정을 지었다.

'풍 랑이 찾아낸 방법은 필시 사독요마의 이익에 반하는 것이 분명해. 풍 랑과 우리는 기필코 살아서 중원으로 돌아가 천하를 제패해야 하는데……'

그녀는 거기에서 생각을 멈추었다. 독고풍이 무엇을 갈등하는지 확연히 알 것 같았기 때문이다.

그러나 그녀는 독고풍에게 아무 말도 하지 않았고 내색조차 하지 않았다. 이 일은 온전히 독고풍에게 맡기려는 생각인 것이다.

또한 그가 어떤 결정을 내리든 웃으면서 따를 각오다.

그로부터 일각쯤 지났을 때 마침내 독고풍이 중얼거리듯이 입술을 뗐다.

"방법이 하나 있다."

오랜 침묵이 깨졌다. 순간 모두 반색을 하면서 그를 주시했다. 그러나 그가 몹시 진중한 표정을 짓고 있는 것을 발견하고는 그 방법이라는 것이 낙관적인 것만은 아닐 것이라고 짐작했다.

"어쩌면……."

그가 방금 전보다 더 무거운 표정으로 말문을 열었다.

"우리 모두 죽게 될 것이다. 아니, 죽는다."

그 말에 중인의 얼굴에 실망의 기색이 역력하게 떠올랐다.

"모두 죽는다면 그것이 무슨 탈출 방법이라는 것이오?"

태무천이 슬쩍 눈살을 찌푸리면서 책망 어린 표정을 지었다.

"혹시……."

그때 적멸가인이 조심스럽게 까칠해진 입술을 열었다.

"우리가 모두 죽어서 얻는 것이 있는 건가요?"

독고풍은 가볍게 고개를 끄덕였다.

"제대로 된다면, 우린 대천신등 절반 이상과 함께 이곳에 뼈를 묻게 될 거야."

그 말에 모두들 비로소 눈을 빛내면서 독고풍 가까이 모여들었다.

"설명해 보시오. 대천신등과 함께 동귀어진할 수만 있다면 웃으면서 죽을 수 있소."

늘 자상한 미소를 잃지 않는 청운자가 비로소 미소를 되찾으며 조용히 말했다.

"불을 지르는 것이오."

독고풍은 고개를 들어 바람의 방향을 가늠하며 설명했다.

"지금 북서풍이 불고 있으니까 포위망 바깥 북서쪽에서 불을 지르면 숲 전체가 불탈 것이오."

과연 기발한 방법이다. 늦가을의 숲은 나무도 풀도 낙엽도 모두 바싹 말라 있는데다 주위에는 물이라고는 없어서 한번 불이 붙으면 누구도 끄지 못할 것이고, 누구도 빠져나가지 못할 것이다.

이 숲은 수백 리에 걸쳐서 광활하게 펼쳐져 있다. 그러므로 일단 불속에 갇혀 버리면 그것으로 속수무책이 되고 만다.

물론 대천신등뿐만 아니라 불을 지른 생사결우도 불속에 갇혀 버릴 것이다.

하지만 대천신등을 태워 죽여서 중원을 구할 수만 있다면 모두 기꺼이 웃으면서 죽을 것이다.

"그런데… 누가 불을 놓을 것이오?"

태무천이 씁쓸하게 입을 열었다.

"이 넓은 숲을 순식간에 태우려면 포위망 밖 여러 군데에서 동시다발적으로 불을 질러야만 할 것이오. 북서풍이 분다고 했으니 우리가 불을 지르면 이곳에서부터 동남쪽으로 한쪽 방향만 탈 것이오."

"그건 걱정 마시오."

독고풍이 고개를 젓고 나서 입가에 잔인한 미소를 떠올렸다.

"그전에 우린 좀 싸워야겠소."

숲에 불을 지르겠다더니 이젠 또 싸워야겠다고 한다. 그 말의 의미를 아는 사람은 아무도 없었다.

이때만큼은 총명한 적멸가인도 독고풍의 의중을 짐작조차

하지 못했다.
 "포위망 바깥에서 불을 지르는 것은 걱정하지 마시오. 그 전에 우리는 포위망을 좁혀오는 놈들하고 싸우면서 시간을 좀 끌어야겠소."
 '시간을 끈다' 라는 말에 비로소 적멸가인은 퍼뜩 한 가지 생각이 떠올랐다.
 "대천신등 상군이 이곳에 도착할 때까지 시간을 끄는 것이로군요?"
 "그래. 이왕지사 이렇게 된 거, 대천신등 놈들을 한 명이라도 더 죽여야지."
 그제야 중인은 고개를 끄덕이며 수긍하는 표정을 지었다.
 슥.
 그때 독고풍이 일어나 허공을 이리저리 둘러보다가 저만치 높은 나무 위에 한 마리 독수리가 앉아 있는 것을 발견하고 입술을 약간 오므려 기이한 소리를 냈다.
 "꾸루룩… 꾹꾹… 꾸악……."
 모두들 그가 무엇을 하나 이상하게 쳐다보고 있는데, 갑자기 독수리가 나무를 박차고 날아올라 곧장 이쪽으로 쏘아오기 시작했다. 제령수어법을 발휘한 것이다.
 푸드덕!
 힘차게 날아온 독수리는 독고풍이 내민 팔뚝 위에 사뿐히 내려앉았다.

독고풍이 머리를 쓰다듬자 독수리는 마치 주인을 대하듯 부리를 그의 어깨에 비벼댔다.
 "정아, 내가 부르는 대로 적어라."
 적멸가인은 즉시 붓통과 전서구용 작은 종이를 꺼냈다.

# 第百十八章
삼천 대 이십일만

대마종
大麻宗

 조재는 미간을 잔뜩 좁힌 채 전면의 울창한 숲을 쏘아보고 있었다.
 독고풍의 명령을 받고 중원으로 떠났던 그는 무적방 삼천 명의 고수를 이끌고 요마전령의 안내를 받아 대설산을 넘었으나 더 이상 전진하지 못하고 정지해 있는 상황이었다.
 삼십여 리 앞쪽에 셀 수도 없을 정도로 많은 대천신등 중원정벌총군이 겹겹이 포위망을 형성한 채 빠른 속도로 서쪽으로 이동하고 있는 것을 발견했기 때문이다.
 요마전령은 포위망 안쪽에 독고풍과 생사결우 고수들이 갇혀 있다고 조재에게 설명해 주었다.

조재는 애가 탔다. 포위망을 뚫고 들어갈 방법도, 독고풍에게 연락할 방법도 없었기 때문이다.

게다가 자칫하여 대천신등 놈들에게 들키기라도 하는 날이면 저 수만 명 앞에 조재와 무적방 삼천 고수는 하루살이 같은 신세가 돼버리고 말 것이다.

조재와 요마전령들이 발을 동동 구르며 애를 태우고 있을 때 하늘 높은 곳에서 한 마리 독수리가 그들을 향해 꽂히듯이 쏘아 내렸다.

조재 주위에 있던 무적고수 한 명이 품에서 암기를 꺼내 독수리에게 쏘아 내리려고 했다.

"멈춰라!"

그때 조재는 독수리의 발목에 가느다란 전서 대롱처럼 보이는 것이 묶여 있는 것을 발견하고는 급히 수하를 제지했다.

조재는 퍼뜩 머리를 스치는 생각이 있어서 날아드는 독수리를 향해 왼팔을 뻗었다.

푸드득!

그러자 독수리는 크게 날갯짓을 퍼덕이면서 그의 팔에 내려앉았다.

과연 조재의 눈이 정확했다. 독수리 발목에 달린 것은 전서 대롱이 분명했다.

전서 대롱 안에는 돌돌 말린 서찰이 들어 있었고, 그것은 놀랍게도 독고풍이 보낸 것이었다.

서찰을 읽은 조재의 안색이 창백하게 변했다.

"이것은……."

서찰에는 조재가 해야 할 독고풍의 명령이 적혀 있었다. 하지만 그대로 하면 독고풍을 비롯한 포위망 안의 모든 사람이 죽는다.

조재의 얼굴이 보기 싫게 일그러졌다.

"아아, 주인님께선 대체 어쩌시려고……."

그러나 주인의 명령은 천명이다. 지키지 않을 도리가 없는 것이다.

\* \* \*

독고풍은 삼천여 명 생사결우 앞에 우뚝 섰다.

누구든 함께 싸우면 생사결우다. 그러므로 육백여 명의 요마고수도 생사결우에 합류한 것이다.

독고풍 좌우에는 적멸가인과 자미룡, 설란요백, 북궁연, 태무천 등 측근들이, 뒤에는 냉운월과 오도겸, 양신웅, 무적삼마영이 늘어서 있다.

독고풍을 비롯한 측근들의 표정은 돌처럼 굳었으며 간혹 비장한 표정을 짓는 사람도 있었다.

도열해 있는 삼천여 명의 생사결우는 독고풍과 측근들의 표정에서 이미 심상치 않음을 감지하고 아연 긴장했다.

"형제들!"

이윽고 독고풍이 나직하지만 또렷하게 말문을 열었다.

'형제들'이라는 말이 생사결우 모두의 심장을 흔들고 뇌를 흠뻑 적셨다.

네 번의 처절한 싸움으로 생사의 무수한 고비를 함께 넘은 이들을 '형제'라는 말보다 더 적절하게 표현할 수 있는 말은 없을 터이다. 그 말은 또한 독고풍이 가장 좋아하는 호칭이기도 하다.

이어서 독고풍은 지금 자신들이 처한 상황에 대해서 담담하게 설명해 나갔다.

생사결우 고수들의 표정이 여러 차례 변했다. 경악과 혼란, 그리고 절망. 그러나 마지막에는 모두 한결같은 비장한 표정을 지었다.

독고풍이 이곳에서 대천신등을 몰살시키고 우리도 함께 뼈를 묻자고 말했기 때문이다.

그때 독고풍이 천천히 허리를 굽히더니 생사결우 삼천 고수를 향해 깊숙이 고개를 숙였다.

"미안하다, 형제들! 내가 너희를 무덤으로 끌고 왔다! 용서해라! 죽어서 이 빚을 갚겠다!"

좌중은 바늘 하나를 떨어뜨려도 들릴 정도로 조용했다.

그때 누군가 외쳤다.

"형제간에는 미안하다는 말이나 용서하라는 말을 하지 않습니다!"

그 외침에는 울먹임과 결연함이 짙게 배어 있었다.

그러자 여기저기에서 격렬한 외침이 연이어 터져 나왔다.

"주군과 함께라면 지옥이라도 두렵지 않습니다!"

"대마종이시여! 당신 덕분에 저는 비록 죽어도 중원의 영웅이 되는 것입니다!"

"방주! 당신과 함께했던 시간들은 죽는 마지막 순간까지 저에게 영광입니다!"

독고풍의 측근들은 후드득 몸을 떨며 눈시울이 붉어졌다.

독고풍과 무적삼마영만이 꼿꼿하게 표정의 변화 없이 우뚝 서 있을 뿐이다.

그때 좌중에서 누군가 주먹 쥔 손을 높이 치켜들며 큰 소리로 외쳤다.

"대마종이여! 영원하라!"

독고풍은 그가 석중명이라는 것과 굵은 눈물을 흘리고 있는 것을 발견했다.

그러자 다른 고수가 악을 쓰며 외쳤다.

"중원이여! 영원하라!"

다음 순간 생사결우 삼천여 고수들이 하나같이 주먹 쥔 손으로 하늘을 찌르면서 우레 같은 함성을 터뜨렸다.

"와아아! 중원이여! 영원하라!"

"우와아아! 대마종이여! 영원하라!"

그 함성은 청명한 늦가을 하늘 높이 퍼져 올랐다.

"너희들……."

그들을 보면서 어금니를 악물고 있던 독고풍의 두 눈에 가득 눈물이 차오르더니 기어코 주르르 흘러내렸다.

독고풍과 측근들은 어떻게 싸울 것인지 머리를 맞대고 계획을 세우느라 골몰했다.

헤아릴 수조차 없이 많은 적들에게 포위된 상태라고 해도 무작정 되는대로 싸울 수는 없다.

우선 독고풍은 삼백여 명의 괴뢰대 중에서 적멸가인과 자미룡에게 각 두 명씩의 일절신제를 붙여서 그녀들을 호위하면서도 함께 싸우도록 했다.

나머지 일절신제 열한 명과 사십여 명의 이황무존을 측근들에게 고르게 분배하여 그들이 이끌면서 싸우도록 했다.

그리고 생사혈우 삼천여 명을 오십 명씩 육십 개의 전대(戰隊)로 나누어 그곳에 삼철혈왕과 사악염사, 오마추영들을 서너 명씩 배분했다.

마지막으로 벽력탄을 지닌 백 명, 즉 벽력대는 북궁연이 이끌도록 했으며, 대천신등 중원정벌총군 상군이 도착한 상황에서만 벽력탄을 사용하도록 지시했다.

독고풍에겐 이제 독도 없다. 아니, 독이 있다고 한들 이십여 만 명에 달하는 적을 죽일 수는 없다.

"놈들이 오 리까지 접근했습니다."

척후를 보낸 고수들이 속속 돌아와 보고를 했다.

오 리까지 접근했으면 이제 슬슬 싸울 준비를, 아니, 죽을 준비를 해야 한다.

슥—

독고풍은 천천히 일어나 우뚝 섰다. 계획을 짜던 측근들도 따라서 일어섰다.

적멸가인은 더없이 사랑스러운 표정으로 독고풍의 옆얼굴을 바라보았다.

그녀는 독고풍의 결정이 무엇을 뜻하는 것인지 안다. 이곳에서 탈출하지 못하면 그의 야망의 끝인 천하 제패는 불발로 끝나고 만다.

그런데도 그는 천하 제패를 포기하고 이곳에서 모두와 함께 뼈를 묻는 길을 선택했다.

지난번 안휘 합비성의 대동협맹을 떠나 낙양으로 돌아올 때 독고풍은 적멸가인을 안고 하늘 높이 떠올라 한 움큼의 진기로 훨훨 날아가는 어풍비류행이라는 초상승의 경공을 전개했었다.

지금 이 상황에서 그는 적멸가인과 자미룡을 양팔로 안고 어풍비류행을 전개하면 능히 이곳을 빠져나갈 수 있을 것이다. 그런데 그는 그러지 않고 공멸(共滅)을 택했다.

다른 사람들을 이곳에 내버려 두고 갈 수 없기 때문이라는 것을 적멸가인은 짐작한다.

누구에게나 목숨은 소중하다. 막중한 책임과 임무를 갖고 있는 대마종의 목숨이라면 더욱 그렇다.

적멸가인도 자신의 목숨이 소중하다. 하지만 독고풍의 목숨만큼 소중하게 여기지는 않는다.

그녀는 독고풍이 선택한 길은 그것이 무엇이든 따를 각오가 되어 있었다.

자미룡도 그럴 것이다. 그가 그녀들 둘만 데리고 탈출하겠다면 군말없이 따를 것이다.

하지만 그가 이곳에 남기를 선택하자 적멸가인은 진심으로 기뻤다. 죽는 것은 안타깝지만 독고풍과 함께라면 무섭지 않을 것 같았다.

다만 그가 천하 제패의 야망을 포기하면서까지 그보다 중요한 것을 깨달은 것 같아서 그것이 무엇보다 기쁜 것이다.

야망보다, 목숨보다 더 소중한 것.

그것은 신의(信義)다.

신의란 오직 인간만이 행할 수 있는 것이다. 그것을 모르고, 또 알면서도 행하지 않는 사람은 금수(禽獸)라고 해야 옳을 것이다.

독고풍은 마침내 인간이 지켜야 할 것이 무엇인지 깨달은 듯했다. 그래서 적멸가인은 진심으로 기뻤다.

독고풍은 도열해 있는 생사결우 고수들을 향해 걸어가 그 앞에 우뚝 서서 웅혼하게 입을 열었다.

"형제들! 사내답게 싸우자!"

"와아아!"

생사결우 고수들이 우레 같은 함성을 터뜨렸다. 그러나 그 속에 섞여 있는 요마고수들은 입을 다물고 있었다.

그때 한 명의 요마고수가 독고풍에게 짐짓 뾰족한 목소리로 외쳤다.

"주군! 이번 싸움에서는 사내들만 싸우는 것입니까?"

독고풍이 '사내답게 싸우자'라고 해서 요마고수들이 앙탈을 부리고 있는 것이다.

평소 같았으면 그런 말을 한 요마고수는 설란요백에게 즉참을 당했겠지만 지금만큼은 설란요백도 담담히 미소만 짓고 있을 뿐이다.

최후의 결전을 앞둔 상태에서 요마고수의 귀여운 앙탈은 모든 사람의 마음을 푸근하게 풀어주는 역할을 해주었다.

독고풍은 빙그레 미소를 지은 후 다시 웅혼하게 외쳤다.

"요계의 딸들아! 멋있게 죽자!"

"와아아—!"

이번에는 요마고수들과 남자들이 다 함께 조금 전보다 더 큰 함성을 터뜨렸다.

독고풍은 그 광경을 보며 담담히 미소를 지었다. 그러면서 자신의 결정이 옳았다는 생각을 했다.

그는 아까 천하를 제패한다는 것에 대해서 오랫동안, 그리고 깊이 생각해 보았다.

원래 그는 이곳에서 대천신등을 격퇴시킨 후에 중원으로 돌아가서 정협맹과 대동협맹 등을 깡그리 쓸어버리고 천하를 장악할 계획이었다.

그런데 이곳에 와서 근 한 달 동안 정협맹과 대동협맹 고수들과 한데 섞여서 생사고락을 함께하고 난 지금 그는 두 가지 사실을 깨닫게 되었다.

하나는 정협맹과 대동협맹 사람들도 깊이 알고 보면 사독요마 사람들과 별로 다르지 않다는 것이다.

그리고 또 하나는 과연 천하를 제패한 후에 무엇이 달라지느냐는 의문과 그것에 대한 대답이다.

천하 제패 후에 독고풍은 온갖 찬란한 호칭을 헌상받게 될 것이다.

그렇다고 하루 세 끼 먹던 밥을 더 많이 먹는 것도, 더 맛있는 요리를 먹는 것도 아니며, 지금보다 생활이 호사스러워지는 것도 아니다.

또한 그런 것은 독고풍 자신이 원하지 않는다. 그는 그저 평범하게 사는 것을 좋아한다.

그러므로 천하 제패 후에 달라지는 것이라면, 막강한 권력이 생긴다는 것 정도일 게다.

그러나 권력이라면 지금도 막강하게 행사하고 있다. 더 중요한 사실은 독고풍 자신이 권력이니 명예 따위를 별로 안중에 두지 않는다는 것이다.

그는 결국 천하를 제패해도 그다지 변하는 것이 없다는 사실을 깨닫게 되었다.

그렇다면 굳이 힘들여서 천하를 제패할 필요가 있을까. 그러자면 사독요마의 수많은 고수들이 죽음이라는 대가를 치러야 할 것이다.

사독요마뿐만 아니라 정협맹이나 대동협맹, 그 외에도 헤아릴 수 없을 만큼 많은 사람들이 희생될 것이다.

예전에는 몰랐으나 독고풍은 이곳에서 네 차례에 걸친 치열한, 아니, 처절한 혈전을 겪으면서 사람의 목숨이 얼마나 소중하며 또 허무하게 사라지는지를 생생하게 체험하고 깨달았다.

자신의 수하들뿐 아니라 정협맹이나 대동협맹 고수들이 한 명씩 죽을 때마다 자신의 살점이 뚝뚝 베어져 나가는 듯한 아픔을 느꼈다.

이곳에서는 무적방과 정협맹, 대동협맹이 하나의 목표를 갖고 싸우면서 '생사결우'로 거듭났다.

그렇다면 중원에서도 '생사결우'를 탄생시킬 수 있는 것이다.

아니, 어쩌면 중원은 이미 오래전부터 하나의 생사결우로 묶여 있었는지도 모른다.

한 집안에서도 형제자매끼리, 며느리끼리, 친척들끼리 다툼과 분쟁이 있거늘, 하물며 중원이라는 거대한 울타리 안에서 어찌 다툼과 알력이 없겠는가.

하지만 지금처럼 외침(外侵)이 있을 경우, 그 수많은 분쟁이 일시적으로 중지되고 수백, 수천 개의 세력이 중원 수호라는 이름 아래 하나가 된다.

그것이 생사결우인 것이다. 아니, 이름이야 어찌 됐든 상관이 없다.

중요한 것은 중원은 원래 하나였고 하나의 민족이며 한 지붕 아래 살고 있는 가족이라는 사실이다.

깨달음은 연이은 깨달음으로 이어졌고, 결국 독고풍은 자신이 반드시 천하 제패를 해야만 하는 이유를 잃어버리기에 이르렀다.

그래서 결국 생사결우가 모두 이곳에서 대천신등과 함께 공멸하자는 결단을 내리게 된 것이다.

둥둥둥둥!

그때 어디선가 은은한 북소리가 들려왔다. 그것은 큰북 소리가 아니라 작은북을 많은 인원이 치는 소리였다.

둥둥둥둥둥!

그 소리는 점점 커졌으며 또 사방에서 들려오기 시작했다.

"대천신등의 공격 신호인 것 같아요."

적멸가인이 허공을 응시하면서 굳은 얼굴로 독고풍에게 속삭였다.

"적을 맞이할 준비를 하라."

독고풍이 가볍게 고개를 끄덕이자 북궁연과 태무천, 설란 요백 등이 신형을 날려 직접 생사결우 고수들을 이끌고 전열을 갖추기 시작했다.

잠시 후 삼천여 명의 생사결우 고수들이 하나의 커다란 원을 형성했다.

겉으로는 그저 하나의 원처럼 보이지만 실상 오십 명씩 이루어진 육십 개의 조가 형성한 원이다.

여자인 요마고수들은 남자들 사이사이에 섞여 있다. 강제로 배속된 것이 아니라 서로 이끌리는 남녀끼리 조를 이루어 섞여 있으므로 더 큰 화합을 이룰 것이다.

괴뢰대와 조장, 그리고 조 내에서 강한 고수들이 표면에, 그리고 상대적으로 약한 고수들이 안쪽에 섰다.

둥둥둥둥둥!

북소리가 고조되고 있었다. 북소리는 괴이한 마력을 지니고 있는 듯했다.

공격하는 쪽에는 사기를 고조시켜 주고, 포위당한 쪽에는 두려움을 느끼게 하여 전의를 잃게 만들었다.

머리 위 마른 나뭇가지 사이로 보이는 하늘빛은 오늘따라

유난히 새파랗게 청명했다.

"좋은 날씨다."

독고풍은 하늘을 우러르며 빙그레 온화한 미소를 지으면서 중얼거렸다.

그 하늘에 중원에 두고 온 은예상과 단예소, 요마낭의 미소 짓는 얼굴이 아로새겨졌다.

그런데 웬일인지 마지막 부인인 옥조의 얼굴은 애를 써도 떠오르지가 않았다.

조금 아쉽기는 하지만 지금 상황에서는 그다지 중요한 일이 아니다.

독고풍은 혼자 적진에 뛰어들어 싸우는 틈틈이 일절신제나 이황무존을 제압하여 괴뢰로 만들 생각을 하고 있었다.

"풍 랑! 저기!"

그때 자미룡이 긴장된 목소리로 한쪽 방향을 가리켰다.

그곳으로 대천신등 고수들이 파도처럼 달려오고 있는 광경이 보였다.

아니, 그곳을 시작으로 사방에서 대천신등 고수들이 밀려들고 있었다.

그러더니 대천신등 고수들이 사방 숲을 가득 뒤덮었다. 보이는 것은 오직 숲과 대천신등 고수들뿐이다.

"원을 더 좁혀라!"

"여자들을 안쪽으로 보호하라!"

"먼저 공격하지 말고 위치를 지켜라!"

북궁연과 태무천, 설란요백 등이 원을 돌면서 우렁차게 외치며 싸울 태세를 갖추었다.

"풍 랑."

적멸가인이 독고풍을 부르면서 그를 향해 돌아섰다. 그녀의 얼굴에는 안타까움과 사랑스러움, 그리고 벌써부터 그리워하는 기색이 역력하게 떠올라 있었다.

이제 이 공전절후의 싸움이 시작되면 어떤 결과가 초래될는지 아무도 모른다.

하지만 어떤 결과든 그다지 썩 좋지 않은 결과일 것만은 분명하다.

어쩌면 이것이 적멸가인이 남편 독고풍을 마지막으로 마주하고 서 있는 순간일 수도 있다.

두 사람은 잠시 서로를 마주 본 채 서서 아무 말도 하지 않았다.

하고 싶은 말이 너무 많아서 무슨 말부터 할까 고르다가 끝내 아무 말도 할 수가 없었다.

단지 적멸가인은 독고풍의 품에 가볍게 안기면서 까칠한 자신의 입술로 그의 입술을 덮었다.

두 사람의 혀가 부드럽게 엉켰다. 적멸가인은 이대로 시간이 멈춰 버렸으면 좋겠다는 생각을 했다.

이따위 싸움 같은 것이 아예 없었으면, 아니, 그냥 지금이라도 독고풍을 재촉하여 자신과 자미룡을 데리고 이곳을 탈출하자고 조를까. 별별 생각이 한꺼번에 머릿속을 가득 채웠다가는 사라졌다.

그녀는 독고풍의 영혼을 자신의 몸속에 깊이 간직하려는 듯 힘껏 독고풍의 혀를 빨아들였다가 아쉬운 표정을 지으면서 놓아주었다.

그때 독고풍이 그녀의 뺨을 어루만지면서 빙그레 미소 지으며 속삭였다.

"싸움이 끝나면 우리 다섯 마누라 다 모아놓고 한번 진탕하게 놀아보자."

"네, 풍 랑."

그 말이 위로가 됐다는 듯 적멸가인은 환하게 웃으면서 두 명의 일절신제를 이끌고 생사결우 쪽으로 날아갔다.

"진아."

냉철하고 이지적인 적멸가인과는 달리 다혈질이고 감성이 풍부한 자미룡은 아까부터 펑펑 눈물을 흘리면서 어깨를 들먹이며 흐득흐득 흐느끼고 있었다.

"풍 랑……."

독고풍의 부드러운 부름에 자미룡은 돌아보다가 급기야 울음을 터뜨리며 그의 품에 쓰러져 안겼다.

자신이 이렇게 울음을 터뜨리면 수하들에게 어떤 영향이 미칠까 하는 것은 염두에 두지도 않았다. 그녀는 언제나 그랬던 것처럼 자신을 속이지 않고 충실할 뿐이다.

"소녀가 당신을 얼마나 사랑하고 있는지 알고 있죠?"

눈물범벅이 되어 마치 얼굴 전체에서 눈물을 짜내는 것 같은 모습이 된 자미룡이 자신의 지금 심정보다 더 처절한 표정을 지으며 물었다.

"그래."

대답을 하면서 독고풍은 문득 그동안 자미룡에게 잘해주지 못했다는 생각이 또다시 들었다.

그는 두 손으로 자미룡의 뺨을 감싸고 그윽하게 눈을 들여다보았다.

"진아, 꼭 살아야 한다."

"네……"

자미룡은 독고풍이 무슨 말을 하는지, 자신이 뭐라고 대답하는지 모르고 있는 듯했다. 그만큼 정신이 공황상태이기 때문이다.

그녀는 두 팔로 독고풍의 허리를 힘주어 끌어안고 뺨을 그의 가슴에 묻은 채 떨어질 생각을 하지 않았다.

독고풍은 그녀를 떼어내지 않고 가만히 있었다. 아니, 떼어내고 싶은 마음이 없었다.

이상한 일이다. 왜 하필 지금 같은 순간에 자미룡이 얼마나 사랑스러운 소녀인지 새삼스럽게 깨닫게 되는 것인가.

대천신등 고수들은 수백 장까지 쇄도하고 있었지만 두 사람은 떨어질 줄을 몰랐다.

 자미룡은 그냥 그의 가슴에 얼굴을 묻고 있는 것이 아니다. 그녀는 입술을 깨물고 또 깨물면서 다짐을 굳히고 있었다.

 '그래! 절대로 죽지 않을 거야! 어떻게 찾은 행복인데 이처럼 허무하게 주저앉을 수는 없어!'

 이윽고 영원히 떨어질 것 같지 않던 자미룡이 독고풍의 가슴에서 얼굴을 떼고 그를 올려다보며 눈물이 멈춘, 그러나 사랑이 듬뿍 담긴 눈빛을 흘려냈다.

 "고마워요. 소녀를 사랑해 주어서."

 다음 순간 그녀는 갑자기 독고풍의 허리에서 두 팔을 풀더니 생사결우 고수들 쪽으로 쏜살같이 날아갔다.

 그러자 뒤에서 기다리며 서 있던 두 명의 일절신제가 그녀를 뒤따랐다.

 쐐아아아―

 도검을 치켜든 대천신등 고수들이 생사결우를 향해 밀려오는 소리가 마치 거센 바람 소리 같았다.

 "독고 형!"

 어디선가 귀에 익은 외침이 들려왔다.

 독고풍이 그쪽을 쳐다보자 생사결우 고수들 선두에 서 있는 북궁연이 이쪽을 보면서 싱그러운 미소를 짓고 있었다.

아무 말도 하지 않고 미소만 짓고 있지만, 독고풍은 그 미소가 '고맙네, 독고 형'이라는 의미란 것을 알 수 있었다.
 독고풍도 미소를 지으며 고개를 끄덕여 주었다.
 북궁연이 시선을 거두자 독고풍은 주위를 둘러보았다. 그제야 그는 태무천과 설란요백, 냉운월, 오도겸, 양신웅 등이 자신을 주시하고 있다는 사실을 깨달았다.
 독고풍은 그들 모두에게 일일이 미소를 지으며 고개를 끄덕여 준 후 마지막으로 태무천에게 시선을 고정시켰다. 그가 강렬한 눈빛으로 쳐다보고 있었기 때문이다.
 태무천은 검을 뽑아 오른손에 움켜쥔 채 눈도 깜빡이지 않고 독고풍을 주시했다.
 독고풍은 그가 짓고 있는 표정이 무엇인지 알 수 없었다.
 그때 독고풍의 귓전을 울리는 전음이 들렸다.
 "중원은 자네 부자(父子)에게 큰 빚을 졌네."
 태무천의 목소리였다.
 "저승에 가서 자네 부친에게 사죄하겠네."
 독고풍은 태무천에게까지 미소를 지어 보였다. 이곳에서 함께 싸우고 또 죽음을 맞이할 사람들은 형제이지 더 이상 적이 아니다. 그는 조용히 전음을 보냈다.
 "사죄보다는 살아남을 생각을 하시오."
 독고풍은 태무천의 눈이 조금 커지고 약간 놀라는 표정을 짓는 것을 보면서 시선을 거두었다.

슛.

이어서 허공으로 이 장가량 솟구쳤다가 곧장 밀려드는 대천신등 고수들을 향해 일직선으로 쏘아갔다.

그 뒤를 무적삼마영과 십광세, 십일광세가 따랐다.

## 第百十九章
불의 바다[火海]

대망 大唐宗

 연이어 규칙적으로 거센 파도가 몰려오면 흙이나 모래는 쓸려가게 마련이다.
 그리고 그것이 더 오래 지속되면 약한 바위마저도 깨져서 허물어지고 만다. 마지막까지 굳건히 버티고 있는 것은 강한 바위뿐이다.
 생사결우와 대천신등의 싸움이 그랬다.
 쌍방 간에 물러설 수 없는 싸움이 시작된 이후, 생사결우는 원형진을 더욱 단단하게 결집시키면서 악착같이 버텼으나 두 시진 만에 천여 명을 잃었다.
 처음의 원형진이 작아졌다가 다시 세 시진이 흘러 숲에 어

불의 바다[火海] 259

둠이 깃들었을 때에는 반으로 줄어들었다.

한순간도 쉴 틈 없이 파도처럼 몰아치는 대천신등의 공격에 약한 바위인 생사결우 중간급 고수들이 거의 대부분 죽었기 때문이다.

도합 다섯 시진이 지났을 때 생사결우는 불과 천여 명 정도만이 살아남았다.

생사결우의 결사적인 저항으로 대천신등 고수들은 두 배 이상 죽었으나 워낙 많은 수라서 연못에서 물 한 동이 퍼낸 정도에 불과했다.

생사결우의 살아남은 천여 명 중에서 절반 이상이 무적대마군과 요마고수들로서 오백여 명이고, 그다음이 이백여 명의 괴뢰대, 그리고 정협맹과 대동협맹 고수들이 각 백오십여 명씩이다.

그때부터 생사결우 고수들의 죽어가는 속도가 현저하게 느려졌다.

형성하고 있는 원형진을 최소한으로 축소한 상태에서 가장자리를 북궁연과 태무천, 설란요백, 그리고 괴뢰대의 일절신제들과 이황무존, 삼철혈왕 등이 맡고 있기 때문에 대천신등 고수들은 그들의 벽을 뚫지 못해서 애를 먹었다.

그것은 마치 단단한 껍질의 조개가 굳게 닫혀 있는 듯했으며, 또한 고슴도치가 잔뜩 몸을 웅크린 상태에서 가시를 **빳빳**하게 곤추세우고 있는 형상이었다.

그러나 제아무리 일절신제나 이황무존이라고 해도 뼈와 살로 이루어진 인간이기 때문에 언젠가는 기력이 고갈될 것이고, 그렇게 되면 고슴도치의 가시가 꺾이고 조개가 입을 벌리게 될 것이다.

그때가 되면 생사결우는 채 한 시진도 버티지 못할 터이다.

다만 하나의 변화가 있다면, 독고풍이 무적삼마영과 십광세, 십일광세를 거느리고 적진을 종횡무진 누비면서 닥치는 대로 주살을 하고, 또 일절신제와 이황무존, 삼철혈왕이 눈에 띄면 무슨 수를 써서라도 심지를 제압하여 괴뢰로 만들고 있다는 사실이었다.

그는 그렇게 해서 괴뢰로 만든 자들을 속속 생사결우 쪽으로 보내서 싸우게 만들었다.

대천신등 고수들은 아무도 독고풍을 비롯한 여섯 명을 막지 못했다.

독고풍이 앞서고 그 뒤를 무적삼마영이, 뒤쪽을 십광세와 십일광세가 맡아 종횡무진 누비자 대천신등 고수들은 대적하기는커녕 피하기에 급급했다.

생사결우가 형성하고 있는 원형진의 외곽을 깨뜨리자면 일절신제나 이황무존, 삼철혈왕 같은 절정고수의 집중적인 공격이 필요한데, 독고풍이 그들을 찾아다니면서 죽이거나 제압하여 오히려 생사결우로 보내기 때문에 원형진이 깨지기는커녕 점점 더 단단해졌다.

미시(未時:오후 2시)에 시작된 싸움이 자정 무렵에 이르렀을 때에는 생사결우의 원형진 외곽을 지키는 일절신제가 삼십이 명, 이황무존이 오십삼 명, 삼철혈왕이 구십 명에 이르러서 더욱 견고해졌다.

그들 괴뢰대가 원형진의 외곽을 든든하게 지켜주는 덕택에 생사결우 고수들은 번갈아가며 안쪽에서 휴식을 취할 수가 있었다.

반면에 대천신등 고수들은 죽을 맛이었다. 아무리 공격해도 생사결우의 원형진이 깨지기는커녕 더욱 견고해지기만 하고, 더구나 자신들의 우두머리인 일절신제와 이황무존 등이 속속 적의 원형진으로 뛰어들어 그들의 방패 노릇을 해주고 있으니 미치고 환장할 노릇이었다.

뿐만 아니라 대천신등 고수들 수가 이십일만에 이른다고 해도 불과 천여 명의 적, 게다가 작고 단단하게 잔뜩 웅크리고 있는 원형진을 공격하는 데에는 한계가 있었다.

공간의 협소함 때문에 대천신등 고수 삼천여 명 정도가 생사결우의 원형진을 공격할 수밖에 없논 것이다.

더 많은 수가 공격을 했다가는 자기들끼리 몸이 부딪쳐서 공격은커녕 자중지란이 일어날 판국이다.

자정이 지나 축시(丑時:새벽 2시)로 접어들 무렵, 생사결우는 여전히 천여 명을 유지하고 있는 반면에, 대천신등은 무려 칠천여 명이나 잃었다.

더구나 칠천여 구의 시체가 쌓여서 거대한 벽, 즉 인벽(人壁)을 형성하고 있기 때문에 생사결우의 원형진을 공격하는 것이 더욱 어려워졌다.

그렇지만 대천신등에는 바보만 있는 것이 아니다. 그들은 토번 역사상 가장 강력한 무군(武軍)이다.

쌍방 간의 싸움에 커다란 변화가 일어나기 시작한 것은 축시가 일각쯤 지났을 때다.

우드둥!

콰드득!

숲 여기저기에서 어른 두 팔로 몇 아름이나 되는 거대한 나무들 밑동이 잘려 마구 쓰러졌다.

대천신등 고수들은 거목들을 베어내서 생사결우 원형진을 향해 내던졌다.

"나무를 쳐내라!"

설란요백과 북궁연, 태무천이 쏟아지는 거목들을 향해 장풍을 뿜으면서 외쳤다.

퍼퍼펑!

콰드둥!

생사결우 고수들이 쏟아낸 수백 줄기 장풍에 적중된 거목들이 허공 중에서 부러지고 박살났다.

그러나 부러진 거목들이 원형진 바깥쪽 시체들 위에 수북이 쌓이게 되자 대천신등 고수들이 그것을 딛고 파도처럼 원

불의 바다[火海] 263

형진 안으로 쏟아져 들어왔다.

"진을 유지하라!"

"진 바깥쪽의 나무를 치워라!"

설란요백과 북궁연, 태무천 등이 피를 토하듯 악을 썼으나 이미 진은 산산이 깨지기 시작하는 중이었다. 일단 허물어지기 시작한 진은 속수무책이었다.

"주인님!"

독고풍 뒤를 바짝 따르던 원진이 급히 독고풍을 불렀다.

원형진에서 이백여 장 떨어진 곳에서 적을 주살하고 있던 독고풍은 원진을 돌아볼 여유가 없었다.

"뭐냐?"

"위에 적입니다!"

"……!"

눈앞의 적을 죽이는데만 몰두하고 있던 독고풍은 머리 위를 쳐다보다가 가볍게 움찔 몸이 굳었다.

짙붉은 핏빛의 혈포를 입은 인물 아홉 명이 추호의 기척도 없이 독고풍 머리 위에서 수직 낙하하고 있었는데 그 속도가 가히 빛처럼 빨랐다.

'십팔광세!'

독고풍은 그들이 입고 있는 혈포를 보는 순간 그들이 누군지 즉시 깨달았다.

지금 그의 뒤를 따르고 있는 십광세, 십일광세와 같은 복장을 하고 있었기 때문이다.

 그들은 대천신등 세 번째 서열인 십팔광세 중에서 일광세부터 구광세까지 아홉 명인 것이다.

 일절신제보다 한 수 위의 고수들. 그들 위에는 대천칠군 일곱 명과 천신황 한 명밖에 없다. 그 정도로 초절고수라는 뜻이다.

 "원진! 혈오와 궁의를 데리고 생사결우에게 가라!"

 독고풍이 아홉 명의 광세를 향해 빛처럼 수직으로 쏘아 오르며 전음으로 외쳤다.

 그러나 목숨을 바쳐서 독고풍을 지켜야 하는 원진과 혈오, 궁의가 그의 명령을 들을 리 만무하다.

 무적삼마영은 간발의 차이로 독고풍을 따라 솟구쳐 올랐고, 십광세와 십일광세도 그 뒤를 따랐다.

 "원진! 내 말을 거역하는 것이냐?"

 독고풍은 무적삼마영이 십팔광세의 적수가 못 된다는 사실을 알고 있었다.

 그래서 그들이 있어봐야 도움이 되지 못하기에 피하라고 하는 것인데 오히려 자신을 따라 솟구치자 발칵 신경질이 나서 이번에는 육성으로 소리쳤다.

 그러나 원진과 혈오, 궁의는 귀머거리인 양 묵묵부답 독고풍의 뒤를 따르기만 했다.

 "원진! 내가 너희들까지 보호해야만 하겠느냐?"

독고풍이 세 번째 소리를 지르자 그제야 무적삼마영이 움찔하며 솟구치는 속도가 줄었다.

그 순간 그들은 비로소 지금 공격해 오는 자들이 십팔광세라는 것과 자신들이 그들의 상대가 되지 못한다는 사실을 깨달았다.

그런다고 해서 물러난다면 대마종의 그림자인 무적삼마영이 아니다.

"혈오, 궁의, 너희는 맨 오른쪽 놈을 합공해라."

그는 재빨리 혈오와 궁의에게 전음으로 명령하고 나서, 십광세와 십일광세에게 그다음 두 명의 광세를 공격하도록 역시 전음으로 명령했다.

그리고 자신은 그다음 한 명에게 곧장 솟구쳐 오르며 전신 공력을 끌어올렸다.

아홉 명의 광세 중에서 자신들이 네 명을 감당하면 독고풍의 부담이 그만큼 줄어들 것이라고 판단한 것이다.

독고풍은 쏘아 오르는 중에 힐끗 생사결우의 원형진 쪽을 쳐다보다가 안색이 어두워졌다.

원형진은 이미 형태를 잃었으며 생사결우 고수들과 대천신등 고수들이 한데 뒤엉켜 치열한 혼전을 벌이고 있었기 때문이다.

'빌어먹을! 도대체 천신황이 이끄는 본진은 언제 도착하는 거야?'

독고풍은 속으로 욕을 퍼부었다. 천신황이 이끄는 본진이 도착을 해야만 포위망 외곽의 조재와 삼천 명의 무적고수들이 불을 지르고 안쪽에서는 북궁연이 이끄는 백 명의 벽력대가 벽력탄을 사용할 수 있기 때문이다.

하지만 지금으로 봐서는 천신황이 이끄는 본대가 도착하기 전에 생사결우가 전멸할 것 같았다.

그는 전신 공력을 끌어올려 아홉 명의 광세 중 한복판에 우두머리로 보이는 인물을 향해 일직선으로 부딪쳐 갔다.

그 순간 그의 상체가 번쩍하며 눈부신 혈광과 금광으로 빛났다.

아니, 번쩍하는 순간 이미 천마신위강의 쾌비곤이 발출되어 목표로 한 광세, 즉 일광세에게 적중되었다.

꽈등!

그러나 그렇게 보였을 뿐이지 적중되지는 않았다. 일광세는 독고풍의 상체가 번쩍 섬광을 발하는 순간 심상치 않음을 느끼고 쌍장으로 쾌비곤을 막았던 것이다.

쾌비곤은 무공 중에서 가장 빠른 강기다. 그것을 출신입화 지경에 이른 독고풍이 발출했는데도 막았다는 것은 일광세의 무공이 무시 못할 수준이라는 뜻이다.

그렇지만 전혀 충격을 입지 않은 것은 아니다. 그 일장으로 일광세는 입에서 피를 토해내며 허공으로 쏜살같이 튕겨져 올라갔다.

하지만 그보다 더 빠른 속도로 독고풍이 일광세를 따라잡았고, 번쩍하며 두 번째 쾌비곤이 뿜어졌다.

그때 광세 한 명이 귀신같이 독고풍 등 뒤로 접근하면서 수중의 도를 그어댔다.

힘을 주어 긋는 것도 아니고 그저 가느다란 나뭇가지 하나를 쳐내듯 손목을 가볍게 떨치는 동작이었다.

보통은 이럴 경우에 등 뒤에서의 공격 때문에 방금 발출한 초식을 거둔다.

하지만 광세들이 상대하고 있는 사람은 이대 대마종인 독고풍이다.

그는 일광세를 쾌비곤으로 공격하는 한편 수중의 석검을 슬쩍 등 뒤로 돌려 손목만으로 가볍게 떨쳐 냈다.

그런데 튕겨 오르던 일광세가 흐트러진 자세에서도 왼손을 아래를 향해 뻗어 대미신력 일장을 발출했다.

꽝!

쩡!

두 개의 강력한 음향이 터지면서 일광세는 검붉은 핏덩이를 토해내며 더욱 치솟았고, 독고풍 등 뒤에서 공격하던 사광세는 거대한 쇠망치로 가슴을 적중당한 충격을 받으며 뒤로 튕겨져 날아갔다.

그 순간 세 명의 광세가 세 방향에서 독고풍에게 득달같이 덮쳐왔다.

그사이에 튕겨졌던 일광세와 사광세가 쏜살같이 독고풍에게 쏘아왔다.

그렇게 독고풍은 다섯 광세에게 합공을 당하고, 원진이 한 명의 광세를, 혈오와 궁의가 한 명, 그리고 십광세와 십일광세가 각 한 명씩을 상대하며 허공 중에서 치열한 싸움이 시작되었다.

콰콰쾅!

쫘르르릉!

그때 고막을 찢는 듯한 거대한 폭음이 지상에서 터졌다.

독고풍은 다섯 광세의 소나기처럼 쏟아지는 공격 속에서 힐끗 아래를 굽어보았다.

지상의 네 군데에서 시뻘건 화염이 거대하게 치솟는 것이 보였다. 그것은 마치 네 개의 작은 화산이 폭발한 듯한 광경이었다.

독고풍은 직감적으로 벽력탄이 터진 것이라고 생각했다.

그는 북궁연에게 천신황이 이끄는 본대가 도착했을 때에만 벽력탄을 사용하라고 말해두었었다.

그러나 독고풍은 북궁연이 벽력탄을 사용할 수밖에 없는 급박한 상황이었을 것이라고 짐작했다.

생사결우들이 밀집해 있는 사방 네 군데 바깥쪽에서 벽력탄이 터지는 바람에 밀려들던 대천신등 고수들 백오십여 명이 한순간 갈가리 찢어져서 즉사했다.

불의 바다[火海] 269

그리고 그 네 군데가 발화점이 되어 거센 불길이 주위를 휩쓸자 대천신등 고수들은 함부로 불길을 뚫고 생사결우 고수들에게 접근하지 못했다.

 그사이에 생사결우 고수들은 불길 안쪽에 있는 대천신등 고수들과 치열한 싸움을 벌였다.

 현재 남은 생사결우 고수는 육백여 명 정도였다. 아니, 그 중에 괴뢰대가 백오십여 명이니 생사결우는 사백오십여 명만 살아남은 것이다.

 그렇지만 그 사백오십여 명도 빠른 속도로 줄어들고 있었다. 지금 같은 상황이라면 한 시진 이내에 모두 전멸하고 말 것 같았다.

 아니, 불길이 빠른 속도로 거세지고 있기 때문에 더 빨리 전멸할지도 모르는 일이다.

 콰아아—

 거센 북서풍을 타고 불길이 걷잡을 수 없이 동남쪽을 향해 드넓게 확산되어 퍼져 갔다.

 불길 가장자리나 불길 한계선 안쪽에 있던 대천신등 고수들은 파도처럼 떼를 지어 불길 밖으로 몸을 날렸다.

 그러나 불길 한계선 십여 장 안쪽에 있는 자들은 한계선 쪽으로 신형을 날리다가 옷과 몸에 불이 붙어 지상의 불구덩이 속으로 속속 추락했다.

 그 광경은 마치 불빛을 보고 무작정 모닥불로 뛰어들었다가 타 죽는 벌레들처럼 허무하게 보였다.

불길은 발화를 시작한 지 일다경도 지나지 않아서 동남향 수천 장 넓이를 뒤덮었다.

그리고 그 안쪽에 있던 대천신등 고수들은 불에 타거나 연기에 질식해서 무참하게 죽어갔다. 타 죽는 자보다 질식해서 죽는 자들이 몇 배나 더 많았다.

쩌쩌쩌정!

독고풍은 호신강기를 일으켜서 다섯 광세의 공격을 막아냈다. 그 사이에 지상의 상황을 살펴보려는 의도였다.

그럼에도 불구하고 다섯 광세의 공격이 한꺼번에 호신강기를 강타하자 그의 체내의 기혈이 은은하게 뒤흔들렸다.

하지만 그 와중에도 그의 시선은 지상의 한곳을 훑었다.

순간 그의 눈빛이 크게 흔들렸다. 생사결우 고수들이 있던 곳이 다른 어느 곳보다도 가장 거센 불길에 휩싸여 있었기 때문이다.

그럴 만한 이유가 있었다. 대천신등 고수들이 생사결우의 원형진을 깨뜨리려고 수많은 거목들을 잘라서 던졌는데 지금 그것들이 시뻘건 숯덩이로 변하여 맹렬하게 불타고 있기 때문이었다.

수직으로 십여 장 높이까지 치솟는 거대한 불길 때문에 아무것도 보이지 않았다.

그리고 그 지옥의 불구덩이 속에서는 아무도 살아남을 수 없을 것이다.

독고풍의 마음속이 마구 헝클어졌다. 아니, 머릿속까지 하얗게 탈색이 돼버렸다.

저 불구덩이 속에는 모든 이들이 있다. 적멸가인과 자미룡, 설란요백과 냉운월, 양신웅, 오도겸, 석중명, 북궁연 등 독고풍이 정을 주고받았던 아내와 친구 이상의 존재들이다.

이 싸움에서 자신도 죽을 것이고, 생사결우의 모든 사람이 죽을 것이라고 예상했으나 그것이 막상 현실로 다가오자 독고풍은 너무 큰 충격을 받았다.

퍽!

그때 그는 등 한복판에 일장을 적중당하고, 허공을 수평으로 빨랫줄처럼 튕겨져 날아갔다.

정신적 충격 때문에 호신강기가 사라진 상태에서 적중당한 일장이었기에 그가 비록 금강불괴이긴 하지만 가볍지 않은 충격을 받은 것이다.

웬만한 일장이라면 가려운 정도겠으나 상대는 대천신등 서열 삼위인 십팔광세인 것이다. 하지만 내상을 입은 정도는 아니었다.

쿵! 우지끈!

그는 활활 불타고 있는 거목에 어깨를 부딪치며 정지했다.

그 바람에 그는 충격에서 벗어났다. 그러나 충격을 털어버리는 대신 극도의 분노를 일으켰다.

그 자신도 어차피 죽는다면 대천신등 고수들을 모조리 이 불길 속에서 쓰러뜨려야겠다고 생각했다.

"크으… 이놈들……!"

그의 품에 안겨서 흐느껴 울던 자미룡의 애달픈 모습이 생생하게 떠올랐다.

슈우우—

그는 자신을 향해 쏘아오고 있는 다섯 광세를 향해 마주 부딪쳐 갔다. 그 속도는 가히 빛을 방불케 했다.

마주쳐 오는 다섯 광세의 손에는 푸른빛을 뿜어내는 커다란 도검이 쥐어져 있다.

천신황과 대천칠군, 십팔광세, 그리고 백 명의 일절신제만 연마할 수 있다는 대미신력의 최고 절학인 무형폭사검을 전개하고 있었다.

쿠오오—!

다섯 명의 광세가 일제히 무형폭사검을 전개하자 다섯 개의 각기 다른 형태의 푸른 강기가 독고풍 한 몸을 향해 집중적으로 쇄도했다.

그것 하나에는 족히 작은 언덕을 초토화시킬 만한 가공할 위력이 실려 있다.

하물며 그것이 뼈와 살로 이루어진 사람에게 적중된다면 어찌 되겠는가.

독고풍은 자신의 몸을 돌보지 않은 상태에서 일광세를 겨냥하여 석검을 떨쳐 냈다.

고오오-!

번쩍하고 석검에서 한줄기 흐릿한 섬광이 뿜어졌다.

혈광과 금광이 반씩 섞인 한줄기 빛기둥이 일광세를 향해 쏘아갔다.

아니, 석검에서 섬광이 번쩍이는 순간 혈광과 금광의 빛기둥은 이미 일광세의 가슴에 적중되고 있었다.

천마신위강 이초식인 대마파천황은 최대 삼십팔 개의 빛줄기까지 발출할 수 있는데, 그것을 하나로 묶어 발출했으니 그 빠르기와 위력은 제아무리 일광세라고 해도 피하거나 막아낼 재간이 없다.

꽝!

막 일장을 발출하여 막으려던 일광세의 가슴에 대마파천황이 적중되는 순간 그의 몸이 수십 조각으로 산산이 박살나 흩어졌다.

퍼퍽!

그때 네 명의 광세가 발출한 네 개의 무형폭사검 중 두 개가 독고풍의 어깨와 복부에 동시에 적중됐다.

금강불괴인 그이지만 어깨와 복부에 찌르르한 통증이 느껴졌다.

하지만 단지 그것뿐, 광세들이 전력으로 전개한 무형폭사검이라고 해도 그의 몸에 상처나 내상을 입히지는 못했다.

다음 순간 독고풍은 네 명의 광세 중 한 명을 향해 곧장 쏘아갔다.

쏘아가려고 마음을 먹은 순간 그는 어느새 광세의 일 장 앞에 도달했다.

광세가 움찔 놀라는 사이 독고풍의 석검이 위에서 아래로 번뜩였다.

퍅!

석검은 삼절마제의 참마인으로 광세의 정수리에서 사타구니까지 깨끗하게 양단했다.

옛말에 '꿩 잡는 게 매'라고 했다. 제아무리 십팔광세라고 해도 독고풍에게는 상대가 되지 못한다. 그들은 꿩이고 독고풍은 매인 것이다.

광세들과 두어 차례 격돌해 본 독고풍은 이미 그들에 대한 분석이 끝난 상태다.

또한 그는 극도로 분노하고 있어서 광세들의 공격은 아예 막거나 피할 생각조차 하지 않고 다음 먹잇감을 향해 왼손을 뻗었다.

큐웅!

핏빛 섬광이 번뜩이는 순간 혈옥섬강이 발출되어 어느새 세 번째 광세의 머리를 박살 내고 있었다.

퍽!

그에게서 전개되는 수법들은 대마종의 절학이든 사대종사

의 것이든 하나같이 개세적인 위력을 지니고 있었다. 방금 그가 전개한 참마인과 혈옥섬강은 예전에 비해 서너 배 이상의 위력을 발휘했다.

이제 남은 광세는 두 명. 다섯 명도 안중에 없었는데 두 명을 해치우는 것쯤이야 일도 아니다.

"……!"

네 명째 광세를 덮쳐가던 독고풍의 시선이 무심코 아래쪽을 향했다가 움찔 눈이 커졌다.

지름 칠팔 장 정도의 원을 형성한 채 커다란 거목들이 시뻘겋게 숯덩이가 되어 활활 타오르고 있는 한복판에 하나의 구덩이가 깊게 파져 있고 그 안에 많은 사람이 오글거리면서 모여 있는 광경이 눈에 띄었다.

그리고 독고풍은 그들이 생사결우 고수들이라는 사실을 한눈에 알아보았다.

그리고 그들 사이에서 적멸가인과 자미룡의 모습이 시야로 쏘아져 들어왔다.

머리카락과 옷이 타고 몹시 초췌한 모습이지만 그녀들은 적멸가인과 자미룡이 분명했다.

그제야 비로소 독고풍은 북궁연이 벽력탄을 터뜨린 이유를 깨달았다.

생사결우의 원형진이 깨지고 더 이상 버틸 수 없게 되자 벽력탄을 터뜨려 숲에 불을 지르고는 재빨리 땅을 파고들어 가 불길을 피하고 있는 것이다.

화공(火攻)으로 적을 대거 죽이고 또 자신들은 구덩이 속에 숨어 위험을 피하고 있으니 그야말로 일석이조다. 북궁연의 뛰어난 두뇌와 판단력이 생사결우 고수들을 살린 것이다.

독고풍이 내심 기뻐하고 있을 때, 어느새 두 명의 광세가 좌우 이 장까지 접근하면서 재차 전력으로 무형폭사검을 전개해 왔다.

스으.

그러나 다음 순간 독고풍의 모습이 그 자리에서 감쪽같이 사라지더니 두 광세의 머리 위에 나타났다.

그리고는 그가 추호의 기척도 없이 두 광세를 향해 네 줄기 지풍을 쏘아냈다.

두 광세는 찍소리도 내지 못하고 마혈이 찍혔으며, 독고풍은 그들의 심지를 제압하여 자신을 따르게 하고는 광세들과 싸우고 있는 무적삼마영을 향해 쏘아갔다.

혈오와 궁의는 둘이서 한 명의 광세를 상대하느라 다소 여유가 있는 상태였다.

하지만 원진은 이미 팔과 옆구리에 깊은 검상을 입었고 가볍지 않은 내상을 입은 상황이라 패색이 짙었다.

그 상황에서 독고풍은 제일 먼저 원진이 상대하던 광세를, 그다음에는 혈오와 궁의가 상대하던 광세, 마지막으로 팽팽한 접전을 벌이고 있는 십광세와 십일광세가 상대하던 두 명의 광세를 차례로 제압했다.

쾌아아—

불길은 아까보다 더욱 거세져서 시선이 닿는 곳 전체가 맹렬하게 불타고 있었다.

독고풍이 지상에 내려서자 무적삼마영과 여덟 명의 광세가 따라 내려섰다.

불길이 너무나 맹렬해서 마치 용광로 속에 있는 것 같았지만 독고풍과 무적삼마영, 여덟 명의 광세는 괜찮았다. 호신막을 일으킨 상태이기 때문이다.

하지만 무공이 가장 약한 무적삼마영은 호신막을 일으킨 상태에서 반 시진 이상 견디지 못할 것이고, 광세들은 한 시진 정도가 한계일 것이다.

하지만 독고풍은 무한정 버틸 수 있다. 금강불괴이기 때문이다. 더구나 지금은 예전의 등봉조극일 때보다 서너 배 이상 강해진 상태다.

예전에 그의 금강불괴는 십팔광세 중 한 명의 공격에도 견디지 못하는 수준이었지만 지금은 그보다 강한 자의 공격도 능히 견딜 수 있게 되었다.

하지만 그는 지금 호신막을 일으킨 상태다. 그러지 않으면 옷이 다 타버릴 것이기 때문이다.

독고풍은 빠르게 주위를 둘러보고는 현재의 상황을 간파했다.

불길은 그와 생사결우 고수들이 있는 곳에서 동남쪽으로 드넓게 퍼지고 있는 상태다.

그러나 이곳이 발화점이고 바람이 북서쪽에서 동남쪽으로 불고 있기 때문에 북쪽과 서쪽, 그리고 북동과 남서쪽으로는 불길이 조금도 미치지 않았다.

그리고 그곳에 대천신등 고수 수만 명이 진을 치고 모여 있는 광경이 보였다.

대천신등은 동남쪽에 있던 고수들을 많이 잃었으나 전체 전력에 큰 영향을 미칠 정도는 아닌 듯했다.

이 숲에는 원시림의 거목들이 울창하기 때문에 불길은 꽤 오래 지속될 것이다.

그러나 아무리 길어야 하루를 넘기지는 못할 것이다. 대천신등 고수들은 그때를 기다리고 있는 중이다.

그들이 있는 곳에서는 거센 불길 때문에 이쪽이 제대로 보이지 않지만 이쪽에서는 그들이 잘 보였다.

그들의 수를 대충 헤아리던 독고풍이 상기된 얼굴이 됐다.

'십만이 넘는다.'

보이는 것만 십만이 넘는다면 그 뒤쪽의 보이지 않는 곳에는 더 많은 대천신등 고수들이 포진해 있을 것이라는 계산이 나온다.

'천신황과 본진이 도착했다.'

그의 몸속에서 피가 들끓기 시작했다. 그렇다면 포위망 밖의 조재가 이제 곧 불을 지를 것이다. 그렇게 되면 최악의 지옥불이 숲 전체를 뒤덮게 된다.

슷.

순간 독고풍의 몸이 순식간에 생사결우 고수들이 숨어 있는 구덩이 위로 이동했다.

"구덩이를 더 깊이 파고 땅속에서 수평으로 이동해라!"

그가 전음으로 외치자 구덩이 속에 웅크리고 있던 생사결우 고수들이 일제히 그를 올려다보았다.

그의 모습을 발견한 모두의 얼굴에 반가움이 떠올라 마치 잔물결처럼 일렁였다.

그중에서도 적멸가인과 자미룡은 눈물을 펑펑 쏟으며 똑같이 '풍 랑'을 외쳐 댔다.

"곧 포위망 바깥에서 조재가 불을 지를 것이다. 당신들은 땅 속 깊숙이에서 귀식대법으로 버텨라."

독고풍이 다시 전음으로 지시하자 모두의 얼굴에 기쁨과 새로운 각오의 표정이 떠올랐다.

독고풍은 적멸가인을 보며 부드러운 미소를 지으면서 전음으로 당부했다.

"정아, 진아를 잘 부탁한다."

"알겠어요. 풍 랑도 몸조심하세요."

독고풍은 따스한 눈길로 자미룡을 굽어보았다. 그녀는 할 말이 너무도 많아서 오히려 하지 못한다는 표정을 지은 채 입술을 꼭 깨물고 비 오듯이 눈물만 흘렸다.
 다음 순간 독고풍이 구덩이 위에서 사라지자 자미룡은 쓰러지듯 적멸가인의 품에 안기며 흐느꼈다.
 "주인님! 저길 보십시오!"
 독고풍이 원래의 자리로 되돌아오자 혈오가 한쪽을 가리키며 급히 외쳤다.
 대천신등 고수들 뒤 북서쪽 먼 곳에서 거대한 불길이 마치 높고 긴 불의 벽처럼 밀려오고 있는 것이 독고풍의 눈에 보였다.
 "저쪽에서도 불길이 밀려옵니다!"
 궁의가 남서쪽을 가리키며 소리쳤다.
 "북동쪽도 마찬가집니다!"
 원진이 손으로 다친 옆구리 상처를 누르며 외쳤다.
 독고풍이 급히 둘러보니 사방 눈으로 보이는 모든 방향에서 화광(火光)이 하늘을 찌르듯 솟구치고 있었다.
 지금 이 광경을 굳이 표현하자면 불의 바다[火海]라고 할 수 있었다.
 거대한 해일처럼 밀려오는 불의 바다 앞에서 대천신등 고수들이 우왕좌왕하고 있는 광경이 눈에 띄었다.
 그럴 수밖에 없을 터이다. 신의 능력을 지니고 있지 않은 이상 이런 엄청난 재앙 앞에서의 피조물이란 한없이 무기력할 뿐이다.

"됐어!"

독고풍은 주먹 쥔 팔을 휘두르며 쾌재를 불렀다. 무적삼마영도 기쁜 표정으로 서로를 쳐다보았다.

이 불길 속에서는 자신들을 지탱해 줄 호신막이 앞으로 반 시진을 넘기지 못할 것이고, 그래서 불에 타서 죽을 운명인데도 세 사람은 어린아이마냥 기뻐했다.

그것은 중원을 구하겠다는 숭고한 마음을 품고 있지 않다면 불가능한 일이었다.

휙! 휘익!

그때 구덩이에서 몇 사람이 솟구쳐 올라 독고풍의 주위에 가볍게 내려섰다.

그들은 설란요백과 북궁연, 태무천, 청운자, 그리고 대동일 협인 형산파 장문인 무상검노(無上劍老), 그리고 백여 명의 괴뢰대였다.

설란요백과 북궁연 등 다섯 명은 입을 굳게 다문 채 묵묵히 독고풍을 쳐다보았다.

독고풍은 아무것도 묻지 않고 그들에게서 아무 말도 듣지 않았지만 그들의 뜻을 충분히 감지하고 가볍게 고개를 끄덕였다.

생사결우 중에서 설란요백과 북궁연 등 다섯 명이 가장 고강하고, 또 괴뢰대에는 수십 명의 일절신제와 이황무존이 건재하기 때문에 구덩이 속에 숨어 있기보다는 독고풍과 함께 싸우려는 것이다.
 적멸가인과 자미룡도 따라 나오려는 것을 설란요백과 북궁연이 두 소녀가 생사결우를 이끌어야 한다면서 설득하여 간신히 떼어놓았다.

# 第百二十章

지옥대전(地獄大戰)

독고풍의 계획은 성공을 거둔 듯했다.

간시(艮時:새벽 3시)에 시작된 불은 정오가 지난 미시(未時: 오후 2시) 무렵인 지금에서야 잦아들고 있었다.

하지만 그것은 불이 시작된 발화 지점을 중심으로 사방 수십 리 정도일 뿐이다.

다른 지역은 여전히 맹렬한 불길에 휩싸여 있고, 또 계속 새로운 숲으로 번져 가고 있는 중이다.

그렇더라도 발화 지점에 생사결우가 있었고, 그 주위를 대천신등 고수들이 겹겹이 포위망을 형성하고 있었으므로 인명 피해는 그곳에 집중되어 있었다.

두 번째 불, 즉 조재와 무적고수 삼천 명이 지른 불이 해일처럼 밀어닥치자 대천신등 고수들은 불길을 피해서 산지사방으로 흩어졌었다.

하지만 그래 봐야 소용이 없었다. 사방 수백여 리에 달하는 광활한 숲 전체가 불의 바다를 이루고 있는데 대체 어디로 피한단 말인가.

그것은 이쪽의 불길을 피해서 또 다른 불길로 뛰어드는 어리석은 행동일 뿐이었다.

땅 위의 모든 만물을 지배하며 기고만장하여 하늘 높은 줄 모르는 인간이지만, 대자연의 재앙 앞에서는 숲 속의 벌레나 짐승들과 똑같은 신세인 것이다.

대천신등 수만 명의 고수들은 인간이 낼 수 있는 가장 처절한 비명을 지르면서 한꺼번에 불에 타 죽었다.

살이 지글거리면서 타는 소리와 연기가 하늘을 뒤덮었고, 냄새가 진동했다.

결국 불지옥 속에 갇혀 있던 대천신등 고수들은 무려 칠 할이 불에 타 죽었다.

그리고 일 할가량은 독고풍이 이끄는 고수들과 괴뢰대에 의해서 죽임을 당했다.

지금 독고풍이 서 있는 곳은 불이 꺼져서 여기저기에서 짙은 연기를 피워내고 있었다.

그의 좌우에는 원진과 혈오, 북궁연, 태무천이 서 있고, 뒤에는 십이 명의 일절신제와 이십육 명의 이황무존, 도합 삼십팔 명의 괴뢰대가 서 있다.

무적삼마영의 궁의와 화영의 사부이자 정협맹의 한 명 남은 정협성인 청운자, 그리고 대동일협인 형산과 무상검노는 싸우는 도중에 죽었다.

독고풍이 이끄는 고수들은 불길을 피해 산지사방으로 흩어지는 대천신등 고수들을 뒤쫓으며 주살했었다.

그들의 표적은 주로 오마추명 위의 등급이었다. 그 아래 등급들은 불길 속에서 살아날 재간이 없었다.

하지만 오마추명부터 위 등급들은 호신막을 전개할 수 있기 때문에 내버려 둔다면 불길 밖으로 벗어날 것이 분명했다.

독고풍이 이끄는 고수들은 한나절 동안 오마추명 이상 고수들을 무려 삼천여 명은 죽였다.

싸우는 중간에 독고풍은 틈틈이 불이 꺼진 장소로 일행을 이끌어 그들이 호신막을 풀고 호흡을 할 수 있게 해주었다. 그러지 않았다면 지금까지 살아남은 사람은 한 명도 없었을 것이다.

원진은 두 번째 불길이 시작되기 전에 한 명의 광세와 일대일 싸움에서 이미 심한 상처를 입은 상태였다.

그렇지만 그는 내색하지 않고 묵묵히 독고풍 뒤를 따르면서 악착같이 적들을 주살했다.

그 과정에서 한 명의 이황무존과 싸우다가 다시 엄중한 상처를 입고 쓰러져서 생사기로에 놓였을 때 느닷없이 궁의가 달려들어 이황무존을 죽이고 자신도 그자의 검에 목이 찔려 즉사하고 말았었다.

"어떻게 된 것 같은가?"

문득 독고풍이 허탈한 목소리로 조용히 중얼거렸다.

그의 몰골은 말이 아닌 상태다. 옷은 거의 타버려서 알몸에 누더기를 걸친 꼴이며, 얼굴과 온몸에 숯검정과 피를 뒤집어써서 적멸가인이나 자미룡이라고 해도 그를 알아보지 못할 것 같았다.

하지만 일행 중에서 그의 몰골이 그중 나은 편이었다. 다른 사람들은 아예 사람인지 짐승인지 모를 정도의 형편없는 꼬락서니였다.

독고풍의 왼쪽에 서 있는 북궁연이 잠시 계산을 해보다가 입을 열었다.

"대략 오륙만 명은 죽은 것 같네."

"그런가?"

독고풍의 목소리에 생기가 흘렀다.

이 싸움이 있기 전에 독고풍과 생사결우는 대천신등 네 개 군 사만 명을 죽였었다.

그리고 이 싸움에서 오륙만 명을 죽였다면 도합 구만에서 십만 명을 죽였다는 결론이다.

처음에 독고풍과 측근들은 대천신등이 전체 전력의 삼 할 이상을 잃으면 토번으로 퇴각할 것이라고 예상했었다.

그런데 구만에서 십만이라면 삼 할을 훨씬 넘어 사 할 가까이 잃은 것이다.

"후후, 이제 놈들이 토번으로 물러가는 일만 남았군."

독고풍이 나직하게 웃으며 중얼거렸다. 굳이 그가 말하지 않더라도 모두들 그렇게 생각하고 있었다.

북궁연이 덧붙였다.

"그렇더라도 우리는 속히 이곳을 벗어나는 것이 좋을 것 같네. 놈들 눈에 띄면 곤란해질 걸세."

"그런데……."

문득 독고풍이 숯검정투성이인 턱을 쓰다듬으며 고개를 모로 꼬았다.

"자네 천신황이라는 작자를 보았나?"

"보지 못했네. 천신황뿐만 아니라 대천칠군도 못 봤네."

독고풍이 보지 못한 천신황을 북궁연이 봤을 리가 없다.

대천신등 본진이 숲 속으로 진입했기 때문에 조재 등이 불을 질렀을 것이다.

그렇다면 천신황과 대천칠군 등은 불이 나자 한계선 밖으로 피신한 것이 분명하다.

설혹 불속에 있다고 해도 천신황이나 대천칠군쯤 되는 초절고수들이 불에 타 죽었을 리 만무하다. 결국 그들은 아직도 건재하다는 뜻이다.

　북궁연이 대신 결론을 내려주었다.

　"어쨌든 대천신등은 십오류만으로는 중원 침공을 감행하지 못할 걸세. 결국 토번으로 돌아갈 수밖에 없을 거야."

　독고풍은 고개를 끄덕였다.

　"그렇겠지."

　그의 생각도 북궁연과 같았다. 그렇다면 이제 다음 행보를 내디딜 차례다.

　신속하게 이곳을 벗어나서 중원으로 돌아가 전력을 재정비하는 것이다.

　중원을, 아니, 천하를 집어삼키든 짓밟든 그것은 그때 가서 생각할 문제다.

　독고풍도 북궁연도 죽을 각오로 불바다 속에서 싸웠으나 끝내 살아남았다.

　독고풍은 구덩이 속에 숨어 있는 적멸가인과 자미룡 등도 자신들처럼 살아 있기를 간절히 원했다.

　"원진, 정아와 진아가 숨어 있는 곳을 찾아보게."

　독고풍은 그녀들이 숨어 있던 방향이 어디였는지 두리번거리면서 가늠하며 지시했다.

　그런데 당연히 즉시 들려야 할 원진의 공손한 대답이 들리지 않았다.

　순간 문득 불길한 생각이 독고풍의 등골을 엄습했다.

그가 급히 오른쪽에 서 있는 원진을 돌아보려는데 그보다 먼저 혈오의 날카로운 비명이 귓속을 파고들었다.

"악! 대가!"

원진은 우뚝 선 채 눈을 똑바로 뜨고 독고풍을 주시하고 있었으며 얼굴에는 그가 평소에 늘 짓고 있던 충직한 표정이 떠올라 있었다.

그러나 그가 이미 숨을 거두었다는 사실은 굳이 확인해 보지 않아도 알 수 있었다.

그는 마지막 순간까지 독고풍 곁을 지키다가 싸움이 끝나자 비로소 숨을 거두었다.

원진의 몸을 살펴보던 혈오의 시선이 그의 등에 고정되며 주르르 눈물이 쏟아졌다.

원진의 등 왼쪽에 작은 검상이 있었다. 그러나 겉보기에는 작은 상처 같지만 실상 검이 깊숙이 헤집고 들어가 심장을 찌른 것이다.

"원진……."

독고풍의 뺨이 씰룩거렸다. 원진이 숨을 거두기 전까지 독고풍 자신을 주시하고 있었을 텐데도 몰랐었다는 사실과, 그가 마지막 순간에 어떤 마음이었을까라는 것에 생각이 미치자 가슴이 착잡해졌다.

독고풍의 친아버지이며 전대 대마종인 독고중천에 이어 아들까지 이대를 섬겨온 무적사마영, 아니, 삼십육마영의 팔마영인 원진이 죽었다.

"연아……."

그때 독고풍의 왼쪽에서 아주 흐릿한 목소리가 흘러나왔다.

북궁연은 그 목소리가 자신의 옆에 서 있는 태무천의 것이며, 그 옛날 무척이나 자상하던 시절의 사부의 목소리라는 사실을 동시에 깨닫고 급히 고개를 돌렸다.

거기에는 밀랍처럼 창백한 안색에 입에서 꾸역꾸역 검붉은 피를 흘리고 있는 태무천이 몸을 가누지 못하고 비틀거리고 있었다.

태무천은 싸움 중에 엄중한 내상을 입은 상태였고, 그것을 내색하지 않고 있다가 급기야 더 이상 손을 쓸 수 없는 상황까지 이른 것이다.

그는 자꾸만 감기려는 눈을 힘주어 뜨면서 북궁연을 쳐다보려고 애썼다.

"연아… 나를… 용서…해…라……."

북궁연의 얼굴이 씰룩였고 어느새 눈물이 흐르고 있었다.

"사부님!"

그는 울먹이며 태무천을 부축했다. 오해와 반목을 푸는 것은 굳이 장황한 말이 필요하지 않았다.

생의 마지막 순간을 제자와 함께 적과 싸웠으며, 중원을 구하기 위해서 자신의 몸을 불살랐는데 무슨 설명이 더 필요하겠는가.

"사부님! 제자를 용서하십시오! 크흑!"

진정한 영웅이자 열혈청년 북궁연은 태무천을 와락 끌어안으며 오열했다.

독고풍은 극도로 초조해져서 제정신이 아니었다.

적멸가인과 자미룡을 비롯한 생사결우가 숨어 있는 구덩이를 한 시진째 찾지 못하고 있었기 때문이다.

화마가 휩쓸고 지나간 숲은 온통 시커먼 숯과 재로 뒤덮여 있어서 어디를 봐도 똑같은 풍경이었다.

그래서 독고풍과 일행은 생사결우가 숨어 있던 구덩이는커녕 그 부근조차도 찾지 못하고 있는 중이었다.

그들은 땅 속 깊은 곳에서 모두 귀식대법으로 호흡은 물론 온몸의 기능까지 정지시킨 채 숨어 있었다.

만약 그들이 불이 꺼졌다는 사실을 확인하고 귀식대법을 풀고 지상으로 나왔으면 지금까지 독고풍 일행과 만나지 못했을 리가 없다.

그리고 또 하나의 가능성은 그들이 아직도 땅 속에 파묻혀 있을 것이라는 사실이다.

그 경우에는 스스로 귀식대법을 풀지 못하고 자연적으로 질식해서 죽을 확률이 높다.

그렇기 때문에 독고풍은 이성을 잃은 채 미친 듯이 여기저기 잿더미를 파헤치며 광분하고 있는 것이다.

아무리 별별 방법을 다 동원해도 소용이 없으며, 생사결우 고수들이 제 발로 구덩이에서 기어나오지 않는 한 어떻게 해 볼 도리가 없다는 사실을 독고풍이 깨닫는 데에는 다시 한 시진이라는 시간이 필요했다.

그리고 그는 아무것도 하지 못한 채 우두커니 장승처럼 서서 다시 반 시진을 보냈다.

북궁연과 설란요백, 혈오는 그에게 아무 말도 하지 않았고, 그 대신 넓게 흩어져서 구덩이를 찾느라 전력을 다했다.

이윽고 독고풍은 느릿하게 그들을 둘러보다가 암울한 눈빛으로 중얼거렸다.

"그만. 이제 돌아가자."

독고풍은 마지막까지 남은 세 명의 측근 북궁연과 설란요백, 혈오, 그리고 삼십팔 명의 괴뢰대를 이끌고 남은 생애에 두 번 다시 떠올리고 싶지 않은 지옥의 숲을 떠났다.

대설산을 떠난 독고풍 일행은 서두르지 않고 묵묵히 달리기만 하여 한 시진 만에 산을 넘었다.

그들의 전면에 끝이 보이지 않을 정도로 광활한 구릉지대가 나타났다. 그곳을 건너면 사천성, 즉 중원이다.

그곳에서도 독고풍은 멈추지 않았다. 그가 선두에, 그 뒤를 혈오와 북궁연, 마지막에 설란요백과 삼십팔 명의 괴뢰대가 묵묵히 뒤따랐다.
 독고풍은 한 번도 뒤돌아보지 않았다. 적멸가인과 자미룡 두 아내와 수많은 형제를 잃은 서강을 두 번 다시 보고 싶지 않기 때문일 것이라고 모두들 생각했다.
 그리고 그는 지옥의 숲을 떠난 이후 말을 잃은 사람처럼 한 마디도 하지 않았다.
 설란요백은 착잡한 마음을 떨칠 수가 없었다. 대천신등과의 싸움에서 승리했다고는 하지만 이쪽의 희생이 너무 컸기 때문이다.
 그중에서도 독고풍의 두 아내를 잃은 것은 무엇보다도 큰 희생이었다.
 그것 때문에 설란요백은 독고풍에게 말을 붙일 엄두가 나지 않았다.
 설란요백은 뒤따르는 삼십팔 명의 괴뢰대를 힐끗 뒤돌아보았다. 그들은 아무런 표정도 없이 강시처럼 묵묵히 뒤따르고 있을 뿐이다.
 그녀는 이제 괴뢰대가 필요없다고 생각했다. 그들을 놓아주면 죽이려고 덤벼들 테고, 죽여 버리는 것이 제일 단순 명확한 방법이다. 하지만 그녀 마음대로 처리할 수는 없다.
 독고풍의 마음이 복잡하여 괴뢰대에 대해서 생각할 겨를이 없든지, 아니면 나름대로 생각이 있을 것이라고 여겼다.
 전방에 평야가 나타났다. 아니, 여전히 지상에서 수백 장 높이의 구릉지대인데 마치 평야처럼 누런 초원지대가 드넓게 펼쳐져 있는 것이다.

선두의 독고풍이 갑자기 신형을 멈추고 전면을 뚫어지게 주시하자 일행도 멈추었다.

오십여 리 전방 하늘에 작은 점들이 무수히 떠서 원을 그리며 선회하고 있는 것이 보였다.

까마귀와 독수리 떼다. 그것들이 한곳에 모여드는 이유는 그 아래에 시체가 있기 때문이다.

또한 저렇게 많은 까마귀와 독수리 떼라면 그 아래 지상에 있는 시체의 수가 많다는 뜻이다.

그런데 까마귀와 독수리들이 허공에 떠 있기만 하고 지상으로 내려가지 않고 있었다.

그것은 그 아래에 시체들만 있는 것이 아니라 또 다른 존재, 즉 살아 있는 인간들이 있다는 의미이기도 했다.

슈욱!

순간 선두의 독고풍이 한줄기 빛으로 화해 전방을 향해 쏘아 나갔고, 설란요백 등도 전력으로 뒤를 따랐다.

독고풍은 까마귀와 독수리 떼가 떠 있는 아래에 도착하여 얼굴 가득 경악을 떠올렸다.

그곳에는 수백 구의 시체가 어지럽게 널려 있었다. 또한 하나같이 참혹하게 죽은 목불인견의 광경이었다.

독고풍은 그 시체들을 보는 순간 그들이 누군지 한눈에 알아보았다.

이름은 모르지만 지난 한 달여 동안 독고풍과 함께 서장과 서강의 산과 숲, 들을 누비면서 대천신등 중원정벌총군과 싸웠던, 그래서 생사결우라는 형제 이상의 이름으로 불린 사람들이었다.

"으으……."

몸을 부르르 떠는 독고풍의 악다문 이빨 사이로 묵직한 신음이 새어 나왔다.

생사결우 고수들은 대설산 너머 잿더미가 된 숲의 땅 속에 갇혀 있는 것이 아니라 전혀 예상하지 못한 이런 황량한 벌판에서 죽음을 맞이했던 것이다.

느릿하게 시체를 쓸어보는 독고풍의 눈이 가느다랗게 좁혀지면서 새파란 살기가 줄기줄기 뿜어졌다.

시체 하나하나가 모두 낯익은 얼굴들이었다. 독고풍을 주군이라고, 혹은 방주, 대영웅이라고 부르면서 무조건적으로 따르며 목숨을 그에게 맡겼던 중원의 열혈영웅들인 것이다.

문득, 분노로 이성을 잃어가던 독고풍은 퍼뜩 정신이 들어 급히 시체들 사이에서 적멸가인과 자미룡의 모습을 찾아보았다.

시체들은 온전한 모습을 갖춘 것이 한 구도 없었다. 목과 팔다리가 잘리고, 배와 가슴이 쪼개져서 내장이 밖으로 쏟아져 나왔으며, 그것으로도 모자라서 온몸이 갈가리 난도질당한 끔찍한 광경이었다.

그것은 급소를 찌르거나 베어서 죽인 후에 시체에 대고 난도질을 했다는 뜻이다.

또한 이들을 죽인 자들이 극심한 분노와 복수심에 사로잡혔었다는 사실을 단적으로 증명하고 있는 것이다.

그런 짓을 할 만한 자들이 대천신등 말고 누가 있겠는가.

독고풍은 눈이 뒤집혀서 이리저리 쏘아 다니면서 적멸가인과 자미룡을, 아니, 그녀들의 얼굴이나 몸의 일부분이라도 찾으려고 애썼으나 끝내 뜻을 이루지 못했다.

그것은 그녀들이 아직 살아 있을지도 모른다는 희망적인 뜻이기도 했다.

그때 독고풍의 시선이 한곳에 고정되며 빠르게 움직이던 몸이 뚝 정지했다.

그의 시선이 멈춘 곳에는 놀랍게도 백의에 긴 치마를 입은 한 명의 아름다운 여인이 다소곳이 서 있었다.

독고풍은 오백여 장 거리의 황량한 벌판에 서 있는 그녀가 자신의 다섯째 부인인 옥조라는 사실을 한눈에 알아보았다.

"옥조······."

그는 주춤 한 걸음 내디디며 중얼거렸다. 그리고는 옥조의 얼굴에 한없이 슬픈 표정이 떠올라 있는 것을 발견하고 또 다른 불길함에 휩싸였다.

"소녀를 사랑하나요?"

그때 옥조가 꽃잎 같은 입술을 나풀거렸다.

머릿속이 텅 빈 독고풍이 대답을 하지 못하자 그녀가 재차 질문했다.

"당신의 다섯 명의 부인 중에서 소녀를 제일 사랑하나요?"

물론 아니다. 사실 독고풍은 옥조를 사랑해서가 아니라 술김에 몸을 섞었을 뿐이다. 그리고 사랑이란 것은 그 후에 만들면 된다고 생각했었다.

독고풍은 고개를 가로저었다.

"아니다. 나는 널 사랑하지 않는다."

옥조의 얼굴이 해쓱해졌다. 그녀는 절망적인 표정으로 입술을 깨물며 물었다.

"그렇다면 왜 소녀의 순결을 가져갔나요?"

"그것은……."

독고풍은 말문이 막혔다. 그러나 그는 이 순간만큼은 솔직해지기로 했다.

"내단을 녹이기 위해서 너의 순음지기가 필요했었다."

"그것…뿐인가요?"

"그렇다."

"당신… 정말 나쁘군요."

옥조의 얼굴이 더욱 창백해지고 깨문 입술이 터져서 피가 흘렀다.

"미안하다. 그러나 살다 보면 언젠가는 너를 사랑하게 될 것이다."

"그래도 다른 부인들보다 더 사랑하지는 않겠지요?"

"아마 그럴 것이다."

옥조는 독고풍을 몹시 원망하는 듯한 눈빛으로 한동안 말없이 쏘아보다가 홱 몸을 돌려 바람처럼 달려갔다.

"옥조!"

독고풍은 급히 그녀를 부르며 달렸고, 설란요백 등이 뒤를 따랐다.

그러나 독고풍은 곧 멈추었다. 수백 장 앞에서 옥조가 이쪽을 향해 서 있었기 때문이고, 그녀 주위에 여러 사람들이 모여 있는 것을 발견했기 때문이다.

그곳에 있는 사람들을 빠르게 훑어보던 독고풍의 시선이 한곳에 뚝 정지했다.

서 있는 옥조의 왼편에 한 무리의 사람들이 무릎을 꿇고 모여서 앉아 있었는데 그들 중 맨 앞에 적멸가인과 자미룡이 있는 것을 발견한 것이다.

"정아! 진아!"

독고풍은 앞뒤 가리지 않고 그녀들의 이름을 부르며 곧장 쏘아갔다.

"주군! 안 됩니다!"

"주인님!"

"독고 형!"

설란요백과 혈오, 북궁연이 다급한 목소리로 외치지 않았으면 독고풍은 그대로 달려갔을 것이다.

미처 독고풍을 발견하지 못했던 적멸가인과 자미룡은 자신들의 이름을 부르는 소리를 듣고 비로소 그를 발견하고 눈물을 흘리면서도 미친 듯이 소리쳤다.

"오지 말아요! 풍 랑! 함정이에요!"

"어서 도망쳐요! 여기에 천신황이 있어요!"

그 순간 그토록 혼란스러웠던 독고풍의 마음과 정신이 거짓말처럼 맑아졌다.

'천신황'이라는 말과 이곳이 '함정'이라는 사실 때문이다.

평정심을 되찾은 그는 적멸가인과 자미룡에게서 시선을 거두고 천천히 그 주위를 쳐다보았다.

적멸가인과 자미룡 뒤에는 냉운월과 석중명, 오도겸, 양신웅, 그리고 무적군의 고수 몇 명이 무릎을 꿇은 채 복잡한 표정으로 독고풍을 주시하고 있었다.

독고풍은 문득 옥조가 자신이 아는 사람만 거기에 모아놓았다는 사실을 깨달았다.

생사결우 고수들은 모두 죽었는데 이들은 죽지 않았다. 그것은 아마도 이들이 쓸모가 있기 때문일 것이라고 독고풍은 생각했다.

독고풍의 시선이 옥조의 오른편으로 빠르게 흐르다가 한

인물에게서 뚝 멈췄다.

 간이 호피 의자에 꼿꼿한 자세로 앉아 있는 그는 토번의 왕이며 대천신등의 천신황인 금독이었다.

 독고풍은 금독을 발견한 순간 그가 천신황일 것이라고 직감했다. 그는 독고풍이 상상하던 이상의 풍채와 기도를 지니고 있었다.

 독고풍과 금독은 한동안 서로를 주시한 채 눈도 깜빡이지 않았다.

 중원과 토번의 두 절대자가 마침내 숙명적으로 만났다.

 이윽고 독고풍은 금독에게서 시선을 거두고 그 뒤에 서 있는 인물을 쳐다보았다.

 그는 독고풍이 녹천신왕이라고 알고 있는 무옥이었다.

 독고풍은 천신황 뒤에 서 있는 무옥과 옆에 서 있는 옥조를 보면서 일이 어떻게 된 것인지 비로소 짐작했다.

 구구하게 자초지종은 알 수 없으나 무옥과 옥조가 천신황과 무척 친밀한 관계일 것이라는 사실은 짐작할 수 있었다.

 "소녀를 보세요, 풍 랑."

 그때 옥조가 애처로운 목소리로 독고풍을 불렀다.

 그는 옥조를 쳐다보다가 움찔 몸을 떨었다. 그녀가 섬섬옥수를 활짝 펼쳐서 자미룡의 머리를 덮고 있는 것을 발견했기 때문이다.

 "당신이 누굴 제일 사랑하는지 다시 말씀해 보세요."

옥조는 방울방울 눈물을 흘리면서 더욱 슬프게 말했다. 그것은 차라리 그녀의 절규이며 발악 같았다.

독고풍은 자신의 솔직한 대답 한마디에 자미룡이 죽을 것이라고 직감했다.

그는 몸을 가늘게 떨면서 억눌린 듯한 목소리로 겨우 입을 열었다.

"너를… 제일 사랑한다."

옥조의 입가에 슬픈 미소가 매달렸다.

"그렇다면 다른 부인들은 죽어도 괜찮겠군요?"

"……."

"알려드릴 것이 있어요. 당신의 셋째 부인 요마낭은 이미 내 손으로 죽였어요."

독고풍의 몸이 벼락을 맞은 듯 후드득 격렬하게 떨렸다.

"낭이를……."

비 오듯이 눈물을 흘리고 있는 자미룡의 창백한 얼굴이 그의 눈 속으로 파고들었다.

그때 자미룡 옆에 앉은 적멸가인이 차분한 목소리로 입을 열었다.

"옥조, 풍 랑께선 진아보다 나를 더 사랑하신다. 아니, 나는 은예상 언니보다도 나를 더 사랑하신다고 믿고 있다."

독고풍과 자미룡의 안색이 홱 돌변했다.

"그래?"

슥—

옥조가 자미룡의 머리에서 손을 떼고 대신 적멸가인의 머리를 덮었다.

"안 된다! 옥조! 정아를 죽이면 안 된다!"

독고풍이 옥조를 향해 빛처럼 쏘아가며 피를 토하듯이 부르짖었다.

스스스.

그러나 다음 순간 일곱 명의 초절고수들이 독고풍의 앞을 가로막으며 일제히 암경(暗勁)을 발출했다.

퉁!

독고풍은 무형의 벽에 부딪쳐서 더 이상 나아가지 못하고 뒤로 튕겨졌다.

그가 아무리 출신입화지경이라고 해도 대천칠군이 일제히 발출한 암경을 뚫지는 못했다.

그의 앞을 가로막고 우뚝 서 있는 대천칠군 사이로 적멸가인의 모습이 보였다.

그녀는 독고풍을 바라보며 배시시 미소를 짓는데, 두 눈에는 앞으로 다시는 주지 못하게 될 평생 몫의 사랑과 정이 듬뿍 담겨 있었다.

"안 돼……. 제발……."

독고풍의 입술 사이로 갈라진 중얼거림이 흘러나왔다.

그때 적멸가인의 입술이 달싹거렸다.

"사랑해요."

퍼억!

다음 순간 옥조가 손에 슬쩍 힘을 주자 적멸가인의 머리가 산산이 부서져 피와 뇌수가 허공으로 튀었다.

"으아아―! 정아―!"

독고풍은 두 눈이 핏빛으로 물들어 괴성을 지르면서 위맹한 쌍장을 휘두르며 쏘아갔다.

퍼퍼펑!

그러나 대천칠군은 이번에도 일곱 명이 합세하여 독고풍의 쌍장을 물리쳤다.

"이놈들! 물러서라! 으아아―!"

독고풍은 이성을 잃은 채 미쳐 날뛰었다. 그의 오른손에는 어느새 석검이 쥐어져 있었고, 석검과 왼손, 그리고 천마부동심으로 그가 알고 있는 모든 절학이 해일처럼 와르르 쏟아져 나갔다.

그때 옥조가 피와 뇌수가 범벅된 손을 자미룡의 머리로 가져갔다.

"옥조, 그만 해라."

순간 천신황 금독이 위엄있는 표정으로 옥조를 꾸짖었다.

하지만 옥조는 큰오라버니이며 토번의 왕인 금독의 말을 무시하고 손을 활짝 펼쳐서 자미룡의 머리를 덮었다.

그 광경이 독고풍의 두 눈 속으로 쏟아져 들어왔다.

"이년!"

순간 그는 상처 입은 맹수처럼 거칠게 포효하면서 옥조를 향해 곧장 쏘아갔다.

그와 옥조와의 거리는 십오륙 장, 그리고 두 명의 대천신군이 가로막은 상태다.

"풍 랑, 당신의 여자들은 전부 내 손으로 죽일 거예요."

옥조는 눈물을 흘리며 손에 힘을 주었다.

퍼퍽!

독고풍과 옥조 사이를 가로막고 있던 두 명의 대천신군 몸이 벽력탄에 맞은 듯 폭발해 버렸다.

옥조는 손아귀에 힘을 주었으나 허공을 움켜쥐고 말았다.

그 대신 그녀는 목이 끊어지는 듯한 고통을 느꼈다.

독고풍의 커다란 손이 그녀의 가늘고 긴 목을 힘껏 움켜잡고 있었다.

그는 십오 장의 거리를 눈 한 번 깜빡이는 것을 백으로 나눈 찰나지간에, 그것도 대천신군 두 명을 박살 내고 쏘아와서 옥조의 목을 움켜잡은 것이다.

위기의 순간은 이따금씩 기적을 만들어내기도 한다.

방금 그는 분노와 초조함이 극에 달한 상태에서 신형을 날리며 두 명의 대천신군과 옥조를 동시에 공격했다.

심기합일(心氣合一).

마음과 공력이 하나가 되어 자유자재로 움직여지는 초상

승의 단계다. 이것을 다른 말로는 조화지경(造化之境)이라고도 한다.

 구름과 비를 부르고, 폭풍과 불을 일으키는 입신(入神)의 경지인 것이다.

 독고풍은 옥조의 목을 움켜쥐고 자미룡 곁에 우뚝 서서 이빨을 드러내며 피가 뚝뚝 떨어질 듯한 눈으로 옥조를 쏘아보며 으르렁거렸다.

 "네까짓 년은 내 아내들의 발가락의 때만도 못하다. 알아들었느냐?"

 "끄으으… 풍 랑… 사랑…해요……."

 옥조는 얼굴이 핏빛으로 물들고 눈에서 동공이 사라지면서도 겨우 더듬거렸다.

 그녀는 죽음을 두려워하지 않는다. 진정으로 독고풍을 사랑하고, 그의 사랑을 혼자만 독차지하고 싶은 것이다.

 그녀의 말에 독고풍의 얼굴이 짓이겨지듯 일그러졌다.

 "너 같은 년은 사랑할 자격도 없다!"

 우직!

 그의 손안에서 옥조의 목이 그대로 끊어져 머리와 몸이 분리되었다.

 그가 옥조를 죽이는데도 천신황 금독은 앉은 자리에서 꼼짝도 하지 않은 채 묵묵히 지켜보기만 하고 있었다.

 스우…….

그때 우뚝 서 있는 독고풍의 몸에서 은은한 광채가 뿜어지더니 자미룡과 냉운월 등 무적방 사람들의 몸을 부드럽게 감쌌다.

다음 순간 그들은 자신들의 제압됐던 혈도가 풀리는 것을 느꼈다.

"한정 언니!"

자미룡은 독고풍에게 안기기보다 머리가 부서진 채 꼿꼿하게 앉아 있는 적멸가인의 몸뚱이를 부둥켜안고 오열했다.

독고풍의 뺨이 씰룩였고 눈썹이 꿈틀거렸다.

그는 천천히 몸을 틀어 금독을 향해 서서 똑바로 그를 쏘아보며 질긴 고기를 씹는 듯한 어조로 말문을 열었다.

"네가 천신황이냐?"

상대는 일국의 왕이지만 심사가 뒤틀린 독고풍의 입에서 좋은 소리가 나갈 리 없다.

그러나 금독은 개의치 않고 가볍게 고개를 끄덕였다.

"그렇다. 귀하는 혈풍신옥 독고풍인가?"

독고풍은 쓰디쓴 미소를 지으며 고개를 저었다.

"아니다."

금독이 슬쩍 눈썹을 찌푸렸다.

"그렇다면 귀하는 누군가?"

"나는 무가내다."

"무가내?"

뒤에 서 있는 무옥이 천신황에게 전음으로 뭐라고 설명을 하는 듯했다.

잠시 후 천신황은 고개를 끄덕였다.

"그렇군."

독고풍은 이번 대천신등과의 싸움, 아니, 전쟁에서 실로 뼈아픈 많은 경험과 교훈들을 얻었다.

그리고 방금 전에 옥조가 요마낭을 죽였다는 말을 듣고 또 적멸가인을 죽이는 것을 두 눈으로 똑똑히 목격하면서 커다란 사실 하나를 깨우쳤다.

그것은 '진실한 사랑'이라는 것이다.

그는 여태껏 사랑이라는 것을 몰랐다. 그래서 만나는 여자들마다 함부로 농락했으며 정사를 했고 사랑하지도 않으면서 아내로 맞이했다.

'어떻게든 되겠지'라는 나태한 생각에서였다. 그리고 옥조를 만나기 전까지는 그런 방법이 통했다.

그러나 그는 자신의 무지몽매함이, 어설픈 사랑 행각이, 이제는 정말로 사랑하게 된 적멸가인과 요마낭을 죽였다는 사실을 깨달았다.

그는 천하에서 자신보다 더 무식한 놈이 없다는 생각이 들었다.

그래서 '무가내'라는 옛 이름을 되찾은 것이다. 자신은 '독고풍'이라는 이름을 쓸 자격이 없다고 생각한 것이다.

그는 여전히 짓이기는 듯한 어조로 입을 열었다.

"천신황, 너와 나 두 사람이 싸워서 결판을 내자."

"결판이라고 했나?"

"그렇다. 이기는 쪽이 무조건 복종하는 것이다."

천신황은 가볍게 고개를 끄덕였다.

"좋은 얘기다. 그러나 구태여 그럴 필요를 느끼지 않는다."

그는 손을 들어 주위를 가리키며 빙그레 미소 지었다.

"자네 같으면 이렇게 유리한 상황에서 그런 불필요한 일대일 대결 같은 것을 하겠나?"

독고풍과 측근들은 천신황의 손짓을 따라 주위를 둘러보다가 안색이 변했다.

드넓은 벌판 멀리에 커다란 원을 형성한 채 수많은 고수들이 겹겹이 포위하고 있는 광경을 발견한 것이다.

그 수는 족히 십만이 넘을 듯했다. 불바다에서 살아남은 대천신등 중원정벌총군이 모두 이곳에 집결해 있는 듯했다.

독고풍은 입술 끝을 일그러뜨렸다.

"너는 사내가 아닌가? 내가 겁나느냐?"

금독의 감정을 건드려 볼 생각이었으나 그는 끄떡도 하지 않았다.

"내 개인적으로는 자네와 싸워보고 싶다. 아니, 물론 자네가 순순히 항복하지 않는다면 싸울 수밖에 없겠지. 그렇지만 쉬운 길을 놔두고 일부러 힘든 길로 가고 싶지는 않다."

그는 엄숙한 표정을 지었다.

"나는 일국의 왕이다. 수천 년 동안 척박한 서장 땅에서 살아온 불쌍한 내 백성들을 중원의 비옥한 땅으로 안내할 목전에서 쓸데없는 짓은 하고 싶지 않다."

독고풍은 금독이 대천신등 중원정벌총군 전체 세력의 삼 할이 아니라 그 이상을 잃어도 중원 침공을 포기하지 않을 것이라고 판단했다.

금독은 어깨를 쭉 펴면서 이미 정복자가 된 듯한 자세와 표정을 지으며 선택을 강요했다.

"자, 이제 자네는 어떻게 할 텐가? 항복하겠나, 아니면 저항할 텐가?"

독고풍은 시뻘건 눈으로 금독을 무섭게 쏘아볼 뿐 대답을 하지 못했다.

스스로 무릎을 꿇는 것은 죽기보다 싫다. 그러나 저항을 해본들 결국엔 이곳에 있는 중원인 모두가 죽게 될 것이다.

그때 멀리에서 마치 은은한 천둥소리 같은 것이 들려왔다.

둥! 둥! 둥! 둥!

그것은 북소리였다. 한두 개가 아닌, 수만 개의 북을 동시에 치는 굉렬한 소리였다.

독고풍 쪽이나 천신황 쪽 할 것 없이 모두 의아한 표정으로 두리번거렸다.

그리고 포위하고 있던 십여만 명의 대천신등 고수들이 빠르게 포위망을 좁혀오고 있는 것을 발견했다.

쿠앙! 쿠앙! 쿠앙! 쿠앙!

북소리, 아니, 천둥소리는 포위망 외곽에서 터져 나오고 있었다. 그 소리가 얼마나 큰지 땅과 허공을 들썩이게 했다.

모두들 어떻게 된 영문인지 몰라서 어리둥절하고 있는 사이에 대천신등 고수들의 포위망은 이백여 장까지 좁혀졌다.

그러더니 천둥소리가 뚝 그치고 쥐 죽은 듯한 적막이 찾아들었다.

그때 포위망 밖에서 낭랑한 여자의 목소리가 울려 퍼졌다.

"풍아! 우리 풍이 그 안에 있니?"

그 목소리를 알아들은 사람은 단 두 명뿐이다. 바로 독고풍과 설란요백이다.

독고풍의 몸이 벼락을 맞은 듯 후드득 격렬하게 떨렸다.

"아아, 염 누님이오?"

"오냐! 너의 염 누나가 왔단다!"

그 목소리는 틀림없는 빙염의 것이다. 아니, 사독요마 중 요선계의 절대자인 요선마후가 온 것이다.

독고풍의 목소리가 떨렸다.

"다들 왔소? 혈검이랑 소기, 독구 말이오!"

포위망 너머에서 애교가 찰랑찰랑 넘치는 빙염의 목소리가 넘어왔다.

"인석아! 왜 어색하게 존대냐? 너 정말 풍이 맞는 거니?"

독고풍은 인상을 쓰며 버럭 소리를 질렀다.

"염 누님! 내 성질 돋우지 말고 묻는 말에 대답이나 하란 말이야!"

"호호홋! 이제야 무가내 같구나! 그래! 그이… 아니, 혈검하고 소기, 독구 다 왔단다!"

혈검을 '그이' 라고 하는 것을 보니 독고풍이 오악도를 떠난 후 그녀와 혈검이 잘된 모양이다.

그때 포위망의 한쪽이 강물이 갈라지듯 좌우로 쫙 갈라지는가 싶더니 그곳으로 한 무리가 파도처럼 밀려들어 왔다.

대천신등 고수들이 일부러 길을 터준 것이 아니라 강압에 의해서 밀려난 것이다.

한 번 뚫린 대천신등 포위망은 점점 더 벌어지더니 어느 순간 한꺼번에 와르르 무너지며 포위망 바깥에서 이루 헤아릴 수 없을 정도로 많은 고수들이 마치 해일인 양 밀려들었다.

독고풍을 향해서 가장 빠르게 달려오는 네 사람의 모습이 보였다.

그들을 발견한 독고풍의 얼굴에 환한 웃음이, 그리고 눈에는 촉촉한 물기가 어렸다.

네 사람은 순식간에 다가와 독고풍 앞에 나란히 늘어섰다.

아니, 그들 중 아리따운 한 여인 빙염이 쏜살같이 달려와 독고풍을 얼싸안고 뺨을 비비며 눈물을 펑펑 쏟았다.

"풍아! 아이구! 우리 풍아!"

나머지 세 인물, 혈검과 소기, 독구가 성큼성큼 독고풍에게 걸어왔다.

"혈검… 소기… 독구……."

그들의 이름을 일일이 부르는 독고풍의 목소리에 기쁨과 반가움이 가득했다.

오악도에서는 서로 못 잡아먹어서 안달을 했던 네 마물이 이토록 반가울 줄은 미처 생각하지 못했었다.

"아이구! 무가내야! 정말 반갑다!"

"어디 보자! 너 정말 무가내 맞느냐?"

소기와 독구가 눈물을 펑펑 흘리며 달려들어 독고풍을 얼싸안았다.

예전 같았으면 그들의 옷깃만 닿아도 난리법석을 떨었을 독고풍이지만 지금은 한없이 좋기만 했다.

"이것들이 어딜 더듬어?"

빠빡!

"으악!"

"깩!"

독고풍을 얼싸안는답시고 그사이에 빙염의 몸을 더듬던 소기와 독구의 머리에서 불똥이 튀었다.

"인석아, 저기부터 처리해라."

그때 혈검이 천신황 금독 쪽을 턱으로 가리키며 주위를 환기시켰다.

금독은 앉아 있던 호피 의자에서 일어섰으며, 주위에는 무옥과 대천오군이 옹송그리고 모여 있었다. 또한 그들의 얼굴은 돌덩이처럼 딱딱하게 굳어 있었다.

독고풍은 혈검을 쳐다보았다.

예전에는 냉엄하기만 했던 혈검이 지금은 마치 아버지 같은 자상한 표정으로 독고풍을 보며 가볍게 고개를 끄덕였다.

"어떻게 된 것이오?"

독고풍은 지금 이것이 어찌 된 상황인지를 물었다.

혈검은 뒷짐을 지고 마치 옛날이야기를 하듯 느긋하게, 그러나 간단하게 설명을 했다.

"중원무림 전체 고수들을 다 데리고 왔다."

"전체…라니? 얼마나 되는데?"

"글쎄… 세어보지 않아서 모르지만 대략 오십만은 되지 않을까 생각한다."

"오십만……."

그 말이 사실이라면, 아니, 혈검은 원래 거짓말을 하지 않는다. 그렇다면 중원무림에서 무가를 들고 있는 사람은 깡그리 쓸어왔다는 것이다.

"그런데 아까 북소리는 뭐지?"

원래 중원무림의 고수들은 북 같은 것을 치지 않는다.

혈검의 대답은 이번에도 역시 짧고 간명했다.

"황궁에서 군사를 내주었다. 세어보지 않았는데 오십만이라고 하더구나."

또 오십만이란다. 그렇다면 중원무림 고수들과 황궁을 합쳐서 도합 백만이다.

대천신등 십만 고수가 꼬리를 감추고 길을 터줄 만했다.

문득 독고풍은 혈검 뒤쪽에 나란히 서 있는 균현과 요몽을 발견했다.

두 사람은 독고풍이 자신들을 쳐다보자 황급히 그 자리에서 무릎을 꿇었다. 아니, 꿇으려다가 독고풍의 무형지기에 의해 다시 펴졌다.

"두 사람, 애썼다."

독고풍이 고개를 끄덕이자 균현과 요몽은 황망한 표정으로 어찌할 바를 몰라 했다.

그때 설란요백이 조심스럽게 빙염 앞에 나섰다.

"요마후님."

그녀의 목소리는 와들와들 떨렸고, 주름진 얼굴에는 아까부터 눈물이 철철 흐르고 있었다.

설란요백을 쳐다보는 빙염의 눈이 빛났다.

"너는 요백이 아니냐? 네가 살아 있었느냐?"

"요마후님… 속하……."

설란요백은 감격에 겨워 말을 잇지 못하고 그 자리에 엎드려 부복했다.

빙염은 눈물을 글썽이며 그녀의 손을 잡고 일으켰다.

"네가 우리 풍아를 돌봐주었구나. 고맙다."

예전의 요선마후는 얼음, 혹은 북풍한설 그 자체였다. 그런 그녀가 눈물을 글썽이며 설란요백에게 고맙다고 했다.

설란요백은 빙염이 독고풍을 아들처럼 끔찍하게 여긴다는 것, 독고풍이 그녀를 변화시켰다는 사실을 깨달았다.

독고풍은 천신황 금독을 똑바로 주시하며 조용히 말문을 열었다.

"지금 같은 상황에서 아까와 같은 요구를 하면 어떻겠느냐?"

상황이 완전히 역전됐다.

금독은 더 이상 대천신등 십만 고수로 독고풍을 겁주지 못하게 되었다.

그는 독고풍의 말에 얼굴을 찌푸렸다.

"일대일 대결에서 이기는 사람의 명령에 무조건 복종한다는 조건인가?"

"그렇다."

아까는 유리한 상황에서 금독이 쉬운 길을 놔두고 왜 힘든 길을 가느냐면서 일대일 대결을 거부했었다.

그러나 자신이 유리한 상황이 된 독고풍은 오히려 일대일 대결을 요구하고 있다.

그것이 독고풍과 금독의 차이점이다.

금독으로서는 선택의 여지가 없다. 기필코 이겨서 중원을 차지하는 수밖에는.

"약속을 지키리라 믿는다."

"나는 쉬운 길도 힘든 길도 다 좋아한다."

독고풍의 말에 금독은 얼굴을 붉혔다. 그는 자신이 사내의 기개에서는 독고풍에게 졌다고 생각했다.

"풍이 실력이 좀 늘었느냐?"

저만치 독고풍과 금독이 오 장 거리를 두고 마주 본 상태에서 대치하고 있는 광경을 보면서 빙염이 설란요백에게 은근히 물었다.

"주군께선 전대 대마종이 남기신 내단을 복용하여 출신입화지경에 이르셨습니다."

그렇게 말하는 설란요백의 얼굴에 자랑스러움이 역력했다.

그 말을 들은 빙염뿐 아니라 혈검과 소기, 독구의 얼굴에 흐뭇함이 떠올랐다.

독고풍은 금독을 주시하며 조용히 말했다.

"나는 길게 끌고 싶지 않다. 일 초식으로 끝낼 생각이니 너는 전력을 다해야 할 것이다."

금독도 그럴 생각이었다. 그래서 이미 공력을 극한으로 끌어올린 상태였다.

그는 방금 전에 설란요백이 '독고풍이 출신입화지경에 이르렀다' 라고 한 말을 들었다.

금독은 토번 최강 고수로서 그 역시 출신입화지경에 이른 상태다.

그러므로 이 싸움은 강철과 강철이 전력으로 서로 부딪쳐서 누가 깨지는지를 결하는 가장 단순하면서도 명백한 승부가 될 터이다.

두 사람은 서로 마주 본 상태에서 공력을 극한으로 끌어올렸으나 겉보기에는 아무런 변화가 없었다.

독고풍은 금독이 최소한 출신입화지경에 이르렀거나 아니면 자신보다 조금쯤 더 고강할 것이라고 추측했다.

그래서 그는 조금 전에 옥조를 죽일 때 자신도 모르는 사이에 전개된 심기합일을 시도해 볼 계획이었다.

같은 출신입화지경이라면 승부가 나지 않거나 아니면 둘 다 크게 다치거나 죽는 동귀어진이 될 가능성이 크다.

그렇지 않고 금독이 더 강하면 패하는 것은 독고풍이 될 것이다. 그러므로 지금으로선 심기합일 외에는 방법이 없다.

아까는 극도로 분노하다가 심기합일을 전개했었다. 그래서 독고풍은 옥조에 의해 머리가 박살난 적멸가인의 모습을 떠올렸다.

스으……

그때 금독이 먼저 움직였다.

아니, 그는 우뚝 선 채 미동조차 하지 않았다. 움직임을 보인 것은 그의 공력이다. 즉, 부동심법인 것이다.

눈으로는 보이지 않는 거대한 미증유의 힘이 독고풍을 향해 쇄도했다.

다른 사람들은 두 사람이 언제 싸울 것인지를 기다리고 있었지만, 독고풍은 자신을 향해 밀려오는 생전 처음 접하는 거대한 힘을 느낄 수 있었다.

그리고 본능적으로 느꼈다. 심기합일을 일으키지 못하면 자신이 패하리라는 사실을.

'정아……'

적멸가인의 머리가 으깨어져서 살과 뼈와 피와 뇌수가 허공으로 뿌려지던 광경이 독고풍의 망막에 선연히 새겨졌다.

금독은 독고풍이 꼼짝 않고 서 있는 것을 보면서 자신의 승리를 확신했다.

"……!"

그러나 다음 순간, 금독의 두 눈이 찢어질 듯이 부릅떠졌다.

오 장 전면에 서 있던 독고풍이 어느새 코앞에서 쇄도해 오고 있는 것을 발견했기 때문이다.

아니, 발견했을 때는 이미 늦었다. 그는 심장 부위가 서늘한 것을 느끼고 눈동자를 굴려 아래를 굽어보았다. 그런데 아무것도 없었다.

독고풍이 검이나 손으로 자신의 심장을 찔렀다고 순간적으로 생각했는데, 검도, 손도 보이지 않았고, 그의 왼쪽 가슴은 말짱했다. 그리고 눈앞에서 쇄도하던 독고풍의 모습도 사라지고 없었다.

독고풍은 여전히 오 장 전면에 꼼짝도 하지 않고 서 있었다.

그래서 금독은 방금 자신이 본 것이 착각이라고 여겼다.

그렇다면 이제 곧 금독 자신이 부동심법으로 발출한 대미신력의 최고 절학 대미천강(大彌天罡)이 독고풍의 몸을 가루로 만들어 버릴 것이다.

"……."

그런데 잠시가 지났어도 아무 일도 일어나지 않았다. 금독이 두 눈을 부릅뜨고 쏘아보고 있는데도 미풍이 독고풍의 옷자락만 펄럭일 뿐 그는 여전히 그 자리에 미동도 하지 않고 서 있었다.

그때 독고풍이 아래로 늘어뜨리고 있던 오른손을 느릿하게 들어 올렸다.

그의 손바닥 위에는 피가 뚝뚝 떨어지는 주먹만 한 크기의 심장 하나가 펄떡거리며 박동치고 있었다.

금독은 반사적으로 손을 들어 자신의 왼쪽 가슴을 만져 보았다. 심장 박동이 느껴지지 않았다. 하지만 가슴에는 아무런 상처도 없다.

"도대체……."

그는 중얼거리면서 몸이 앞으로 기우뚱 엎어지기 시작했다.

그러면서 조금 전에 봤던 것이 착각이 아니라는 사실을 깨달았다.

독고풍의 심기합일이 성공을 한 것이다.

쿵!

금독이 얼굴을 땅에 묻자 독고풍은 손에 쥐고 있던 심장을 가볍게 집어 던졌다.

스스으으.

심장은 허공 중에서 먼지로 화해 바람을 타고 사라졌다.

그는 귀신을 본 듯한 표정을 짓고 있는 무옥과 대천오군을 보며 냉엄하게 중얼거렸다.

"너희 땅으로 돌아가라."

이어서 한쪽 방향으로 성큼성큼 걸어갔다. 그곳에는 자미룡이 머리가 없는 적멸가인의 시신을 부둥켜안은 채 아직도 서럽게 오열하고 있었다.

"풍 랑… 한정 언니는 소녀 때문에… 소녀 때문에… 흑흑……."

독고풍이 적멸가인의 시신을 조심스럽게 안아 들자 자미룡은 그의 옷자락을 붙잡고 통곡을 하듯이 울었다.

독고풍은 그런 자미룡을 보면서 자신이 그녀를 은예상만

큼 사랑하고 있었다는 사실을 깨달았다.

 일 년 반 전에 오악도를 떠났던 독고풍이 중원 땅에 첫발을 디뎠던 바닷가에 한 척의 커다란 배가 떠 있다.
 배의 갑판에는 독고풍과 은예상, 자미룡, 단예소가 나란히 서 있고, 그 주위에는 사대종사와 설란요백, 균현, 요몽 등 독고풍의 최측근 수십 명이 둘러서 있었다.
 그런데 사대종사의 얼굴이 떫은 감을 씹은 것처럼 일그러져 있었다.
 "무가내야! 난 진짜 오악도에서 살기 싫다!"
 "무가내 이 빌어먹을 놈아! 오악도라면 넌덜머리가 나는데 또 거길 가서 살자는 것이냐? 가려면 너 혼자 가라! 우라질!"
 소기와 독구가 얼굴이 벌게져서 침을 튀기며 악악거렸다.
 "풍아, 꼭 오악도에 가야만 하느냐?"
 점잖은 혈검도 지금만큼은 참지 못하고 한마디 했다.
 빙염은 아예 독고풍에게 달라붙어 떼를 썼다.
 "풍아~ 염 누나를 봐서라도 나하고 우리 그이는 중원에 놔두고 가면 안 되겠니? 응?"
 독고풍은 표정조차 변하지 않고 설란요백에게 물었다.
 "요백 할매, 내가 누구지?"
 설란요백은 즉시 부복하며 외쳤다.
 "제이대 대마종이십니다!"

사대종사는 찔끔하며 안색이 굳어졌다.
"네 분, 가지 않겠소?"
독고풍이 정색하며 묻자 사대종사는 공손히 허리를 굽혔다.
"무조건 따르겠습니다."
독고풍이 은예상과 자미룡, 단예소를 이끌고 앞 갑판 쪽으로 가는 뒷모습을 보면서 사대종사의 얼굴이 다시 일그러졌다.

배가 육중하게 바다로 미끄러지고, 독고풍이 세 여자와 함께 앞 갑판에서 바닷바람을 쐬고 있을 때, 균현이 모든 사람에게 설명을 하기 시작했다.
"주군께서 어린 시절을 보내신 오악도를 보고 싶다고 대부인과 두 분 주모께서 말씀하셔서 오악도에 혼인 여행으로 잠시 다니러 가는 것입니다. 그곳에서 며칠 묵은 후 우린 북경으로 갈 예정입니다."
사대종사의 입이 찢어질 듯이 벌어졌다. 그러면서 빙염이 궁금한 듯 물었다.
"북경에는 왜?"
균현은 빙그레 미소 지었다.
"황제의 초청을 받았습니다. 그리고……"
"그리고 뭐?"
신바람이 난 균현은 독고풍에게도 말하지 않은 비밀을 한

껏 목소리를 낮춰 속삭였다.

"황제께서 금지옥엽인 십오 세 성하공주(星河公主)를 주군과 혼인시키고 싶다고 해서 가는 겁니다."

그때 앞 갑판에서 독고풍의 호언장담하는 힘찬 목소리가 들려왔다.

"정말이라니까! 나한테 여자는 상아와 진아, 그리고 어머니 세 명뿐이야! 맹세해도 좋아!"

독고풍이 바라보는 새파란 하늘에 적멸가인과 요마낭의 화사하게 미소 짓는 모습이 아로새겨졌다.

그의 눈빛이 한없는 그리움으로 물들었다.

"그게 아니다. 정아와 낭아 너희도 내 여자다."

〈大尾〉

# 저작권 보호!!
## 장르문학의 성장에 힘이 되어주십시오.

### 저작물의 무단 전재와 복제, 불법 다운로드! 이것은 관심이 아니라 무관심입니다!

작가님들은 창의적 열정과 시간을 투자해 자신의 꿈과 생계를 유지합니다.
한 권의 책을 만들어 많은 사람들은 자신의 인생과 미래를 설계합니다.

### 저작물 속에는 여러 사람의 노력과 희망이 담겨 있습니다!

저작물의 무단 전재와 복제, 불법 다운로드는 여러 사람들의 꿈과 생계를
위협함으로써 장르문학을 심각한 상황에 빠뜨리고 있습니다.

### 이제는 무관심이 아니라 관심으로 장르문학의 성장에 힘이 되어주세요.

[도서출판 **청어람**은 항시적인 저작권 보호를 통해 장르문학과
여러분의 희망을 지키겠습니다.]

---

저작물의 무단 전재와 복제, 불법 다운로드는 법률에 의해 처벌받을 수 있습니다.

저작권법 제97조의5 (권리의 침해죄)
저작재산권 그 밖의 이 법에 의하여 보호되는 재산적 권리(제73조의 4의 규정에 의한 권리를
제외한다)를 복제·공연·방송·전시·전송·배포·2차적 저작물 작성의 방법으로 침해한
자는 5년 이하의 징역 또는 5천만 원 이하의 벌금에 처하거나 이를 병과(동시에 두 가지 이상의
형벌을 지우는 일)할 수 있다.

청어람